Yannick Baars

Rotgeboren

Yannick Baars

Rotgeboren

Roman

© Copyright 2016 by Yannick Baars
Herstellung und Verlag: BoD – Books on Demand, Norderstedt

ISBN 978-3-7412-372-94

Bibliografische Information der Deutschen Nationalbibliothek

Die Deutsche Nationalbibliothek verzeichnet diese Publikation in der Deutschen Nationalbibliografie; detaillierte bibliografische Daten sind im Internet über http://dnb.d-nb.de abrufbar.

Prolog

Die junge Frau rannte durch die Dünen. Der Wind fuhr durch ihre roten Haare. Sie fühlte, wie ihre Beine nachgaben, wie ihre nackte Haut durch die scharfen Schilfhalme verletzt wurden. Seitenstiche peinigten sie. Wenn man rennt, um dem sicheren Tod zu entkommen, achtet man nicht auf Atemtechnik. Man rennt einfach. Man rennt wie ein Tier, das vor einem Jäger auf der Flucht ist. Vor einem Jäger, der in der Nahrungskette übergeordnet ist. Sie stolperte über einen Grasbüschel und schlug mit dem Gesicht frontal auf den Boden.

Der Sand knirschte zwischen ihren Zähnen. Sie schmeckte das Salz. Nichts passiert. Weiter. Bald würden sie ihre Kräfte verlassen. Und dann? Die Kreatur, die sie verfolgte, würde sie einholen. Und dann wäre es aus. Ihre Schritte wurden langsamer. Da hinten - ein Haus! Wenn sie es bis dahin schaffen würde, wäre sie gerettet. Wieder stolperte sie. Ein dicker Stein lag im Sand. Dieses Mal tat ihr Knöchel weh. Sie versuchte aufzustehen, aber sank vor Schmerz und Schwäche wieder in den Sand zurück. Der Sand klebte auf ihrem tränen- und blutverschmierten Gesicht. Sie hob den Kopf und sah es. Vor ihr stand ein kleines, blondes Mädchen mit einer Puppe im Arm, das sie mit großen Augen verängstigt anstarrte.

„Geht es dir nicht gut?"

Plötzlich verzerrten sich die Züge des Kindes. Es schrie und rannte weg. Die junge Frau wusste nur zu gut, was das zu bedeuten hatte. Sie war eingeholt worden. Ihr Lebensmut war mit einem Mal verschwunden, als ob man einen Schalter umgelegt hätte. Sie lag bewegungslos auf dem Rücken und schloss die Augen. Das Unsägliche konnte kommen.

Sie spürte Atem in ihrem Gesicht, etwas Schweres und Warmes legte sich auf sie. Einige Sekunden später erkannte sie an dem gewohnten, stechenden Schmerz, dass ihre Haut am Hals aufgeschlitzt wurde. Da, wo besonders viel Blut kam. Das Mädchen fühlte, wie sie Stück für Stück das Bewusstsein verlor. Es schmerzte nicht mehr. Die bunten Muster hinter ihren geschlossenen Augenlidern verblassten und machten Raum für Schwärze. Irgendwann war es vollständig dunkel.

1

2. September 2013, Amsterdam

Diskret öffnete Keesha Egmond die Tür zum Besprechungsraum. Das Fakultäts-Meeting hatte schon angefangen. Aller Augen richteten sich auf sie. Sie machte ein möglichst bescheidenes Gesicht und setzte sich auf den einzigen freien Platz. Professor de Gruyter hatte sich nicht beirren lassen und sprach ungerührt weiter, nicht ohne ihr einen bösen Blick zugeworfen zu haben.

Keesha musste sich immer ein Lächeln verkneifen, wenn sie de Gruyter sah. Er war der Dekan der Fakultät. Mit einem Laserpointer in der Hand stand er da und war hauptsächlich damit beschäftigt, wichtig zu sein. Er sah so aus, wie man sich stereotyp einen Professor vorstellte. Zumindest wie sich Keesha vor ihrem ersten Kontakt mit einer Universität einen Professor vorstellt hatte. Er war Ende fünfzig, ein Meter sechzig groß und dick. Außerdem hatte er graue, ungekämmte Haare mit einer kreisrunden Tonsur auf dem Schädel, wo sich einzelne Haare beharrlich weigerten, auszufallen. Mit Zipfelmütze könnte er als einer der sieben Zwerge durchgehen. Professor de Gruyter konnte stundenlang über die Vor- und Nachteile der Simulationsmethode und der phänomenologischen Methode im Rahmen der künstlichen Intelligenz dozieren, war aber unfähig, ein Text-Dokument an der richtigen Stelle abzuspeichern. Und sobald der Computer streikte, rief er den Service Desk an. Sowas nannte sich dann Informatiker.

Während des Meetings döste Keesha vor sich hin, spielte an ihrem Smartphone herum und hoffte, dass nicht allzusehr auffiel, wie müde sie noch war. Endlose Diskussionen auf hoher Ebene über Strategie und Policy, Probleme bei der Finanzierung von neuen Professorenstellen. Und so weiter. Nach einer endlosen Stunde war sie endlich erlöst und suchte Zuflucht in ihrem Büro, nachdem sie noch einen Umweg über die Kaffeemaschine gemacht hatte.

Sie loggte sich in den Computer ein und beantwortete einige Emails. Sie hatte Schwierigkeiten, die Augen offen zu halten. Wie sollte sie nur diesen Tag durchstehen?

„Goedemorgen, mijn liefje!", ertönte es fröhlich von der Tür her.

Keesha wendete den Kopf und sah Luc van der Heijde im Türrahmen stehen. Eigentlich ein netter Kerl, der aber nicht leben konnte, ohne dass er die Kolleginnen laufend anbaggerte. Es gab leider - aus seiner Sicht - nur eine Handvoll Frauen in der Fakultät, Informatik war zu einem großen Teil noch immer Männerdomäne. Aber zu seinem Glück gab es noch die nicht-wissenschaftlichen Mitarbeiter, Verwaltungsangestellte, die hauptsächlich unter jungen Frauen rekrutiert wurden. Man musste Luc ab und zu etwas bremsen, dann war ganz gut mit ihm auszukommen. Seine braunen Locken bildeten einen wirren Haarschopf und die ebenso braunen Augen zwinkerten verschmitzt.

„Also, Luc, irgendwann lauere ich dir mal im Dunklen auf.", sagte Keesha mit dem ernstesten Gesicht, dessen sie fähig war.

„Super, ich freu mich schon drauf."

„Dann passiert aber nicht das, was du jetzt denkst." Keesha machte die angedeutete Drohgebärde des Ärmelhochschiebens.

„Was passiert denn?"

„Das siehst du dann schon!"

„Ach du meinst, du kannst mich mit deinem Feng Shui außer Gefecht setzen?"

„Das heißt Wing Tsun und nicht Feng Shui."

„Haarspalterei." Er grinste wieder.

Sie wurden ernst und wechselten noch einige dienstliche Worte. Sie arbeiteten gemeinsam an einem Projekt, das jetzt so gut wie abgeschlossen war. Es ging um eine Anwendung der künstlichen Intelligenz. Das war Keeshas Spezialgebiet, worüber sie bereits ihre Master-Thesis geschrieben hatte und weitergehende Forschungen dazu sollten Thema ihrer Doktorarbeit werden.

„Ach, warte mal, Luc!"

Luc drehte sich unter der Tür wieder um, als er hinausgehen wollte und blickte Keesha fragend an.

„Kannst du mal die Tür zumachen?"

„Wolltest du damit nicht warten, bis wir uns im Dunkeln begegnen?"

„Nee, wollte dich ausnahmsweise mal ernsthaft um Rat fragen. Hast du eigentlich Pieter mal kennengelernt?"

„Deinen Freund meinst du? Äh, ja, ich glaub, ich hab mich auf dem letzten Sommerfest mit ihm unterhalten. Warum?"

„Was hältst du von ihm?"

Luc schien überrascht. „Seid ihr nicht mehr zusammen? Ich meine, ich versteh nicht ganz, was du von mir hören willst."

„Wir sind noch zusammen. Aber ich werde nicht aus ihm schlau. Und ich mache mir Sorgen."

„Ich hab ihn ja nur ein oder zwei Mal kurz gesehen. Da kam er mir eigentlich ganz nett vor. Sehr wortgewandt und charmant. Aber auch..."

„Ja?"

„Soll ich ehrlich sein?"

„Sonst würde ich dich nicht fragen!"

„Er war auch etwas arrogant, sehr von sich überzeugt. Ich hab mich noch darüber gewundert, weil du so ganz anders bist. Zwar auch etwas vorlaut, aber im Grunde genommen natürlich und bescheiden. - Aber warum fragst du mich das alles?"

Keesha runzelte nachdenklich die Stirn. „Ich weiß das selbst nicht so richtig. Manchmal habe ich Angst vor ihm."

„Angst? Du? Trotz Feng Shui?"

Keesha lächelte müde. „Trotz Feng Shui, ja. Wenn er hinter mir steht, erwarte ich immer insgeheim, dass er mir gleich ein Messer in den Rücken rammt, oder so etwas. Ist Blödsinn, ich weiß. Aber ich fühle das irgendwie. Er hat so eine Art, einem das Wort im Mund herumzudrehen. Ich halte mich eigentlich für willensstark, aber er schafft es oft, mich zu manipulieren. Er setzt dann diesen Hundeblick auf. Und krankhaft eifersüchtig ist er auch. Er sagt zwar, dass er mich liebt, aber das hört sich so - auswendig gelernt an. Als ob er das nur sagt, weil ich es vielleicht hören will."

Luc war ernst geworden. „Hat er dich jemals bedroht?"

„Nein, nicht direkt. Aber wenn wir uns streiten, ist da oft so ein Unterton in seiner Stimme. Du kennst mich. Ich bin normalerweise nicht ängstlich. Es sei denn, ich sehe eine Spinne im Keller. Aber in diesen Momenten habe ich Angst vor ihm."

„Du solltest dich schleunigst von diesem Mann lösen. Er ist nicht gut für dich. Ich kenne diese Art Menschen. Kennst du eigentlich Pieters Ex-Freundinnen? Du bist doch wahrscheinlich nicht seine erste, oder?"

„Er hatte mehrere kurze Beziehungen. Ich kenne die Frauen aber nicht. Er redet nicht viel darüber. Danke, dass du zugehört hast und sorry, dass ich dich mit meinen Problemen belaste."

Als Luc endgültig durch die Tür war, sah Keesha auf das Display ihres Smartphone. Ein verpasster Anruf und eine SMS. Der Anruf war von ihrer Mutter. Sie war 70 Jahre alt und konnte sich nicht an Handys gewöhnen. Sie benutzte noch immer das alte Wählscheibentelefon aus den siebziger Jahren des vergangenen Jahrhunderts. Keesha hatte sie noch nicht davon überzeugen können, sich ein aktuelleres Modell zuzulegen.

Die Textnachricht war von Pieter. *Guten Morgen, mein Schatz. Ich liebe dich. Treffen wir uns heute?*

Keesha überlegte nicht lange. *Heute nicht, muss lang arbeiten.* Damit war für sie die Sache abgemacht. Ob Pieter sich daran halten würde, war eine andere Sache. Bei Pieter wusste man nie, woran man war. Sie wunderte sich mittlerweile, es so lange mit ihm ausgehalten zu haben. Einmal hatte er eine ganze

Woche nicht mit ihr geredet. Es war einfach Funkstille gewesen. Keesha hatte sehr darunter gelitten und war kurz davor gewesen, einen Schlussstrich zu ziehen. Aber dann hatte Pieter sie mit großen, blauen Augen angesehen und ein verletztes Gesicht aufgesetzt und sie war dahingeschmolzen. Es war ihr im Nachhinein etwas peinlich, Luc in diese Sache hineingezogen zu haben, aber sie hatte das Bedürfnis gehabt, darüber zu sprechen. Mit ihrer Mutter konnte sie über solche Themen nicht sprechen. Sie standen sich nahe, aber ihre Mutter hatte für so etwas kein Verständnis.

Der Rest des Arbeitstages verging im Schneckentempo. Sie hatte noch zwei Seminare in imperativer Programmierung für Erstsemester durchzustehen. Die waren erfahrungsgemäß immer besonders anstrengend. Sie bestanden aus etwa neunzig Prozent jungen Männern, kaum dem Teenageralter und damit dem Alter entwachsen, in dem Frauen entweder Mutterfiguren oder Sexobjekte sind. Fast alle hatten als Hobby-Programmierer schon einmal irgendwelchen Spaghetti-Code in ihre Gamer-PCs gehackt und wollten sich ungern von jemandem wie ihr etwas sagen lassen.

2

16. Mai 1938, Berlin-Wilmersdorf

Erwin Holzmann saß in seinem Arbeitszimmer. Normalerweise genoss er es sehr, sich in diesem von ihm selbst m Jugendstil eingerichteten Raum aufzuhalten. An diesem Tag war das anders. Als er das Behördenschreiben gelesen hatte, das jetzt auf dem schweren Schreibtisch aus Eichenholz lag, hatte sich Verzweiflung in ihm breit gemacht. Er hatte keinen Blick für seine teuren Ölgemälde an der Wand und die fein geschwungenen Linien der Dekoration der Wandtäfelung.

Wir sind am Ende. Es wird immer schlimmer. Er fühlte sich wie im Trance und in seinem Kopf begann es zu hämmern. Er hörte, wie sich die schwere Holztür, die von der Diele in sein Arbeitszimmer führte, öffnete. Nach einigem Zögern hob er den Kopf, der sich heute zentnerschwer anfühlte.

„Martha...", hörte er seine Stimme sagen.

„Wieder schlechte Neuigkeiten?"

Martha Holzmanns Gesicht sah ernst aus.

Holzmann blickte der Mittdreißigerin in die grünen Augen. In diese Frau hatte er sich vor fünfzehn Jahren verliebt. Sie hatten sich geschworen, in guten wie in schlechten Tagen zusammenzuhalten. Die Tage waren schon lange nicht mehr gut gewesen.

„Welche Neuigkeiten sollte es sonst geben?". Holzmann gab sich Mühe, nicht allzu resigniert zu klingen. „Wir haben hier einen Strafbefehl bekommen. Geldstrafe."

„Warum das?" Martha Holzmann runzelte die Stirn.

Erwin Holzmann atmete hörbar aus. „Wir haben angeblich unser Vermögen zu niedrig angemeldet."

Martha Holzmann sah ihren Mann fragend an.

„Du weißt doch, es gibt seit neuestem eine Verordnung, wonach alle Juden ihr Vermögen…"

„Ja, ich kenne die neueste Schikane," unterbrach sie ihn, „aber warum haben wir zu wenig angegeben?"

„Wir haben nicht zu wenig angegeben. Sie bewerten die Gemäldesammlung einfach höher, als ich das getan habe."

Martha Holzmann schüttelte langsam den Kopf und verzog den Mund. „Wieviel wollen sie denn?"

„300.000 Reichsmark."

Holzmann wunderte sich nicht, dass seine Frau keine Regung zeigte. Sie hatte gelernt, dass man sich, vor allem in der Öffentlichkeit, so unauffällig wie möglich verhalten musste. Sonst lenkte man die Aufmerksamkeit der Gestapo auf sich. Und die war allgegenwärtig. Unerbittlich. Besonders, wenn man Jude war. Es war schon so weit, dass man sich noch nicht einmal in den eigenen vier Wänden traute, eine Gefühlsregung zu äußern. Hier haben sogar die Wände Ohren.

„Wir haben nicht soviel in bar verfügbar. Es ist alles in der Bank investiert. Das dauert."

Martha Holzmann hob den Kopf. Ein Hoffnungsschimmer glänzte in ihren Augen. „Was ist mit der Gemäldesammlung? Allein das Bild von Munch ist Hunderttausende wert. Du weißt, das mit der rothaarigen Frau."

„Du meinst verkaufen…?". Holzmann hielt inne und holte tief Luft. „Ehrlich gesagt widerstrebt mir das sehr. Du weißt, dass wir eine der feinsten Sammlungen von Berlin haben? Und dass mir mein Vater die Bilder vererbt hat?"

Er wusste, dass seine Stimme jetzt diesen etwas vorwurfsvollen Tonfall angenommen hatte, den sie hasste.

Seine Frau ließ sich davon nicht beeindrucken. Die Argumente ihres Mannes hatten ihren Widerspruch herausgefordert. „Was bringt uns das, wenn wir im Gefängnis sitzen? Oder noch was Schlimmeres passiert? Die sollen jetzt Lager eingerichtet haben, hab ich gehört! Da schleppen sie politische Gefangene hin und angeblich auch Juden." Martha Holzmann hatte sich in Rage geredet.

Erwin Holzmann schwieg. Er musste dem innerlich zustimmen. Sie hatten es schon vor Hitler nicht einfach gehabt. Es hatte immer Anfeindungen gegeben; schon sein Vater hatte ihm davon erzählt. Aber seit Hitler vor fünf Jahren an die Macht gekommen war, schien das Ganze systematisch zu werden. Als Holzmann immer noch nichts sagte, fuhr sie fort:

„Es gibt keine Zukunft hier. Wir können machen, was wir wollen, sie kriegen uns irgendwie. Auf die eine oder andere Art."

Martha Holzmann beruhigte sich wieder und strich eine Strähne ihrer dunkelbraun glänzenden Haare, die ihr Mann so sehr liebte, aus dem Gesicht. Sie sagte in beschwörendem Ton, „Erwin, ich liebe dich. Das weißt du. Das wird immer so sein. Das haben wir uns damals geschworen. Und ich will noch viele Jahre weiter mit dir leben. Aber ich habe immer mehr das Gefühl, dass das nicht hier in Berlin oder überhaupt in Deutschland sein kann. Ich weiß, ich hab dir das schon oft gesagt, aber ich glaube, bald ist es zu spät."

„Aber die Bank..."

„Du bist mir mir verheiratet und nicht mit der Bank!". Martha Holzmanns Stimme klang bestimmt.

„Wenn du nicht fliehen willst, dann müssen wir diese Strafe mit den verkauften Gemälden bezahlen."

„Es tut mir weh, aber vielleicht hast du Recht. Vielleicht ist das die Rettung."

„Rettung?" Der kurze Hoffnungsschimmer war wieder verschwunden. „Du nennst es Rettung. Ich glaube nicht mehr an Rettung. Deutschland will uns verderben. Diese Strafzahlung ist wieder nur einer der Vorwände. Die hatten wir schon so oft. Sie werden für ein paar Wochen zufrieden sein und dann fällt ihnen was Neues ein!"

Martha Holzmann hatte ihre Stimme erhoben. Unvermittelt wechselte sie das Thema und sagte ernst und bedeutungsvoll:

„Hermann Rubinstein ist seit vorgestern nicht nach Hause gekommen. In der Nachbarschaft heißt es, sie haben ihn verhaftet."

Erwin Holzmann sagte nichts. Um seine Lippen spielte ein freudloses, melancholisches Lächeln. *Schon wieder einer. Bald sind wir dran.*

3

13. August 2013, N12 zwischen Rennes und Saint-Brieuc, Bretagne

Der kraftvolle Motor katapultierte den roten Porsche Boxster mit einem dumpfen, sonoren Geräusch über die nächtliche Route Nationale. Jean-Yves Le Dantec döste hinter dem Steuer vor sich hin und starrte auf das graue Band mit den weißen Streifen, das der Lichtkegel der Scheinwerfer vor ihm beleuchtete. Die eintönigen optischen Eindrücke hatten eine hypnotisierende Wirkung auf ihn. Die Straße war hier gut ausgebaut und fast schnurgerade, so dass nur ab und zu eine kleine Richtungskorrektur notwendig war. Es war eine dieser lauen Sommernächte, wenn in den Städten die Nacht zum Tag gemacht wird und die Leute mit einem Glas kühlen Weißwein in ihren Gärten sitzen. Jean-Yves Le Dantecs Gedanken waren von nichts weiter entfernt als von diesen unschuldigen Vergnügungen. Er hatte andere Probleme. Die friedvolle Landschaft der Bretagne wurde von der zweispurig ausgebauten Nationalstraße durchzogen, an Äckern, kleinen Eckchen Wald und verstreuten Häusern vorbei. Le Dantec verschwendete keinen Gedanken daran, selbst wenn er diese Dinge hätte sehen können, was von der Dunkelheit verhindert wurde.

Dabei hatte der Abend so vielversprechend angefangen. Die beiden Suites in einem teuren Pariser Hotel mit Blick auf die Skyline der Metropole waren mit dem größtmöglichen Luxus ausgestattet. Das Hotelpersonal hatte die Räumlichkeiten wie immer sorgfältig vorbereitet. Champagner war kaltgestellt. Bequeme Diwans luden ein, es sich bequem zu machen und weiche Betten waren frisch bezogen um später am Abend diverse Körperflüssigkeiten aufzusaugen.

Le Dantec hatte fieberhaft auf Louise gewartet. Louise. Er kam ins Schwärmen, wenn er an dieses Mädchen dachte. Hellbraune, glänzende Haare, die sie immer offen trug und von Zeit zu Zeit mit einer anmutigen Bewegung des perfekt-ovalen Köpfchens nach hinten warf. Alles an ihr war klein, zierlich und wohlproportioniert. Le Dantec stand am Fenster der Suite und sah auf die abendliche Pariser Skyline hinaus. Er bemerkte Louise erst, als er ihre wohlklingende Altstimme hinter sich hörte.

„Träumen Sie, Jean?"

Le Dantec fuhr herum und wurde prompt von einem neckischen Aufblitzen in Louises braunen Augen getroffen. Ohne ein Wort zu sagen, bog er seinen Kopf zu dem Mädchen hinunter und küsste sie zärtlich auf den Mund. Er spürte ihre feuchte Zunge in seiner Mundhöhle, wie sie spielerisch die seinige umkreiste. Er stellte sich vor, was dieser kleine Mund und diese Zunge später am Abend noch machen würden und merkte, wie sein Körper reagierte. In schwachen Momenten fragte er sich manchmal, was Mädchen wie Louise motivierte. Warum sie sich gegen Geld mit alten Männern wie ihm einließen. Sie könnte schließlich seine Enkelin sein. Aber das waren müßige Gedanken. Er war hier, um Spaß zu haben.

Heute waren nicht viele der männlichen Stammgäste da. Man trug Abendgarderobe. Hier war das große Geld versammelt. Geld und Macht. Banker, Manager, Rechtsanwälte. Le Dantec fühlte sich manchmal minderwertig in dieser Gesellschaft. Er war schließlich nur auf Empfehlung eines befreundeten Rechtsanwaltes in diesen erlauchten Kreis aufgenommen worden. Mit Dubois hatte er zusammen studiert. Dubois hatte dann das große Geld gemacht, eine Kanzlei im Zentrum von Paris eröffnet und vertrat jetzt Mandanten aus der Politik und den Medien. Promi-Anwalt. Le Dantec hingegen war in das heimatliche Pont-Kervennec zurückgekehrt und hatte sich dort als Rechtsanwalt niedergelassen. Es waren grundverschiedene Welten, in denen sie lebten, aber zuweilen kreuzten sich ihre Wege und Le Dantec war einmal mit auf eine dieser Partys gekommen. Tausend Euro musste einem allein der Eintritt wert sein, nicht zu rechnen, was man für die Mädchen bezahlte.

„Ich träume nur von Ihnen, Louise.", war Le Dantecs Antwort, nachdem sich ihre Zungen von einander gelöst hatten.

„Das hoffe ich doch, *mon cher*.", sagte Louise mit einem koketten Lächeln. „Haben Sie nicht etwas zum Trinken für mich? Ich komme um vor Durst." Le Dantec nahm ein Glas Champagner von einem Tablett, das in der Nähe auf einem Tischchen stand und reichte es Louise. Mit verklärtem Blick setzte sie es an und nippte daran, während sich ihre rot geschminkten Lippen zu einem Kussmund formten.

So oder ähnlich verliefen ihre Begegnungen üblicherweise. Die Konversation war eintönig. Das war sie immer, wie Le Dantec sich eingestehen musste. Sexuelle Anspielungen und kitschige Komplimente aus einer vergangenen Zeit seinerseits. Kokette und doppeldeutige Antworten ihrerseits. Mehr war da nicht. Er verehrte dieses Mädchen wegen ihrer körperlichen Vorzüge, weil sie so schlagfertig war und weil sie Blowjobs gab, die

Kardiologen reich machen konnten. Und das schon in ihrem Alter. Er war aus einfachen Verhältnissen, aber er hatte es geschafft, eine höhere Schule zu besuchen, das Baccalauréat zu absolvieren und eine klassische Universitätsausbildung zu genießen. Etwas, was nicht viele Arbeiterkinder schafften. Er merkte schmerzlich, dass es nicht sein Wissen und seine geistreiche Unterhaltung war, die dieses Mädchen anzogen und schon gar nicht das Äußere seines 71-jährigen verbrauchten Körpers. Es war sein Geld, und das floss nicht mehr so reichlich wie früher.

Später am Abend ging das Ritual weiter. Louise hatte die zwei großen, grünen Geldscheine unzeremoniell in ihr schwarzes, glänzendes Handtäschchen gesteckt, das den Namen eines berühmten Modeschöpfers trug. Sie ging voraus in eines der kleinen Schlafzimmer und Le Dantec folgte ihr wie ein Hund seiner Herrin. Sein Blick haftete auf den Rundungen ihres Hinterteils, dessen Formen deutlich durch den engen Minirock zu erkennen waren.

Mit einem Ruck legte Le Dantec seine rechte Hand auf ihre linke Schulter und riss das Mädchen herum. Louises Augen blitzten für den Bruchteil einer Sekunde eigentümlich auf. Le Dantec nahm es für Überraschung. Er zog den jungen, zarten Körper brutal an sich und umfasste ihr Gesäß. Louise hatte sich gefasst und lächelte wieder. Le Dantec fuhr mit seinen Händen langsam seitlich an Louises Körper hoch und bedeckte ihre kleinen, festen Brüste mit je einer Hand. Er schloss die Augen und stand einige Sekunden bewegungslos. Unvermittelt stieß er sie mit aller Kraft von sich. Louise stieß einen Schrei aus und landete auf dem weichen Bett hinter sich.

Zwei Stunden später hatte Le Dantec zufrieden die Party verlassen und war auf dem Weg in die Tiefgarage, wo er seinen roten Porsche geparkt hatte. Die Aufzugtür öffnete sich und er betrat die Tiefgarage. Unangenehmes Kunstlicht blendete ihn hier, ungewohnt nach dem gedämpften, warmen Licht der Hotelkorridore. Kein Mensch war hier. Seine Schritte hallten in der verlassenen Garage.

Er war fast an seinem Auto angekommen, als er hörte, wie sich die Aufzugtür erneut öffnete und vernahm kurze, schnelle Schritte, unüberhörbar durch Schuhe mit hohen Stiletto-Absätzen verursacht.

„Jean!", hörte er Louises Stimme, die sich irgendwie anders anhörte als früher am Abend. Entschlossener, härter.

Le Dantec drehte sich um und sah, wie Louise sich ihm näherte. Sie blieb mit einigem Abstand stehen. „Ist alles in Ordnung, Louise? Haben Sie was vergessen?"

Louise zog die Augenbrauen hoch. „Nein, ich habe nichts vergessen. Ich habe mich nur entschieden, dass jetzt der Zeitpunkt gekommen ist."

Le Dantec zog die Stirn in Falten. „Der Zeitpunkt? Welcher Zeitpunkt?"

Louise befeuchtete ihre Lippen mit der Zunge und lächelte. „Nun ja, wie soll ich sagen? Es hat sich abgenutzt, Jean. Ich habe keine Lust mehr, Sie zu ficken."

Jean-Yves Le Dantec war wie vor den Kopf geschlagen. Bevor er Worte fand, fuhr Louise fort.

„Wissen Sie, Jean, ich nehme zwar Ihr Geld, damit Sie Ihren Schwanz in meine diversen Löcher stecken können und qualifiziere mich damit wahrscheinlich als Nutte, aber ich bin wählerisch, müssen Sie wissen. Sie bringen es nicht mehr. Schauen Sie sich doch an! Sie sind ein alter Mann, Jean. Sie könnten mein Urgroßvater sein. Und ich, ich bin 18 Jahre alt." Louise lächelte plötzlich verschmitzt. „Oder vielleicht auch nicht."

„Was soll das heißen?", fragte Le Dantec, in dessen Hinterkopf eine Ahnung dämmerte. Eine Ahnung, bei der es ihm kalt den Rücken hinunterlief.

Wieder öffnete Louise den Mund und ließ ihre Zunge aufreizend über die roten Lippen gleiten. „Das kommt vielleicht jetzt etwas plötzlich, aber Sie müssen wissen, dass ich schon länger darüber nachdenke, unsere ... sagen wir, Geschäftsbeziehung zu beenden. Oder vielmehr für mich lukrativer zu gestalten. Aber, was das Alter angeht, wenn Sie möchten, kann ich Ihnen meinen Ausweis zeigen. In diesem Ausweis steht mein Geburtsdatum. Ich kann es Ihnen nennen. Ist kein Geheimnis. 12. Februar 1996. Falls Sie so schnell nicht rechnen können, ich werde nächstes Jahr erst 18."

Sie ging auf Le Dantec zu. Ihr Mund war wenige Zentimeter von seinem Ohr entfernt.

„Was meinen Sie eigentlich, warum ich Ihnen erlaubt habe, Ihren dreckigen Schwanz in mich reinzustecken? Warum ich Ihre stinkenden Ausdünstungen ertragen habe? Ihre Erniedrigungen? Sie meinen, weil Sie mich bezahlt haben? Das ist nur ein Teil der Wahrheit. Haben Sie mich jemals einmal als Mensch wahrgenommen? Andere Mädchen in meinem Alter sitzen mit ihrem Freund im Kino und knutschen. Und ich? Ich lege mich hin, mache die

Beine breit und lasse mich von einem alten, abgewrackten und dekadenten Schwein in den Arsch ficken. Glauben Sie nicht, dass die paar Kröten, die Sie mir zustecken, das rechtfertigen können."

Le Dantec war sprachlos. Es war ihm, als zöge man gerade den Boden unter seinen Füßen weg. Dieses Miststück, diese *sale pute* wollte ihn erpressen, das war klar.

„Ich will es jetzt kurz machen, Jean. Ich habe einen teuren Lebenswandel und ich will Politikwissenschaften studieren. Das Leben in Paris ist ja so teuer, das wissen Sie bestimmt. Und die Studiengebühren erst…"

„Und das soll ich Ihnen jetzt finanzieren?"

„Ja, so dachte ich mir das. Sie liefern das Geld ab und ich halte den Mund. Und wenn Sie pünktlich zahlen, lasse ich mich vielleicht nochmal zu einem Blowjob herab, falls ich meinen Ekel überwinden kann."

„Sie können mir nichts anhaben, ich wusste nicht, dass Sie minderjährig sind."

„Aber das habe ich Ihnen doch gesagt! Ganz am Anfang, wissen Sie nicht mehr?" Louise machte große, unschuldige Augen. „Wem wird die Polizei wohl eher glauben, Ihnen oder mir? Ich war doch nur als Kellnerin eingestellt. Dann haben Sie sich an mich herangemacht, ich habe Ihnen gesagt, dass ich minderjährig bin, aber das hat Sie nur noch mehr erregt. Dann haben Sie mich mehrfach vergewaltigt. Sie haben mir die Kleider vom Leib gerissen. Und dann haben Sie gedroht, dass ich meinen Job verliere, wenn ich was sage."

Le Dantec war sicher, dass sie damit durchkäme. Er war überzeugt, dass diese mit allen Wassern gewaschene Teufelin sehr überzeugend die junge, unschuldige 17-jährige spielen konnte, ob sie nun wirklich 17 war oder nicht.

„Machen wir es kurz, Jean. Ich melde mich bei Ihnen. Fahren Sie mal zurück in Ihr Fischerdorf, solange Ihr Ruf dort noch unversehrt ist. Könnte sein, dass sich das irgendwann ändert. Ach, und Sie wissen ja, was sie mit Pädophilen im Knast machen..."

Das Mädchen drehte sich ohne ein weiteres Wort um und bewegte sich mit dem Gang eines Laufsteg-Models zurück zum Aufzug. Le Dantec sah ihr hinterher. Sie betrat den Fahrstuhl und drehte sich wieder zu ihm um. Er stand noch immer bewegungslos da. Sie lächelte ihm noch einmal übertrieben freundlich zu, winkte und dann schloss sich die Aufzugtür.

4
2. September 2013, Amsterdam

Sie wusste es schon, als sie ihre Wohnung betrat. Pieters After Shave in der Luft. Seine Jacke an der Garderobe, adrett auf den Bügel gehängt. Er war da. Noch vor zwei Jahren hätte sie sich darüber gefreut, mit Schmetterlingen im Bauch. Es gab keinen konkreten Anlass, aber jetzt hatte sie ein ungutes Gefühl. Mit Pieter war es seit einiger Zeit so als würde man über eine stabil aussehende, aber in Wirklichkeit morsche Hängebrücke gehen. Ab und zu brach eine der Holzlatten unvermittelt durch und man musste sich festhalten, um nicht in die Schlucht zu stürzen.

Keesha holte Luft und drückte die Tür zum Wohnzimmer auf, die angelehnt war.

„Hi Pieter!"

Er saß auf dem schwarzen Ledersofa und hatte die Beine übereinander geschlagen. Seine blauen Augen sahen sie interessiert an.

„Hallo Lakeesha."

Wenn er ihren vollen Vornamen benutzte und das auch noch in diesem Tonfall, undefinierbar zwischen Ironie und gespielter Sachlichkeit angesiedelt, dann war sicher etwas im Busch. Keesha fühlte ihre gute Laune schwinden. „Hab heute gar nicht mit dir gerechnet.", versuchte sie harmlos zu sagen.

„Ich wollte dich wieder mal sehen. Man erreicht dich ja sonst nicht."

„Ich hab dir doch geschrieben."

„Ja, einen Einzeiler!"

„Du glaubst ja gar nicht, was bei uns los war. Ich war echt beschäftigt die letzten Tage."

„Beschäftigt? Mit wem denn?"

„Mit wem? Wieso mit wem?"

„Na, ich hab dich doch mit einem Typen in einem Café in der Kerkstraat sitzen sehen."

Keesha war einen Moment sprachlos.

„Ach, das war mit Luc. Ja, wir haben da mal kurz gesessen und über die letzten Details unseres Projektes gesprochen. War so schönes Wetter, da wollten wir nicht im Büro sitzen."

„Weißt du, Lakeesha, ich will eigentlich nicht, dass du dich mit fremden Männern triffst."

Keesha verdrehte in Gedanken die Augen. Sie warf den Kopf nach hinten und holte tief Luft. Nicht diese Diskussion schon wieder! Ihre Vorahnung was also wohl berechtigt gewesen. Leider konnte sie nicht vermeiden, etwas defensiv zu klingen.

„Ich treffe mich nicht mit fremden Männern. Luc ist ein Kollege und wir haben mal einen Kaffee getrunken und ein Arbeitsgespräch geführt. Was ist denn dabei?"

„Ich mache mir halt nur Sorgen."

„Sorgen? Wieso machst du dir denn Sorgen? Geb ich dir dazu Anlass?"

„Naja, wenn ich sowas sehe...."

„Wenn du was siehst?" Keesha wurde langsam ungeduldig. Wie oft hatten sie schon ähnliche Gespräche gehabt. „Wenn du siehst, wie ich arbeite? Pieter, falls du noch nicht im einundzwanzigsten Jahrhundert angekommen bist: Ich bin eine moderne

Frau. Zumindest halte ich mich dafür. Ich bin Wissenschaftlerin. Man hat nun mal auch männliche Kollegen...."

„Das meine ich doch nicht!"

„Was meinst du denn? Willkommen in der freien Welt! Wir sind hier in Mitteleuropa und nicht in Saudi-Arabien, wo die Frauen nicht autofahren dürfen; ich bespringe nicht jeden männlichen Kollegen und hab wilden Sex im Putzraum hinter dem Hörsaal!"

„Keesha, ich möchte, dass du dich zwischendurch mal meldest."

„Dass ich mich melde? Wenn ich auf der Arbeit bin? Was soll das denn jetzt?"

„Damit ich weiß, dass es dir gut geht."

„Ich kann auf mich aufpassen, danke."

„Du wirst mir drei Mal am Tag eine SMS schreiben und sagen, wo du gerade bist und mit wem du dich triffst."

„Sag mal, bist du jetzt übergeschnappt? Das werde ich bestimmt nicht machen! Schon mal was von Vertrauen gehört?"

Pieter stand vom Sofa auf, ging schweigend ans Fenster und drehte Keesha den Rücken zu. Nach einer Minute drehte sich wieder um. Er fuhr sich mit den Händen durch die blonden Haare und sein Gesicht sah hart und kantig aus. Irgendetwas in Keesha bemitleidete ihn. Der Mann hatte Probleme. Pieter war in der Lage, seine Stimmung innerhalb von Sekunden um einhundertachtzig Grad zu drehen. Keeshas Mitleid hielt nicht lang an. Bald hatte das Teufelchen auf der linken Schulter wieder die

Überhand, und das Engelchen auf der anderen Seite bemühte sich vergebens, zu Wort zu kommen.

„So Pieter, was ist denn jetzt? Hast du noch was zu sagen?" Sie war selbst überrascht, wie kalt ihre Stimme klang.

„Mach es mir doch nicht so schwer.", brachte er heraus.

„Ich mach's dir schwer? Was machst du denn gerade?"

„Du verstehst mich nicht."

Keesha war unschlüssig, was sie zu dieser Platitüde sagen sollte. Sie verstand ihn nur zu gut. Was Pieter brauchte, war ein Mutterersatz, keine Partnerin.

„Pieter, wie oft haben wir so eine Diskussion schon gehabt? Ich weiß einfach nicht mehr, was ich dir noch dazu sagen soll. Bist du sicher, dass ich dir das geben kann, was du brauchst? Eines kann ich dir mit Sicherheit sagen: Ich lasse mich von dir nicht kontrollieren."

Pieters Augen blitzten auf.

„Was soll das heißen? Willst du Schluss machen?"

Keesha schwieg einen Moment. Ja, das will ich, dachte sie, aber das wollte sie ihm jetzt und hier nicht sagen. Oder war der Moment endlich gekommen?

„Ich weiß es nicht. Ich muss darüber nachdenken. Vielleicht brechen wir das Gespräch jetzt hier ab. Es führt zu nichts."

„Das heißt, ich soll gehen?"

„Ja ich glaube, das wäre das Beste."

Pieter sah in diesem Moment extrem verletzt aus und Keesha bereute es fast, ihn so zu behandeln. Aber sie war doch überzeugt, dass das jetzt die beste Therapie war.

„Also ich bin unerwünscht?", fragte er schließlich.

„Das hat nichts mit erwünscht oder nicht zu tun. Ich hab jetzt das Bedürfnis, allein zu sein. Ich hab einen schweren Tag hinter mir. Wir drehen uns im Kreis; ich kann das jetzt nicht ertragen."

Pieter sagte nichts mehr, sondern starrte Keesha mit müden Augen an. Nach zehn Sekunden Schweigen nickte er beinahe unmerklich, als ob er zu einem Entschluss gekommen sei. Er ging wortlos zur Tür und verließ den Raum. Einige Sekunden später hörte sie die Wohnungstür zuknallen.

Keesha stand unbeweglich in der Mitte des Zimmers. Sie fühlte sich schlecht und bereute, so unsachlich gewesen zu sein. Die gute Laune, mit der sie nach Hause gekommen war, war verschwunden, war überdeckt wie ein wolkenloser Sommerhimmel mit Gewitterwolken. Sie hatte das bestimmte Gefühl, dass sich hier etwas ändern muste.

5
15. September 1938, Berlin-Mitte

Adalbert Jäger ging durch den Park, als er sie sah. Zuerst sah er nur einen Kopf, glatte, glänzende, rote Haare. Der Kopf war gesenkt, die Frau saß auf einer Bank und las in einem Buch. Ruhig und friedlich. Jäger wusste später selbst nicht mehr, ob er dieses Bild schon in diesem ersten Moment mit Emma in Verbindung brachte. Wahrscheinlich nicht, denn ruhig und friedlich waren nicht die Eigenschaften, die er mit ihr verband. Vielleicht aber doch, denn die Haare, die in der Sonne immer wie rotes Gold glänzten, waren Emmas Markenzeichen. Ihr Erkennungszeichen. Jäger würde sie unter Tausenden wiedererkennen, nur auf Grund dieses speziellen Farbtones. Jäger fühlte, wie sich sein Magen zu einem Klumpen formte. Diese Begegnung war zu unerwartet.

Sollte er umkehren? Dann müsste er einen Umweg machen, zu dem er jetzt keine Zeit hatte. Einfach schnell vorbeigehen und den Kopf dabei abwenden? Und wenn sie es gar nicht war? Jäger kam sich plötzlich lächerlich vor. Selbst wenn...er würde sie konfrontieren müssen.

Die rothaarige Frau hob jetzt den Kopf. Ja, das war sie. Ihr Gesicht war nicht im Geringsten gebräunt. Emma hatte immer sehr viel Wert darauf gelegt, eine bleiche Hautfarbe zu haben. Sie sah älter aus, reifer. Aber ansonsten war sie unverändert. Der zierliche Körperbau. Derselbe herausfordernde Gesichtsausdruck. Also doch. Eine Entscheidung, wie er sich verhalten wollte, blieb Jäger erspart, denn sie hatte ihn gesehen. Ihr Gesicht zeigte mit keiner Bewegung, dass sie ihn erkannt hatte, aber sie wandte ihren Blick nicht ab, so wie man es bei einem gleichgültigen Passanten machen würde. Sie sah in unverwandt an. Genauso hatte sie ihn angesehen, als sie sich zuletzt gesehen hatten, oben im bayerischen Alpenvorland, woher er stammte und wo sie sich kennengelernt hatten.

Zehn Jahre waren seitdem vergangen. Für Jäger hatte sich nicht viel verändert. Noch immer stand er unter der Fuchtel seines Vaters. Seine Mutter war so eingeschüchtert, dass man ihre Anwesenheit im Haus kaum wahrnahm. Adalbert Jäger war ein mittelmäßiger Student, dem das Medizinstudium über den Kopf wuchs. Was war wohl aus Emma geworden? Er ging weiter und richtete den Blick vor sich auf den Boden. Er wollte sie jetzt nicht sehen und nicht mit ihr sprechen. Die Erinnerung hatte ihn zu sehr aufgewühlt. Als er an ihr vorbeiging, fühlte er ihren Blick förmlich auf sich, wie er sich in seinen Rücken bohrte.

„Adalbert."

Jäger drehte sich um. Emma. Sie sah ihn bittend an.

„Emma.", sagte Jäger einfach.

Peinliches Schweigen. Jäger konnte dieses unangenehme Schweigen nie lange aushalten. Er sagte schließlich: „Es ist lange her. Wir waren Kinder."

„Ich weiß genau, was du jetzt fühlst. Es tut mir leid, dass ich dich damals enttäuscht habe."

„Enttäuscht? Weißt du eigentlich, wovon du redest?"

„Ich glaube, ich weiß das besser als du."

„Und? Weiter hast du nichts zu sagen? Ich kann nur von mir selbst sprechen. Ich weiß, nicht, was du alles erlebt hast. Aber ich war 15 Jahre alt. Und verliebt in dich. Musste mir ständige Lügen für meine Eltern ausdenken, die nicht wollten, dass wir uns sehen. Weißt du das nicht mehr?"

„Ich weiß es."

„Und dann? Weißt du noch, was am 21. Juli 1929 passierte? Du hattest keine Zeit an dem Tag, zumindest hast du mir das gesagt. Aber ich wollte dich sehen. Ich bin den ganzen Weg bis zur Berghütte hochmarschiert. Ich wusste nicht, dass du da warst. Ich wollte einfach an dem Ort sein, wo wir uns so oft getroffen hatten. Vielleicht hoffte ich auch, dass du auch kommen würdest. Ich weiß gar nicht mehr, was ich dachte, als ich das unterdrückte Stöhnen hörte. Wenn du mich doch nur betrogen hättest! Wenn du doch nur mit irgendeinem Bauernjungen aus der Nachbarschaft irgendwelchen Schweinkram gemacht hättest! Aber das, was ich durch das Astloch gesehen habe, konnte ich dir nicht verzeihen."

„Und jetzt? Kannst du es mir jetzt verzeihen?"

Jäger sagte nichts und sah Emma nur nachdenklich ins Gesicht.

„Kannst du dir vorstellen, wie es ist, anders zu sein? Ein Geheimnis zu haben, von dem man nicht erzählen darf? Und wenn es jemand erfährt, schaut er dich mit Abscheu an?"

„Ich habe mit niemandem darüber gesprochen.", murmelte Jäger, als ob er sich entschuldigen müsse.

„Danke, aber das hilft mir nicht, meinen Seelenfrieden zu erlangen. Aber du hast mir meine Frage noch nicht beantwortet."

„Spielt es eine Rolle? Es ändert nichts. Wie sieht es denn jetzt aus bei dir? Was machst du? Wovon lebst du?"

„Von Gelegenheitsarbeiten. Meine Eltern sind tot. Ich bin ganz allein auf der Welt. Ich nehme Näh- und Bügelarbeiten an. Und manchmal, wenn es gar nicht anders geht…."

Sie hielt inne und senkte den Blick. Dann sprach sie weiter. „Es ist nicht besser, sondern schlimmer. So schlimm, dass ich aus Berlin weg muss."

„Seit wann bist du hier?"

„Seit fünf Jahren. Mein Vater und mein Bruder sind beide an Typhus gestorben. Du weißt, wir waren nicht reich. Wir wohnten zur Miete. Die anderen Dorfbewohner mieden mich. Ich fühlte mich nicht wohl dort und bin zuerst nach München und später nach Berlin. Ich glaubte, in der Anonymität der Großstadt hätte ich es leichter. Ich meine, leichter, jemanden…"

„Ja, ich verstehe schon.", sagte Jäger schnell. „Aber warum musst du weg von hier?"

Emma wurde nervös. Sie atmete tief durch und öffnete mehrmals den Mund, um etwas zu sagen. Jäger fiel erst jetzt auf, wie rot ihre Lippen waren. Rot wie Blut. Schließlich kamen die Worte. „Wegen Josef."

„Und wer ist Josef?"

„Josef ist mein … ein … ich meine, er ist, oder vielmehr er war ein Bekannter. Ein...Bekannter, der mir vertraut hat."

„Er war?"

„Er ist tot."

Als Jäger nichts sagte, fuhr Emma fort: „Und ich bin es schuld."

Emmas Stimme klang jetzt verzweifelt. „Weißt du, was das bedeutet? Sie werden ermitteln, sie werden die Todesursache feststellen, sie werden erfahren, dass wir uns kannten. Und wenn die Gestapo einmal dabei ist, werden sie mich nicht nur verhaften, sondern gleich ins KZ stecken. Du weißt, was jetzt gerade mit allen Menschen passiert, die als Juden, Asoziale, Arbeitsscheue und Zigeuner gebrandmarkt werden?"

„Ich weiß es. Mein Vater ist Gestapo-Beamter."

„Was??"

„Beruhige dich! Er wird von unserem Treffen nichts erfahren. Du weißt ja auch, welches Verhältnis ich zu meinem Vater habe? Es hat sich nicht geändert, seit wir uns das letzte Mal gesehen haben."

„Adalbert, ich weiß, ich habe es nicht verdient, dass du mich erhörst. Ich bin ganz unten in dieser Gesellschaft. Ich habe kürzlich eine Rede des Führers gehört. Er sprach von den deutschen Frauen. Adalbert, ich bin genau das Gegenteil! Kannst du dir das vorstellen? Denke dir alles, was die deutsche Frau auszeichnen soll und verkehre es ins Gegenteil. Dann hast du mich."

„Emma, ich…"

„Adalbert, hilf mir! Lass uns weggehen, irgendwo hin! Wo uns keiner kennt."

„Emma, ich kann nicht einfach hier weg. Ich studiere, mein Vater würde mich nicht weglassen, und…"

„Dann frag ihn nicht! Natürlich würde er dich nicht weglassen."

„Wovon würden wir leben?"

„Wir würden es schon irgendwie schaffen. Wir können beide arbeiten. Ich weiß, dass du mich auch geliebt hast."

Nach einer kurzen Pause sagte Jäger: „Ja, das habe ich allerdings."

Beide schwiegen.

„Emma, es geht nicht.", sagte Jäger leise. „Ich kann es nicht. Es ist unnatürlich…ich…"

„Du verabscheust mich auch?"

„Ich verabscheue dich nicht. Es ist einfach nur…" Jäger rang um Worte. „Ich habe kein gutes Gefühl dabei."

„Wo wohnst du?", fragte Jäger.

„Jetzt noch Humboldtstraße 235, zwei Treppen Hinterhaus, aber nicht mehr lange. Ich muss da bald weg. Adalbert, ich kann dich nicht zwingen und es ist vielleicht etwas viel verlangt, nach zehn Jahren plötzlich mit einem solchen Vorschlag zu kommen, aber ich musste es versuchen. Leb wohl."

Emma drehte sich um und ging weg. Jäger blieb unbeweglich stehen. Er fühlte sich im Augenblick unfähig, weiterzugehen. Es war seltsam. Die ganzen Jahre lang, als er nichts von Emma gesehen oder gehört hatte, hatte er sie zwar immer im Kopf gehabt, aber das Abartige, die Verletztheit, die Andersartigkeit überwog. Er sah nur das bleiche, verletzliche Gesicht und die bittenden Augen. Was hatte diese Frau nur an sich, dass sie einen Menschen innerhalb weniger Sekunden so beeinflussen konnte? Wenn er rational darüber nachdachte, war es grotesk. Es war bald zehn Jahre her, dass er nichts von Emma gehört hatte und doch hatte sie ihm den Vorschlag gemacht, mit ihr zu fliehen. Fliehen! Er sollte sein, zwar nicht glückliches, aber doch geregeltes Leben aufgeben, um mit Emma in die Ungewissheit zu gehen. Verfolgt von der Gestapo. Und wer weiß, welche Abgründe sich bei Emma sonst noch auftun würden. Trotzdem war ihm dieser Vorschlag, diese Forderung, diese Bitte gar nicht so abwegig vorgekommen. Er hatte ihr gesagt, dass er sie nicht verabscheue. Und das war sogar die Wahrheit. Jäger verabscheute sie nicht, er fühlte eine seltsame Faszination. Es war als habe Emma eine Aura um sich, eine Art Energiefeld, das andere Menschen in ihren Bann zog. Emma lebte von der Energie anderer Menschen. Verzweifelt hatte sie geklungen, aber nicht panisch. Jäger fand es äußerst bemerkenswert, dass jemand, der von der Gestapo gesucht wird, sich seelenruhig in den Park setzt und ein Buch liest. Oder hatte sie vielleicht auf ihn gewartet? Sie hatte ganz und gar nicht überrascht ausgesehen, als sie ihn erblickte.

Adalbert Jäger warf einen Blick auf seine Uhr. Er war spät dran, konnte sich aber nicht aufraffen, zur Vorlesung zu gehen. Auf sein Studium hätte er sich jetzt doch nicht konzentrieren können. Er wusste nicht, wie er das nennen sollte, was er für Emma fühlte. Ob es immer noch Liebe war? Außer Emma hatte er noch nie eine Frau geliebt, aber das, was er darüber gehört und gelesen hatte, war schön gewesen. Es konnte sich nicht dazu durchringen, das, was er fühlte, schön zu nennen. Aber er konnte es nicht ändern. Er war gefangen.

6

2. September 2013, Amsterdam

Nach der Auseinandersetzung mit Pieter hatte Keesha das Bedürfnis gehabt, an die frische Luft zu gehen. Sie schlenderte ziellos in der Gegend herum. Irgendwann bemerkte sie, dass sie an der Prinsengracht entlang ging. Sie betrachtete nachdenklich die dunklen Wassermassen. Unergründlich. Wie das Seelenleben von Pieter Berg.

Einerseits fand sie Pieters Verhalten unmöglich; seine unberechtigten Anschuldigungen gingen extrem gegen ihr Gerechtigkeitsempfinden. Andererseits tat er ihr leid. Sie kannte seinen Hintergrund und dass er es nicht leicht gehabt hatte. Als Kind ständig nur bei der Nanny. Die Eltern waren teilweise beide monatelang nicht da gewesen. Sie wusste auch, dass er in einer früheren Beziehung eine große Enttäuschung erlebt hatte. Er hatte nie Einzelheiten erzählt. Vermutlich hatte das seine Spuren hinterlassen und erklärte jetzt sein Verhalten. Keesha musste trotz ihrer ernsten Stimmung lächeln. Das war aber immer so ein netter junger Mann. Das waren immer die Reaktionen von Nachbarn, wenn irgendein netter junger Mann Amok gelaufen war und zwanzig Leute im Supermarkt mit einer 38-mm-Automatikpistole umgelegt hatte. Die Presse stürzte sich in diesen Fällen auch immer auf die verkorkste Kindheit und Jugend des Delinquenten. Aber nein…Pieter konnte man ja alles Mögliche nachsagen, aber ein Psychopath war er nicht. Trotzdem lief ihr unwillkürlich ein Schauder über den Rücken, als sie daran dachte, wie oft sie nackt im Bett neben Pieter geschlafen hatte. Nackt. Schutzlos. Ausgeliefert. Ihre Fantasien drifteten ins Sexuelle ab, als ihr das

Ausgeliefertsein bewusst wurde. Sie hatten einmal Fesselspiele gemacht. Keesha hatte es sehr genossen, mit gespreizten Beinen ans Bett gefesselt zu sein und war von einem gewaltigen Orgasmus überflutet worden. Sie sah sich vor ihrem geistigen Auge so im Bett liegen. Ihre Fantasien schlugen um. Pieter saß jetzt mit unbeweglichem Gesicht über ihr, ein großes bluttriefendes Küchenmesser in der Hand...

Keesha kniff die Augen zu und schüttelte den Kopf, als könne sie damit diese Gedanken vertreiben. Das Handy in ihrer Handtasche vibrierte. Hektisch kramte sie es hervor. Hm, unbekannte Amsterdamer Nummer.

„Sint Lantfrid Ziekenhuis hier, Dr. van Breda. Spreche ich mit Keesha Egmond?"

„Ja. Worum geht's denn?"

„Ihre Mutter, Frau Céline Egmond wurde heute in unser Krankenhaus eingeliefert."

„Was? Wie geht es ihr? Was ist passiert?"

„Ihre Mutter ist auf der Straße gestürzt und hat sich leicht verletzt. Sie ist stabil, aber wir müssen eine Gehirnerschütterung ausschließen, weil sie auch mit dem Kopf aufgeschlagen ist. Außerdem scheint das Fußgelenk beeinträchtigt zu sein. Sie ist mit ihren 70 Jahren sowieso in ihrer Mobilität etwas eingeschränkt, so dass wir sie dabehalten haben."

„Also akut brauche ich mir keine Sorgen zu machen?"

„Im Augenblick haben wir keinen Anlass, uns Sorgen zu machen. Sie möchte Sie aber gern sehen. Können Sie ihr ein paar Sachen von zu Hause mitbringen? Wäsche und solche Dinge?"

„Ja, jaja, kann ich machen.", stotterte Keesha etwas verwirrt. „Ich packe was zusammen und komme dann. Wo liegt sie denn? Sint Lantfrid war das, richtig?"

„Genau, Station 1B. *Dank u wel en tot ziens.*"

Keesha beobachtete, wie das Handy-Display erlosch. Bei ihr drehte sich alles. Irgendwie war das alles zuviel. Nach einigen Sekunden besann sie sich. Sie nahm sich zusammen und ging zurück nach Hause. Dort stieg sie in ihren roten Seat Ibiza und fuhr zur Wohnung ihrer Mutter.

Sie schloss die Wohnungstür auf. Wie gewöhnlich lag der Geruch von Möbelpolitur in der Luft. Sie ging durch den dunklen Flur ins Wohnzimmer, das wie immer perfekt aufgeräumt war. Das schwere Sofa kannte Keesha noch aus ihrer Kindheit. Wenigstens hatte Mutter die 70er-Jahre-Blümchentapete durch eine modernere ersetzt, nachdem Keesha ihrer Mutter nach dem Tod ihres Vaters gut zugeredet hatte. Trotzdem war die Atmosphäre in dieser Wohnung die einer alten Welt, einer Welt, in der noch alles in Ordnung war. In der sich nichts änderte. Hier kamen jedes Mal Kindheitserinnerungen hoch. Auf diesem hellgrünen Sofa hatte die kleine Keesha mit den großen braunen Augen und den braunen Haaren, die zu ganz vielen kleinen Zöpfen geflochten waren, gesessen und Sesamstraat geguckt. Wenn Keesha jetzt in den Spiegel sah, war die kleine Keesha nur noch in ihrer Fantasie da. Die großen braunen Augen waren noch da, aber jetzt guckte sie eine attraktive Mittdreißigerin mit einer wilden Haarmähne herausfordernd an, die ihr karibisches Erbe nicht verleugnen konnte. Sie schaute noch immer nachdenklich auf das Sofa mit den geblümten Sofakissen. Dann riss sie sich aus diesen Gedanken und steuerte auf die Schlafzimmertür zu.

Da sah sie es. In dem Sekretär aus dunklem Eichenholz steckte der Schlüssel! Als Kind war das immer sozusagen der Giftschrank gewesen. Er war immer verschlossen gewesen, einfach immer, bis auf ein Mal. Wie oft hatte Keesha ihre Mutter gelöchert, was sie denn da drin aufbewahre, aber immer hatte die Mutter ausweichend geantwortet.

„Das verstehst du noch nicht, das ist was für Erwachsene."

Das eine Mal, als der Sekretär offenstand, hatte ihre Mutter sie dabei erwischt, wie sie darin herumgeschnüffelt hatte. Es war das erste und einzige Mal gewesen, dass ihre Mutter sie geschlagen hatte und das hatte einen tiefen Eindruck auf die 10-jährige Keesha gemacht. Danach war der Schlüssel verschwunden. Auch als Erwachsene hatte ihre Mutter sie da nicht herangelassen. Sie hatte das nie verstehen können. Und jetzt steckte er!

Keesha rang nur kurz mit ihrem Gewissen. Der eigentliche Zweck ihres Besuches war vergessen. Sie ging auf den Sekretär zu, der behäbig und dunkel in der Ecke des Zimmers stand. Auch er ein Relikt aus alter Zeit, wie alles hier. Keesha berührte den Schlüssel, als ob sie einen elektrischen Schlag erwarte. Unwillkürlich blickte sie sich um, ob auch wirklich niemand da war. Der Schlüssel knirschte leise im Schloss, als Keesha ihn drehte und den Deckel des Sekretärs, der gleichzeitig als Schreibunterlage diente, herunterzog. Sie sah mehrere Fächer mit sorgfältig zusammengehefteten Papieren. Kein Eselsohr.

Rechnungen mit einem handschriftlichen Bezahlt-Vermerk, geschrieben in der Handschrift ihrer Mutter.

Keesha durchblätterte die Unterlagen und wünschte sich einmal mehr, auch so organisiert sein zu können. Aber hier war nichts Besonderes. Nur Versicherungspolicen, Rentenbescheide, Telefonrechnungen und Derartiges. Keesha fühlte Enttäuschung in sich hochsteigen. Deshalb hatte ihre Mutter diesen Sekretär über 40 Jahre oder noch länger unter Verschluss gehalten? Um Telefonrechnungen zu verstecken? Es sei denn... Aber nein, das konnte nicht sein. Keesha nahm sich eine Telefonrechnung und suchte den Einzelverbindungsnachweis. Sie fühlte sich plötzlich schlecht. Eine Schnüfflerin. Eine Tochter, die ihrer eigenen Mutter heimlich nachspionierte. Sie legte die Rechnung wieder beiseite. Nichts Außergewöhnliches hier, irgendwelche Amsterdamer Nummern, wahrscheinlich ihr Hausarzt oder eine Freundin aus dem Seniorenclub.

Keesha besann sich auf den eigentlichen Zweck ihres Kommens. Sie legte alles so zurück, dass ihre Mutter - hoffentlich - nichts merken würde. Als sie den Sekretär schließen wollte, fiel ihr eine kleine Schublade auf, die sie bisher nicht beachtet hatte. Ohne weiter darüber nachzudenken zog Keesha die Schublade auf. Ein Büchlein lag drin. Es war ein kleines Notizbuch. Die Umschlagseiten waren aus Hartpappe. Keesha schlug das Buch auf. Die Seiten waren vergilbt und von jemandem mit schwarzer Tinte beschrieben worden. Das war ein Tagebuch! Aber von wem? Von Mutter? Nein, das war nicht die charakteristische, saubere, asketisch anmutende Schrift, die Keesha so gut kannte. Es erinnerte Keesha eher an ihre eigene Schrift, groß, weit und ausladend. Oben links in der Ecke auf der ersten Seite stand ein Name: *Noni de Jong*. Darunter: *Mein Tagebuch*. Keesha hielt den Atem an. Noni de Jong! Das war der Name ihrer Großmutter! Der Name war eines der wenigen Dinge, die Keesha über ihre Großmutter wusste. Ansonsten war ihr bekannt, dass sie wohl aus Surinam in Südamerika stammte und zur schwarzen Bevölkerung dort gehört hatte, deren Vorfahren vor zweihundert Jahren aus Afrika geraubt worden waren. Das war alles, was man Céline über ihre Familie hatte entlocken können. Und jetzt dieses Tagebuch hier! Welches Geheimnis verbarg sich dahinter?

Keesha blätterte das Büchlein durch. Die Daten waren alle im Bereich 1940 bis 1943. Und 1943 war Keeshas Mutter geboren worden! Am 19. April, um genau zu sein. Keesha blätterte bis zum Ende. Der letzte Eintrag war vom 22. April 1943, also drei Tage nach der Geburt ihrer Mutter. Keesha hielt den Atem an. Was hatte das zu bedeuten? Warum hörten die Aufzeichnungen hier auf? Keesha setzte sich aufs Sofa und begann zu lesen.

7
Das Tagebuch der Noni de Jong

2. April 1940

Heute war ein schöner Tag. Ich habe endlich Arbeit gefunden. Auf dem Markt in Amsterdam sprach mich eine nette Frau an. Ich erzählte ihr, dass ich gerade erst aus Surinam gekommen bin und Arbeit suche. Die Frau heißt Veronica Treguer und ist die Frau eines reichen Kaufmannes, der ein großes Haus an der französischen Küste hat, ich glaube in der Bretagne. Sie suchen eine Hausangestellte für die groben Arbeiten. Ich habe sofort zugesagt. Ach, wie freue ich mich! Wer hätte dies noch vor wenigen Monaten denken können? Ich, alleine in der Hütte in Paramaribo, nachdem Mutter gestorben war! Pater Pedro Pereira, bei dem ich das Glück hatte, zur Schule zu gehen, ist ja leider auch schon tot. Alleine wäre ich untergegangen. Niemand von meiner Familie ist übrig. Eine Nachbarin hat Verwandte in den Niederlanden und hat sich entschlossen, zu ihnen zu ziehen. Wie gut, dass ich auch einen Platz auf dem Dampfer gefunden habe und jetzt hier bin! Gott hat mein Gebet erhört. Die Gnade von Jesus Christus sei mit uns allen.

10. April 1940

Vor zwei Tagen sind wir hier in der Bretagne angekommen, wo die Familie Treguer wohnt. Sie sind alle sehr nett. Monsieur Treguer ist meistens nicht da; er arbeitet in Saint-Brieuc (das ist die nächste größere Stadt) und unterhält eine kleine Wohnung dort, wo er sich oft aufhält. Die Familie hat auch noch eine süße, kleine Tochter, auf die ich ab und zu aufpassen muss, wenn Madame Treguer etwas anderes zu tun hat. Man hat mich gleich in mein Zimmer geführt. Es ist nicht sehr groß, wenn man die Größe des Hauses in Betracht zieht, aber trotzdem größer als meine Hütte in Paramaribo in Surinam! Ein Bett, ein Stuhl, ein Tisch, eine Kommode und ein Kleiderschrank, alles aus hellem Holz gefertigt; das ist meine Ausstattung. Ich habe ja nicht viele Sachen, die ich darin aufbewahren könnte, aber von dem, was ich hier verdiene, kann ich mir bestimmt bald etwas Schönes kaufen! Mein Zimmer ist sehr einfach eingerichtet, aber wenn ich es mit der Hütte in Surinam vergleiche, fühle ich mich wie eine Prinzessin. Ich wünschte nur, meine arme Mutter könnte mich jetzt sehen. Gott sei ihrer Seele gnädig.

Ich bin zum Fenster gelaufen und habe herausgesehen. Aus meinem Zimmer kann man den Strand übersehen und auf das Meer bis zum Horizont. Da hinten irgendwo liegt Surinam, meine Heimat, weit, weit hinter dem Ozean! Irgendwann, irgendwie werde ich zurückgehen, das habe ich mir selbst versprochen. Rechts von unserem Haus, wenn man auf das Meer guckt, fangen die Dünen an. Sie sind wild und unwegsam. Ich glaube, darin könnte man sich verlaufen. Sie machen mir irgendwie Angst. Besonders nachts sind sie mir unheimlich. Die alten, verkrüppelten Bäume sehen im bleichen Mondschein aus wie Dämonen mit vielen langen Tentakeln, die mich ergreifen wollen. Ich hoffe, ich träume nicht davon. Ich weiß nicht, warum ich solch seltsame Gedanken habe. Es ist doch alles so schön hier. Vielleicht muss ich mich nur daran gewöhnen.

01. Mai 1941

Leider führe ich dieses Tagebuch nicht sehr regelmäßig, aber mein Leben hier ist nicht sehr abwechslungsreich. Allerdings war ich bis heute glücklich; es war zwar ein stilles, einfaches Glück, aber Glück war es doch.

Gott stehe mir bei! Heute haben wir alle einen Schreck gehabt, der seinesgleichen sucht. Wir wissen noch immer nicht, was das alles zu bedeuten hat. Irgendwie hatte ich wohl doch Recht mit meinem Gefühl, dass in den Dünen irgendetwas nicht ganz richtig ist. Dass das Böse dort zu Hause ist und dass sich seltsame Dinge zwischen dem Schilf ereignen. Ich habe auch mit einer alten Frau aus dem Dorf gesprochen, die mir gar grausame Geschichten erzählt hat! Vor Jahren ist einmal ein kleiner Junge in die Dünen gelaufen und nie wieder zurückgekehrt. Es war an einem nebligen Herbsttag, an dem man kaum die Hand vor Augen sehen konnte. Der Junge ist von zu Hause ausgerissen und in die Dünen gerannt. Alle Männer des Dorfes haben ihn gesucht, aber vergeblich. Nach stundenlangem Suchen in den nebligen Dünen, wo die hohen Gräser ihre spitzen Finger ausstrecken. Den kleinen Jungen haben die Dünen für immer verschluckt.

Aber ich will auf das zurückkommen, was sich heute ereignet hat. Céline, die kleine Tochter von Madame Treguer, hat den ganzen Nachmittag am Strand gespielt. Ihre Mutter war bei ihr. Einmal musste Madame Treguer kurz ins Haus, um etwas zu holen und Céline blieb allein zurück. Sie hatte ihre Puppe Abbygail dabei, als sie eine schwarze Katze sah, die über den Strand lief. Céline ist ein süßes vierjähriges Mädchen und sehr neugierig. Sie lief der

Katze hinterher. Ach, hätte sie das doch nur nicht getan! Als ihre Mutter nach fünf Minuten wieder aus dem Haus kam, war Céline verschwunden. Die Spuren ihrer kleinen Füßchen führten in die Dünen. Madame Treguer bekam einen Schreck und lief hinterher.

Beide waren noch nicht zurück, als Monsieur Treguer nach Hause kam. Ich hatte seine Frau in die Dünen laufen sehen und erzählte es ihm. Sofort machte er sich auf die Suche. Mir befahl er, ins Haus zu gehen. Besorgt und den Tränen nahe gehorchte ich ihm und versuchte mich auf andere Gedanken zu bringen, indem ich anfing, die Wäsche zu bügeln. Gott sei Dank, nach einer halben Stunde kamen alle zurück. Monsieur Treguer zeigte die ernsteste Miene, die ich je bei ihm gesehen habe, seiner Frau liefen die Tränen aus ihren schönen Augen und das Kind sah traurig und verstört aus. Ich weiß nicht genau, was passiert ist, aber ich habe mitgehört, was die Herrschaften untereinander gesprochen haben. Sie sprachen zwar leise und ich habe nicht alles verstanden, aber einiges doch. Sie sprachen davon, dass Céline seit dem Unglück nicht mehr gesprochen hat! Dass überall Blut gewesen sei. Wie schrecklich das alles sei und dass sich ihr Leben und das ihrer kleinen Céline für immer verändert habe. Ich weiß nicht, was das alles zu bedeuten hat, aber ich fürchte, es ist etwas Schlimmes. Gott schütze uns!

18. Mai 1941

Über ein Jahr bin ich jetzt schon hier und meine anfängliche Zuversicht habe ich schon lange nicht mehr. Noch immer weiß ich nichts Genaues über das

Schicksal, das unserer kleinen Céline zugestoßen ist. Was wird wohl werden? Beim allbarmherzigen Gott und der heiligen Jungfrau! Mir selbst geht es zwar gut, aber ich kann nicht umhin, mit der armen Familie Treguer zu fühlen. Céline habe ich seit dem Ereignis in den Dünen nicht gesehen. Eine Krankenschwester aus der Stadt kümmert sich jetzt um sie und der Dorfarzt kommt einmal in der Woche.

Gestern habe ich den fremden Mann gesehen! Ich kenne alle Dorfbewohner und der Mann, den ich gestern in den Dünen gesehen habe, gehört bestimmt nicht ins Dorf. Er hat dunkle Haare und ist ganz anders angezogen als die Dorfbewohner. Er lief in den Dünen hin und her. Ich weiß nicht, was er machte. Einige Male hatte er einen Sack auf den Schultern. Ein seltsamer Mann; ich fürchte mich! Ich habe Monsieur Treguer davon erzählt und er sagte mir, der Mann wohne in einem einsamen Haus in den Dünen einen Kilometer gegen Osten. Ich kann mich erinnern, dass ich manchmal ein Licht in dieser Richtung sehe, wenn ich in der Dunkelheit aus dem Fenster gucke. Vielleicht kommt es von diesem Haus, von dem Monsieur Treguer sprach. Was macht dieser Mann hier wohl? Hat er etwas mit den seltsamen Vorkommnissen zu tun?

27. Juli 1942

Heute ist mein zwanzigster Geburtstag! Ich habe mich so sehr darauf gefreut. Wie glücklich hatte der Tag begonnen und wie schrecklich hat er geendet. Céline geht es besser. Sie spricht jetzt wieder und ich darf sie auch wieder sehen. Sie spricht nicht darüber, was ihr an jenem Tag widerfahren ist. Aber das braucht sie auch nicht. Die Hauptsache ist, dass es ihr besser geht. Sie ist nicht mehr dasselbe Kind wie vorher. Das Lächeln, das wir alle so an ihr geliebt haben, ist wie aus ihrem Gesicht radiert.

Madame Treguer hat mir eigenhändig eine Geburtstagstorte gebacken! Die gute Herrin! Ich habe mich sehr gefreut. Zum Nachmittagskaffee saßen wir alle zusammen auf der Terrasse. Später musste Monsieur Treguer in die Stadt fahren und die Herrin ist mit den Kindern über Nacht zu Verwandten gefahren. Ich war also allein im Haus. Die Herrschaften hatten mir heute großzügigerweise frei gegeben, weil ich Geburtstag habe. Ach, hätte ich doch nicht freigehabt! Ich hätte mir lieber die Hände blutig gearbeitet und den Fußboden geschrubbt, bis meine Kräfte nachlassen und ich ohnmächtig zu Boden sinke, aber die Vorsehung hat es anders für mich geplant. Wie unglücklich bin ich doch! Wer hätte das vor zwei Jahren gedacht, als ich hierher kam! Ich hatte geglaubt, hier in Europa mein Glück zu finden, stattdessen war es mein Verderben. Ich bin auf ewig geschändet, mein Gott hat mich verlassen.

Da ich wusste, dass so schnell kein Hausbewohner zurückkehren würde, wurde ich übermütig. Mein Übermut ist mir zum Verderben gediehen. Gott verzeihe mir. Ich weiß kaum, wie ich es ausdrücken soll, aber ich muss es einfach loswerden, sonst platze ich. Es gibt keinen Menschen auf der großen, weiten Welt, dem ich mein schuldiges Geheimnis anvertrauen möchte oder könnte, also wird es mein Tagebuch sein. Mein Tagebuch, das zu meinen Lebzeiten niemand lesen wird. Wann auch immer diese Zeilen von jemandem außer mir gelesen werden, dann bin ich tot und begraben. Ach, wäre ich es doch jetzt schon!

Es war ein heißer Tag heute und ich saß auf der Terrasse. Da ich mich unbeobachtet fühlte, zog ich mich aus, um die herrliche Sonne auf meinem ganzen Körper zu spüren. Ich las in einem Buch, das von einem Liebespaar handelte. Es hatte gar lebhafte Beschreibungen, die manchmal derart animiert waren, dass ich selbst eine Art Begierde spürte, die mich erschreckte und die ich noch nicht kannte. Da ich das Glück hatte, eine Schule besuchen zu dürfen, ist mir auch die menschliche Anatomie und Fortpflanzung nicht fremd. Ich weiß, dass sich der Ehemann zu seinem Weibe legt und, nachdem er das Licht verlöscht hat, sein Fortpflanzungsorgan in den Körper des Weibes einführt, auf dass sie fruchtbar werde und ein Kind gebäre. Die Personen in meinem Roman jedoch waren nicht verheiratet und gingen ihrer Liebestätigkeit am hellichten Tage nach. Auch schienen sie sich der Wolllust hinzugeben und den Akt der Fortpflanzung mit unzüchtigen Geräuschen zu begehen, noch dazu in Stellungen, die von der Natur nicht beabsichtigt sind.

Ich wollte das Buch entrüstet weglegen, dachte aber doch, dass es für mich zum Vorteil sein könne, die Sünde zu kennen, so dass ich nicht selbst Opfer werde. Wie sehr täuschte ich mich! Ich las also weiter und merkte bald ein angenehm kribbelndes Gefühl im Unterleib. Auch schien ich zwischen den Schenkeln zu schwitzen, zweifellos auf Grund der großen Hitze. Ich fühlte bald das Bedürfnis, meine Weiblichkeit mit meiner Hand zu bedecken, um die empfindliche Stelle vor der Sonne zu schützen. Meine Finger waren sofort feucht und ohne dass ich es wollte, verteilte ich meine Feuchtigkeit bald mit der ganzen Hand. Das fühlte sich sehr schön an, aber ich wusste, dass es Sünde war. Weil es aber so schön war, machte ich weiter. Irgendwann merkte ich, wie mein Herz schneller schlug. Unwillkürlich beschleunigte ich die Bewegungen meiner Hand, eine Welle des Gefühls überschwemmte mich, so wie ich es noch nie im Leben erlebt hatte. Ich bekam Angst. Was war das? Das hatte mir noch niemand erzählt. Fühlte es sich so an, wenn sich ein Mann zu einer Frau legte? Inzwischen zogen sich die Muskeln in meinem Unterleib rhythmisch zusammen. Ich konnte es kaum aushalten und ich glaube, ich habe sogar einen Schrei ausgestoßen.

Da - plötzlich passierte es! Der Mann stand vor mir. Es war genau derselbe Mann, den ich in den Dünen gesehen hatte. Ich schrie laut auf und versuchte, meine Blöße zu bedecken. Meine Beine waren noch immer gespreizt und der Mann konnte deutlich das nasse Zentrum meiner Weiblichkeit in allen Einzelheiten sehen. Ich versank fast im Boden vor Scham. Der Mann hatte einen eigentümlichen Gesichtsausdruck, so wie ich ihn noch nie bei einem Mann gesehen hatte. Ich wollte von meinem Lager aufstehen, das ich mir auf der Terrasse bereitet hatte, aber der Mann stieß mich zurück. Er befahl mir kurz, liegenzubleiben und die Beine zu spreizen, sonst würde er mir wehtun. Zitternd gehorchte ich ihm. Meine Brustwarzen waren so steif, dass sie wehtaten, als der Mann meine Brüste anfasste. Tränen schossen mir in die Augen. Ich hatte Angst, dass der Mann mir Gewalt antun wollte. Ich wollte die Beine schließen, aber der Mann herrschte mich an, ich solle das sein lassen. Er kniete sich zwischen meine Beine und öffnete seine Hose. Ich begann zu schluchzen und bat ihn, von mir abzulassen. Er grinste nur und…..nein, ich kann jetzt nicht weiterschreiben. All das ist vor zwei Stunden passiert und ich bin noch viel zu aufgewühlt. Aber ich musste das fürchterliche Erlebnis irgendwie loswerden. Ich werde nie einer anderen Menschenseele davon berichten. Der Mann hat mir gedroht, mich umzubringen, wenn ich das mache. Mein Unterleib schmerzt höllisch. Ich bin schon ganz wund, so oft und so heftig habe ich mich gewaschen. Ich fühle mich schmutzig, schuldig, entehrt, gebrandmarkt. Herr, mein Gott, verzeih mir, denn ich habe gesündigt. Ich weiß nicht, wie ich weiterleben kann. Ich will sterben....

5. August 1942

Gott sei meiner armen Seele gnädig! Heute ist schon wieder etwas Schreckliches passiert! Eigentlich hatte ich gedacht, dass es nicht schlimmer kommen kann. Aber anscheinend kann es. Die kleine Céline ist wieder ausgerissen. Wieder lief sie in den Dünen herum. Die Herrschaften hatten mir aufgetragen, mich um sie zu kümmern. Aber als ich einmal kurz wegsah, war das Kind verschwunden. Das, was ich heute erlebt habe, werde ich nie in meinem Leben vergessen, es wird in meine Erinnerung in allen Einzelheiten eingebrannt sein. Ich hatte geahnt, dass die Dünen ein böses Geheimnis verbergen. Man weiß nie, was sich hinter der nächsten Anhöhe verbirgt. Ist es nur eine Flasche, die von einem Ausflügler zurückgelassen wurde? Abfall? Ein Tier, das dort nach Nahrung sucht? Oder ist es etwas Schlimmeres, Böseres, etwas, das dem unschuldigen Besucher auflauert, ihn angreift? Arme Céline, kein Wunder, dass das Kind nicht mehr gesprochen hat! Der junge, unausgebildete Verstand dieses kleinen Menschen kann so etwas nicht aushalten. Ich bin den kleinen Fußspuren gefolgt, die sie zum Glück hinterlassen hat. Irgendwann fand ich sie. Sie kam mir entgegen gerannt. Sie weinte bitterlich. Kein Wort hat sie gesprochen. Ich konnte sie kaum beruhigen. Weil ich aber wissen wollte, was passiert war, ging ich erneut in die Dünen, nachdem ich sie nach Hause gebracht hatte und ihre Eltern zurückgekehrt waren. Die Feder sträubt sich, das niederzuschreiben, was ich dort sah! Wie kann ein Mensch so etwas tun! Oder ist es gar kein Mensch gewesen?

22. April 1943

Es ist alles aus! Ich wundere mich, wie ich mich bis jetzt auf den Beinen halten konnte. Aber vielleicht war es die Aussicht, neues Leben zu schaffen, neuem Leben die Möglichkeit zu geben, diese Welt zu betreten. Das Unsägliche, das mir im letzten Sommer widerfahren ist, ist nicht ohne Folgen geblieben. Ich habe bald gemerkt, dass etwas nicht stimmte und irgendwann wurde die Vermutung zu Gewissheit. Die Herrschaften waren ohnegleichen. Madame Treguer hat alles getan, um mir die Schwangerschaft zu erleichtern. Das Geheimnis wurde vor allen Leuten bewahrt, besonders vor den Dörflern, um mir die Schande zu ersparen. Nur meine Herrschaft und ich wussten davon. Vor drei Tagen war dann schließlich die Geburt. Monsieur Treguer hat eine Hebamme aus Saint-Brieuc kommen lassen, damit mein sündiges Geheimnis im Dorf gewahrt bleibe.

Es ist ein Mädchen! Ein wunderschönes Mädchen mit vielen schwarzen Haaren und brauen Augen. Sie hat eine dunkle Hautfarbe und ist mehr nach meiner Rasse geraten als nach der ihres Vaters. Ihr Vater! Welch stolze Erinnerung sollte ein Kind an seinen Vater haben, aber welche Erinnerung wird meine kleine Céline haben! Ich habe sie nämlich Céline genannt, zu Ehren meiner guten Herrschaft und ihrer süßen kleinen Tochter. Sie wird ihren Vater nie kennenlernen. Ich weiß nicht viel über ihn und über das, was ich weiß, muss ich schweigen. Ich fühle mich schwach. Was kann das Leben denn noch für mich bereithalten? Nichts Gutes, in jedem Fall. Der gute Gott wird alles richten. Ich überlasse mich ganz der Gnade meines Herrn Jesus Christus. Wenn ich gehen muss, muss ich gehen.

8
28. September 1938, Schloss Schönhausen, Berlin-Pankow

Erwin Holzmann ging langsam und zögernd durch den Schlosspark Schönhausen. Seine Schritte knirschten auf dem kiesbestreuten Weg. Ein Gewitter zog auf; dunkle, tiefliegende Wolken jagten über den Himmel. Geradeaus in hundert Meter Entfernung ragte der massige, ockerfarbene Schlossbau vor ihm auf. Holzmann war fasziniert von Schloss Schönhausen, diesem prächtigen Barockbau, der doch äußerlich eher einfach gehalten war. Er wusste, dass hier die Kunstausstellungen stattfanden; Kunst, die von der NSDAP als „entartet" bezeichnet wurde, weil sie nicht dem deutschen Ideal entsprach. So wie er selbst nicht dem deutschen Ideal entsprach. Er, der Jude. Dieses Wort war in den letzten Jahren regelrecht zum Schimpfwort geworden.

„Sind Sie Jude?", wurde man im Alltag gefragt. Und wenn man bejahte - leugnen half nichts - dann hieß es „Juden bedienen wir hier nicht."

„Kauft nicht bei Juden!", stand auf großen Plakaten vor jüdischen Geschäften. Bei ihm im Vorstand der Bank wurde es auch immer schwieriger. Die Bank war „arisiert" worden, das heißt sie hatten zwangsweise einen arischen Teilhaber bekommen. Vielleicht sollte er mit Martha doch besser ins Exil gehen. Seine Frau hatte dies immer wieder vorgeschlagen. Holzmann konnte sich dazu noch nicht durchringen. Die Bank brauchte ihn; das sagte er sich immer wieder. Seit acht Jahren nun leitete er das Bankhaus, das ihm sein Vater vererbt hatte.

Rechts neben dem Eingang zum Schloss standen zwei Männer im schwarzen Mantel, deren Erscheinungsbild und Körpersprache laut „Gestapo" schrien.

Aber vielleicht täuschte er sich auch; man wurde paranoid und sah jeden Mann, der im Entferntesten in dieses Raster passte, als Gestapo-Scherge. Vielleicht waren dies zwei ehrbare Familienväter - Nachbarn oder Kollegen - die sich in ihrer Freizeit die Ausstellungen der „entarteten Kunst" anschauen wollten.

Ein Blitz! Etwas später dumpfes Donnergrollen. Das Gewitter schien näher zu kommen.

Holzmann näherte sich jetzt dem Gebäude und seine Schritte wurden immer langsamer, bis er schließlich stehen blieb. Die beiden Männer sahen ihn an. Ihre Blicke schienen zu sagen: „Geh doch! Lauf, so schnell du kannst! Wir kriegen dich sowieso!"

Holzmann war zu weit von den Männern entfernt und er konnte ihren Gesichtsausdruck nicht erkennen. Seine übersteigerte Fantasie gaukelte ihm jedoch zwei grinsende Teufelsfratzen vor.

Auch die ockerfarbene Fassade des Schlosses mit den vielen Fenstern hatte mit einem Mal einen diabolischen Charakter angenommen. Abweisend. Komm hier bloß nicht rein! Die Männer sahen Holzmann noch immer an, wie er auf einer Stelle stand, als sei er festgenagelt. So stand er da. Mehrere Minuten. Er hatte jetzt eine Entscheidung getroffen. Dort in diesem Gebäude waren seine Bilder, sein väterliches Erbe, das er immer heilig gehalten hatte. Jetzt war es den Händen von Menschen, die es zur Abschreckung des Volkes ausstellten und als entartet bezeichneten. Dabei waren es hochwertige, moderne Kunstwerke. Sie hatten nur den Fehler, dass sie nicht den nationalsozialistischen Geschmack trafen. Dass sie nicht die deutschen Ideale verherrlichten. Was wollt ihr? Ich bin kein Deutscher mehr! Ihr habt mir die Staatsbürgerschaft aberkannt!

Die Razzia der Gestapo war völlig unerwartet gekommen. Der Auktionator war eben dabei gewesen, das zweite Ölgemälde zu versteigern, als die Türen aufgestoßen wurden. Zwanzig Männer in Zivil, mit Hüten und dunkel gekleidet hatten sich Zutritt verschafft. Der Anführer hatte sich mit einem selbstbewussten „Heil Hitler!" als ein Kriminalrat von der Geheimen Staatspolizei vorgestellt. Er hatte dem Auktionator einen Gerichtsbeschluss vor die Nase gehalten, nach dem das gesamte Auktionsgut beschlagnahmt sei. Holzmann hatte sich gefühlt, als habe man ihn in einen Schraubstock eingespannt. Schwindel überkam ihn. Er schloss die Augen. Bewegungslos saß er da und hörte, wie sein Leben in Holzkisten verpackt wurde. Ich hoffe, sie ersticken dran!

Jetzt, Monate später, wollte er noch einmal einen Blick darauf werfen. Er hatte wirklich gedacht, er würde diese Stärke besitzen. Aber es ging nicht. Diese beiden Männer vor dem Schloss, wer immer sie sein mochten, hatten den Ausschlag gegeben. Die plötzlich abweisend wirkende Fassade hatte ihren Teil dazu beigetragen. Es ist ja jetzt doch alles verloren… Er würde mit seiner Familie fliehen.

Wieder ein Blitz. Das Donnergrollen hörte sich näher an. Holzmann drehte sich um und ging fort.

9

30. September 1938, Berlin-Mitte

„Jäger! Was ist mit Ihnen, träumen Sie?"

Die schneidende Stimme des Professors schmerzte in den Ohren. Adalbert Jäger schreckte auf und wurde rot im Gesicht. Er fühlte die Blicke der anderen Studenten auf sich gerichtet. Einer kicherte, Riemann natürlich. Sofort bohrten sich die Augen des Professors in den Übeltäter.

„Sie kommen auch noch dran, Riemann, glauben Sie mir!" Sich wieder an Jäger wendend fuhr er fort: „Sie liegen wohl in Gedanken schon am Wannsee, wie? Repetieren Sie, Jäger, warum benötigen wir das monoistische Axiom des Sozialdarwinismus?"

Jägers Kopf war leer. Er senkte den Blick, um Professor Ritter nicht in die stechend blauen Augen schauen zu müssen. Er hasste den Professor, der sich einen Spaß daraus machte, seine Studenten zu erniedrigen, ihnen zu zeigen, wie minderwertig sie in seinen Augen waren. Er selbst hatte gar nicht Medizin studieren wollen. Die Idee war von seinem Vater gekommen. Sein Vater… Noch so ein Mensch, der es liebte, seine Mitmenschen zu erniedrigen und immer und der immer wieder seine Macht und Stärke demonstrieren musste. Jägers Gedanken drifteten ab, während der Professor ihn fixierte. Dunkelheit. Das dumpfe Geräusch, das vom Zuschlagen der massiven Kellertür verursacht wurde. Die Stimme seines Vaters, die sich entfernte und in dem alten Kellergewölbe hallte. Der achtjährige Adalbert war wieder einmal zu spät zum Abendessen gekommen. Die Einzelheiten der diversen Vorfälle hatten sich längst zu einem diffusen Angstgefühl verdichtet, wenn er daran zurückdachte. Angst vor der Dunkelheit, Geräusche von krabbelndem Ungeziefer, das in den Ecken herumkroch, Ratten, Marder, Spinnen und Kellerasseln. Warum erinnerte ihn der Professor nur so sehr an seinen Vater? Waren es die stahlblauen Augen mit ihrem brutalen Aufblitzen, wenn man ihm widersprach? Oder seine offensichtliche Schadenfreude, wenn Jäger ihm nicht antworten konnte?

Der Professor strich sich eine Strähne des dunkelblonden Haares aus dem Gesicht und hob mit arrogantem Blick den Kopf. „Nun, Jäger, ich dachte mir schon, dass Sie das nicht wissen. Wischinsky, sagen Sie es!"

„Das monistische Axiom des Sozialdarwinismus ist wichtig für die Rassenhygiene, da sich das gesellschaftliche Geschehen aus den darwinistischen Entwicklungsgesetzen erklären lässt. Nur die stärksten Exemplare einer Rasse überleben. Um dies zu gewährleisten, müssen wir die minderwertigen Subjekte ausmerzen."

„Sehr gut, Wischinsky!" Der Professor drehte sich ruckartig um und stolzierte gemessenen Schrittes zum Rednerpult. Er musterte die zehn Studenten, die vor ihm im Hörsaal saßen. Jäger sah an die Decke. Er wollte dem Professor nicht in die Augen sehen. Als habe dieser den bösen Blick. Nur raus hier.

„Das war's für heute.", sagte der Professor schließlich. „Wenn Sie Lehmann sehen, richten Sie ihm aus, dass er fliegt, wenn er nächstes Mal nicht da ist. Jäger, warum sind Sie denn eine solche Niete? Überlegen Sie bis zum nächsten Mal, was Sie mir als Argument bringen müssen, damit ich Sie nicht durchfallen lasse! Vielleicht kann Ihnen Wischinksy hier ja helfen.", fügte er mit einem Lächeln hinzu, das Jäger an das Grinsen seines Vaters erinnerte, wenn dieser eine besonders grausame Strafe vollstreckte. „Wischinksy und Hofer, mit Ihnen bin ich heute ganz zufrieden. Wenn Sie so weitermachen, wird vielleicht sogar etwas aus Ihnen. So, abtreten!"

Adalbert Jäger steuerte auf den Ausgang des Hörsaales zu.

„He, Jäger, warte mal!" Wischinskys Stimme klang streberhaft. Wie ein hochbegabter Grundschüler, der immer die Antworten weiß und dem Lehrer die Tasche ins Klassenzimmer trägt. Was will er nur? Jäger drehte sich langsam um.

„Hast du heute abend schon was vor? Lass uns einen trinken gehen!"

„Also, ich…"

„Komm schon! Ich hol dich um 8 Uhr ab, in Ordnung, Junge? Ich hab auch eine Überraschung für dich."

Jäger blickte Wischinsky in das ewig grinsende Gesicht. Wischinsky war mit seinen 23 Jahren ein Jahr jünger als Jäger und er war der Oberstreber des Jahrganges. Sein Vater war Chefarzt in einem Krankenhaus, Jäger hatte vergessen, in welchem. Es war von Anfang an klar gewesen, dass Wischinsky Medizin studieren würde; etwas anderes wäre gar nicht in Frage gekommen. Karl Wischinsky hatte das Problem, das viele hochbegabte Menschen haben: Es fehlte ihm an sozialen Fertigkeiten. Man konnte sich mit ihm wunderbar über das Längenwachstum des Röhrenknochens unterhalten. Allerdings hatte er in einigen Fragen nicht konforme Ansichten. So teilte er nicht die gängigen Ansichten über Rassenschande und hatte sogar einmal in einer Vorlesung ansatzweise die Grundlagen der Beseitigung lebensunwerten Lebens in Frage gestellt.

Aus irgendeinem Grund, den Jäger noch nicht erfasst hatte, hatte dieser intelligente Jüngling ihn als Bezugperson auserkoren und klammerte sich wie eine Klette an ihn. Zunächst hatte Jäger dies herablassend zur Kenntnis genommen. Langsam nervte es. Jäger wusste insgeheim, dass er Wischinsky akademisch nicht gewachsen war, aber er fühlte sich ihm trotzdem überlegen. Wischinsky war der kleine Kläffer, den der Schäferhund mit einem Happen verschlingen könnte, wenn er denn wollte.

Jäger hatte schon eine passende, ablehnende Antwort parat, da besann er sich. Warum eigentlich nicht? Wischinsky war ein Schleimer und Besserwisser, aber bei Professor Ritter konnte er Jäger vielleicht nützlich sein.

„In Ordnung, ich hab noch nichts vor. Wo willst du denn hin?"

Wischinsky machte ein wichtiges Gesicht.

„Überraschung! Ich komme um 8 bei dir vorbei."

Leicht irritiert stimmte Jäger zu. Er verließ kopfschüttelnd den Hörsaal und machte sich auf den Weg nach Hause. Seine Wohnung befand sich in der Marienstraße, nur einige Schritte von der Universität entfernt.

Vor der Haustür angekommen, zögerte er. Es überkam ihn das Bedürfnis, das Bild noch einmal zu sehen. Innerlich sträubte er sich dagegen. Er wusste, dass der Weg, den er eingeschlagen hatte, auf Dauer kein guter war. Am Ende würde die Selbstzerstörung stehen.

10

30. September 1938, Berlin-Mitte

Adalbert Jäger machte kehrt, ging zur Bushaltestelle und nahm einen Omnibus Richtung Pankow. Der Bus ratterte über das Kopfsteinpflaster. Invalidenstraße, vorbei an der Zionskirche, dann ein Stück über die Kastanienallee. Jäger versuchte, durch das schmutzige Fenster zu gucken. Er sah Menschen, Geschäfte, Autos, Fahrräder. Eine Litfaßsäule stand an der Straßenecke und pries ein Waschmittel an. Alles kam Jäger kleinlich und engstirnig vor. Hier stritt sich eine Marktfrau mit einem Kunden um zwanzig Pfennig; dort schaute ein Schutzmann in lächerlicher Selbstüberschätzung streng zwei Jungen hinterher, die Fangen spielten.

Jäger war überzeugt, dass er für Größeres geschaffen war. Nur hatte das noch niemand erkannt. Nicht sein Vater, das gewalttätige Alphatier, nicht der zynische und sarkastische Professor Ritter und schon gar nicht seine Mutter, die sich wie eine Schnecke in ihr Haus zurückzog, wenn ihr Ehemann den Mund aufmachte. Pankow - Endstation. Laue Herbstluft schlug ihm entgegen.

Jäger sah in der Ferne den ockerfarbenen Bau von Schloss Schönhausen. Das war sein Ziel. Dort war das Bild ausgestellt. Es war entartete Kunst, nicht mit den nationalsozialistischen Idealen zu vereinbaren. Es war Ausdruck von Pessimismus. Es faszinierte ihn. Wenn er es sah, lief ihm ein Schauer über den Rücken. Irgendwie machte es ihm auch Angst. Aber er war geradezu süchtig nach den Gefühlen, die dieses Bild in ihm an die Oberfläche brachten, unterschwellige Angst vor der Zukunft, Faszination und Schmerz.

Jäger war durch den Schlosspark gegangen, zielstrebig auf das Schloss zu. In der Glastür sah er sein verzerrtes Spiegelbild, die glatten, strähnigen Haare und eine gerunzelte Stirn. Er öffnete die Tür und steuerte auf den Ausstellungsraum zu, der ihm wohlbekannt war, vorbei an einem Wächter in Schirmmütze, der ihm gutmütig zunickte. Jäger ignorierte ihn.

Auf der ersten Etage befand sich der Ausstellungsraum, in dem das Bild aufbewahrt wurde. Außerdem waren hier noch diverse andere Gemälde ausgestellt. Allesamt von Künstlern, die in ihrer Interpretation von Kunst nicht mit dem nationalsozialistischen Ideal übereinstimmten. Jäger wusste, dass Sinn und Zweck dieser Ausstellungen war, die Künstler in Verruf zu bringen. Als systemtreuer Besucher hatte man die Ausstellung kopfschüttelnd und mit Abscheu zu besichtigen.

Jäger fühlte keine Abscheu, als er den Raum betrat. Im Gegenteil; er war sofort in seiner Atmosphäre gefangen. Der Fußboden war mit schwarz-weißen Fliesen belegt und an der Wand drohte eine dunkle Holztäfelung. Da hing das Bild.

Jäger setzte sich auf einen Stuhl. Das Bild war von Edvard Munch, einem norwegischen Maler. Es zeigte zwei Personen, einen Mann und eine Frau. Der Mann hat sich vornüber zu der Frau niedergebeugt und seinen Kopf auf ihre Brust gelegt. Sein Gesicht ist nicht zu sehen. Die Frau presst ihr Gesicht in den Nacken und Hals des Mannes und umarmt ihn. Jäger betrachtete fasziniert die langen, roten Haare der Frau, die den Mann bedecken. Der Mann war er. Die Frau war Emma. Emma, die rothaarige Hexe. Emma, die während der Inquisition auf dem Scheiterhaufen gelandet wäre. Emma, die in ihm ein Gefühl erweckt hatte, das er vorher nicht gekannt hatte. Ein Gefühl, das er fast vergessen hätte und das jetzt mit Gewalt wiederbelebt worden war. Ein Engel auf Erden, so war sie ihm früher in den bayerischen Alpen erschienen, als die Welt noch in Ordnung war.

Rotes, volles Haar, das in der Sonne glänzte. Ein Lächeln auf dem Gesicht, das aus ihm beinahe einen anderen Menschen gemacht hätte.

Aber das hier in dem Gemälde war eine andere Emma. Eine besitzergreifende Emma, die andere Menschen von ihr abhängig macht. So wie sie es mit Jäger gemacht hatte. Er saß auf dem harten Holzstuhl. Die Rückenlehne drückte unangenehm. Es war ihm, als würde er sich in das Bild hineinprojizieren. Er war der Mann auf dem Bild. Er stellte sich vor, dass sich spitze Zähne in seinen Hals schlagen, wie sie die dünne Haut durchdringen, das Gewebe zerstören, Adern durchschneiden. Sofort spritzt Blut heraus, das langsam heruntertropft. Emma hatte ihren Kopf angehoben, den Mund zu einem bösartigen Grinsen verzogen und die Rottöne der Lippen, des herabtropfenden Blutes und der Haare bildeten einen blutroten Schleier vor Jägers Augen...

„Junger Mann, wir schließen jetzt..."

Die Stimme des Wächters riss Jäger aus seinem Trance. Er warf einen letzten Blick auf das Bild. Plötzlich war das nicht mehr Emma. Der Zauber war verflogen. Das war jetzt einfach ein totes Bild. Jäger kniff die Augen zu und riss sie wieder auf. Eine von Jägers Gehirnhälften war erleichtert. Alles nur Einbildung. Jäger sah dem Wächter in das phlegmatische Gesicht. Bestimmt ein guter Mann, der zu Hause eine blonde, arische Frau mit breitem Becken und blauen Augen sitzen hatte, die wahrscheinlich gerade dabei war, das Abendessen zu kochen. Dazu vermutlich zwei wohlerzogene Kinder, die im Sommer an einer Ferienfreizeit der Hitlerjugend teilgenommen hatten. Jäger beneidete den Mann um das Leben, das er ihm angedichtet hatte.

„Ist alles in Ordnung mit Ihnen?", fragte der Wächter etwas besorgt.

„Alles in Ordnung, ich wollte gerade gehen."

Jägers Schritte knirschten in dem Kies des Schlossparks. Er fühlte sich leer und ausgesaugt.

11

3. September 2013, Pont-Kervennec, Bretagne

Jean-Yves Le Dantec ging vorsichtig durch die Dünen. Der Lichtschein seiner Taschenlampe erhellte nur notdürftig sein unmittelbares Sichtfeld. Zwanzigtausend Euro. Das hatte Louise verlangt. Für's erste. Denn Le Dantec glaubte nicht, dass sie es damit bewenden lassen würde. Das war wohl immer so mit Erpressern. Sie versicherten immer, es sei das letzte Mal und dann kamen sie doch wieder. Louise hatte gar nichts dergleichen versprochen. Sie wusste, dass sie ihn nicht für dumm verkaufen konnte. Als sie in der Dunkelheit vor ihm stand, hatte er für einen kurzen Moment das Bedürfnis, seine Hände um ihren schlanken Hals zu legen und zuzudrücken. Aber er tat es nicht. Er war überzeugt, dass sie sich ihm nicht so ohne weiteres in die Hände geben würde. Sie würde sich abgesichert haben. Entweder war sie nicht allein oder ihr zierliches Händchen umklammerte in der Tasche den Griff einer Waffe.

Er hatte ihr das Geld übergeben. Es stellte den Großteil seiner Ersparnisse dar. Alles andere war schon weg. Verprasst für seinen luxuriösen Lebensstil. Nochmal könnte er ihr keine solche Summe geben. Sicher, er hätte sein Auto verkaufen können. Der Porsche war gerade mal zwei Jahre alt. Oder er könnte eine Hypothek auf sein Haus aufnehmen. Dann würde ihm die Bank vielleicht auch in seinem Alter noch einen Kredit geben.

Die Zukunft sah düster aus. Er hatte ihr das Geld gegeben, um Zeit zu gewinnen. Wenn sein Plan aufgehen würde, hätte er ausgesorgt. Aber es sah momentan nicht so aus. Wie oft hatte er das alte Haus schon durchsucht!

Er war zu Hause angekommen und öffnete das Gartentor. Mit müden Schritten betrat er das Haus und dann sein Arbeitszimmer. Er war angesehen im Dorf. Als einziger Rechtsanwalt inmitten von Fischern und Bauern genoss er eine Art Prominentenstatus, zusammen mit dem Bürgermeister und dem Pfarrer. Er war als jovialer, rüstiger Mann bekannt. Als Jurist war er zwar nur Mittelmaß, aber das konnte hier im Dorf niemand beurteilen. Sein wahres Seelenleben hielt er unter Verschluss. Der Pfarrer, mit dem er sonntags nach der Messe plauderte, ahnte nicht, dass er nicht ein Wort der Predigt verinnerlicht hatte. Dass es ihm völlig egal war, ob irgendwann vor zweitausend Jahren mal irgendein Typ in der Wüste von den Römern gekreuzigt worden war.

Aber er musste den Schein wahren. Wenn er hier im Dorf seinen Ruf verlor, bedeutete das den sozialen Tod. Er fühlte sich nicht in der Lage, jetzt noch einmal irgendwo anders neu anzufangen. Nicht in seinem Alter. Die Uhr tickte; wenn er nicht bald fand, was er suchte, würde es zu spät sein.

Le Dantec öffnete die Schreibtischschublade und nahm eine Pistole heraus. Er wusste, wie man sie bediente. Er entsicherte sie und blickte in den Lauf, in diese dünne, schmale Röhre, aus der das tödliche Geschoss herausschnellen würde, wenn er den Abzug betätigte. So, wie er die Pistole jetzt hielt, würde ihm die Kugel in die linke Augenhöhle treffen. Sie würde das Auge zerstören und ihre zerstörerische Bahn durch sein Gehirn fortsetzen. Er vermutete, dass sie an seinem Hinterkopf wieder austreten würde, aber er war nicht sicher. Er verstand nichts von Ballistik. Er wusste nur, dass er es nie erfahren würde.

Er sicherte die Pistole wieder und legte sie zurück. Nein, die Zeit war noch nicht gekommen. Wenn alles verloren war, war immer noch Zeit.

12
30. September 1938, Berlin-Mitte

Johannes Jäger, Kriminalkommissar bei der Geheimen Staatspolizei, saß an seinem Schreibtisch im Polizeipräsidium am Alexanderplatz. Er hatte eine Akte vor sich liegen und blickte hinein, ohne den Inhalt zur Kenntnis zu nehmen. Es klopfte und nach einem barschen „Herein!" trat ein junger, uniformierter Mann ein.

„Heil Hitler, Herr Kommissar."

„Heil Hitler, was gibt's, Behrens?"

„Die Polizeiwache Adlerstraße meldet noch einen Fall der Rassenschande, also ein Fall für Sie, Herr Kommissar."

„Noch einer? Ich werde ihn morgen verhören."

„Mit Verlaub, Herr Kommissar, die Verbringung hierher erfolgte schon. Er ist unten in der Wache und wartet."

Johannes Jäger atmete tief durch. Also gut. Diesen würde er auch noch abfertigen. Ein kurzer Blick auf die Uhr sagte ihm, dass es schon eine halbe Stunde nach seiner üblichen Feierabendzeit war. Die wasserstoffblonde Grazyna würde schon mit frivolem Lächeln auf den rotgeschminkten Lippen auf ihn warten. Er entließ den jungen Beamten mit einer herablassenden Handbewegung und hörte ihn kurze Zeit später mit dem Delinquenten die Treppe heraufkommen. Sofort verschwand der nachlässige, gelangweilte Gesichtsausdruck. Jäger setzte sein „Verhörgesicht" auf. Er hatte sich dieses im Laufe seiner Gestapo-Karriere angewöhnt, um die zu verhörenden Personen einzuschüchtern. Eine beinahe quadratische Kopfform und kalt wirkende Augen unterstützten dies. Er rückte sich die Krawatte zurecht und schnippste einen imaginären Fussel von der Jacke.

„Ihr Name ist Hermann Frank und Sie sind Volljude?"

Der Mann mit der Halbglatze und den nervösen Augen saß unbeweglich auf dem schweren Holzstuhl.

„Ja, Herr Kommissar."

Jäger strich sich mit der Hand über den borstigen Schnurrbart und machte eine Kunstpause. Er glaubte, so seinen Delinquenten noch mehr Angst einzujagen. Im Laufe seiner Polizeikarriere hatte Jäger seine Einschüchterungsmechanismen ritualisiert. Er dachte gar nicht mehr darüber nach. Bestimmte Verhaltensweisen von Delinquenten riefen bei ihm dieselben Reaktionen hervor. Er hatte sich angewöhnt, die Menschen zu kategorisieren. Auch diesen, von dem er nicht viel mehr als die grundlegenden Daten wie Name, Alter und Beruf, die Eigenschaft als Jude und eine rudimentäre Beschreibung seines Vergehens kannte, hatte er sofort eingeordnet. Kategorie Feigling. Leicht abzufertigen. Buchhalter war er. Jäger konnte sich genau vorstellen, wie er die letzten zwanzig Jahre seines Lebens bebrillt über Zahlenkolonnen gebrütet hatte. Die ganze Woche lang hatte sich wahrscheinlich darauf gefreut, am Wochenende sein Weibchen zu treffen. Dieses Leben hatte er wahrscheinlich Glück genannt. Bestimmt hatten sie Heiratspläne geschmiedet; zur Hochzeitsreise in den Spreewald oder an die Ostsee fahren. Jetzt war es anders gekommen. Es war nicht so, dass dieser Jude Jäger leid tat. Nein. Es gab Dinge, die waren nun einmal so. Warum hatten sie nicht früher geheiratet? Laut Akte schienen sie sich schon länger gekannt zu haben, schon bevor der Führer Deutschland auf Vordermann gebracht hatte. Aber andererseits, wenn sie vorher geheiratet hätten, dann gäbe es ein paar Halbjuden mehr. Kinder, die dafür büßen müssten, dass ihre Eltern das deutsche Blut verunreinigt hatten.

Nein, um das Verhör machte er sich keine Sorgen. Da hatte er schon andere gehabt. Männer und Frauen, die verstockt geschwiegen hatten. Die sich geweigert hatten, im Verhörstuhl Platz zu nehmen. Einmal hatte eine Frau versucht, ihm das Gesicht zu zerkratzen. Diese Personen wurden regelmäßig ins Prinz-Albrecht-Palais nach Kreuzberg verbracht, zur „verschärften Vernehmung". Außerdem war es dort ruhiger und es gab da die passenden Einrichtungen. Nach drei Tagen im dortigen Untergeschoss hatte nach Jägers Erfahrung noch jeder das gestanden, was er gestehen sollte. Aber da ging es nicht um solche Nichtigkeiten wie Rassenschande. Da ging es um Verrat; da wurden Menschen verhört, die sich den Sturz des politischen Systems zum Ziel gesetzt hatten. Nicht solche armseligen Schlucker wie dieser hier. Dass er dies als Nichtigkeit ansah, durfte Jäger mit keinem Blick oder Wort merken lassen. Sonst hätte er sich schnell selbst im Untergeschoss des Prinz-Albrecht-Palais wiedergefunden, aber ohne Schlüssel zur Zelle. Offiziell vertrat er die Meinung, die jeder gute Nationalsozialist vertrat: Rassenschande war schlimmer als Mord, weil das deutsche Blut auf Jahrhunderte verunreinigt wurde. Persönlich bedeutete ihm die Verunreinigung des deutschen Blutes wenig. Man musste es ja nicht darauf anlegen, ein Kind zu machen. Er warf einen Blick auf die Akte, die vor ihm auf dem Schreibtisch lag.

„Wissen Sie, warum Sie hier sind?"

„Ich…man hat mir noch nichts gesagt…"

„Ich fragte, ob Sie es wissen, nicht, ob man es Ihnen gesagt hat."

„Ich habe nichts Böses getan, Herr Kommissar."

Jäger zog die Augenbrauen in die Höhe und sah wieder in die Akte.

„Ihnen ist eine gewisse…Bertha Wegner bekannt?"

„Meine Verlobte, Herr Kommissar."

„Sie haben am gestrigen 29. September 1938 in Ihrer Wohnung in der Adlerstraße in Berlin unzüchtige Handlungen sexueller Natur an besagter Bertha Wegner vorgenommen?"

„Ja, Herr Kommissar."

Es ist wie eine kaputte Schallplatte, dachte Jäger, innerlich belustigt. Er unterdrückte den Drang zu fragen: „Sind Sie ein Schweinehund?" Auch darauf hätte diese armselige Gestalt mit „Ja, Herr Kommissar." geantwortet.

„Wissen Sie, dass Ihre sogenannte Verlobte Arierin ist?", fragte er stattdessen.

„Ja, Herr Kommissar."

„Und Sie haben trotzdem mit ihr verkehrt?"

„Wir sind verlobt, Herr Kommissar."

Der Kommissar stand ruckartig von seinem Stuhl auf und schlenderte um den Schreibtisch herum. Er näherte sich dem Verhörten von hinten. Frank wurde unruhig. In einem Abstand von fünf

Zentimetern vom Ohr des Gefangenen sprach Jäger weiter. Er sprach jetzt mit der Stimme, die er „gefährlich" nannte, eine Mischung aus Flüstern und halblautem Zischen mit einer Spur von Drohung. Er hatte die Erfahrung gemacht, dass seine Opfer dann normalerweise eine Gänsehaut bekamen. Auch mit seinem Sohn sprach er manchmal so. Dieser ließ sich davon auch beeindrucken.

„Herr Frank, ist Ihnen das Gesetz zum Schutze des deutschen Blutes und der deutschen Ehre bekannt?"

Der Verhörte schwieg.

„Herr Frank, ist Ihnen dieses Gesetz bekannt?"

„Ja.", brachte er schließlich hervor.

„Dann fassen Sie mir bitte einmal zusammen, was es besagt?"

Erst nach einer weiteren Aufforderung gehorchte Frank mit stockender Stimme.

„Es verbietet die Eheschließung zwischen Juden und Nichtjuden."

„Sehr gut, Herr Frank. Ich bin stolz auf Sie."

Jäger hatte die blitzartige Erkenntnis, dass er an seinem Sarkasmus noch etwas üben müsse. Aber der Effekt war trotzdem da. Frank wurde nervöser. Jäger ging mit gemessenen Schrittes im Büro hin und her.

„Und was besagt das Gesetz noch, Herr Frank?", fragte Jäger weiter, das Anredewort „Herr" so betonend, dass es fast wie eine Beleidigung verstanden werden musste.

„Dass außerehelicher Geschlechtsverkehr zwischen Juden und Nichtjuden verboten ist."

„Aha, da kommen wir der Sache schon näher. Sie machen mir meine Arbeit wirklich leicht. Es ist bewundernswert, wie Sie Ihr Verbrechen unter dem einschlägigen Gesetzesparagraphen subsumieren. Also, wenn das alles so ist, wie Sie sagen, wie kommen Sie dann darauf, das besagte arische Frauenzimmer als Ihre 'Verlobte' zu bezeichnen?"

„Wir kennen uns schon lange. Schon bevor das Gesetz erlassen wurde."

Auch dieser Einwand war sehr beliebt, ob er nun stimmte oder nicht. Jäger hatte darauf immer dieselbe Antwort:

„Herr Frank, das spielt überhaupt keine Rolle. Was Sie getan haben, ist als Angriff auf das deutsche Volk zu werten. Die deutsche Frau ist als hehre Vertreterin der arischen Rasse anzusehen. Sobald Sie davon Kenntnis erlangten, dass Ihre sexuellen Handlungen illegal waren, hatten Sie sie sofort einzustellen. Und das in Rede stehende Gesetz gibt es schon seit drei Jahren. Überhaupt ist es unerhört und unmoralisch, wenn ein Mann und eine Frau unverheiratet sexuell miteinander verkehren."

Jäger hatte plötzlich das Gefühl, dass er diese Sache abkürzen musste. So viel Spaß es ihm bereitete, derartige Subjekte die Macht des Staates fühlen zu lassen, war er doch müde für heute. Er nahm das Protokoll auf, ergänzte noch ein paar Kleinigkeiten, die Frank nicht gesagt hatte, die aber dafür sorgen würden, dass er härter bestraft würde. Das war die Strafe dafür, dass er um seinen Feierabend gekommen war und Grazyna warten musste. Aber Grazyna würde ihre Zeit schon angemessen verbringen, dessen war er sich sicher.

Ein Druck auf einen Klingelknopf und Behrens trat wieder ein.

„Abführen.", sagte Johannes Jäger.

13
2. September 2013, Amsterdam

Keesha Egmond starrte ungläubig auf die letzte beschriebene Seite des Tagebuchs. Die dunkle Wolke, in der die Vergangenheit verborgen war, war nicht verschwunden, aber sie war ein wenig heller geworden. Noni de Jong war ihre Großmutter gewesen. Sie hatte keinen Zweifel daran, dass das Kind, von dem hier die Rede gewesen war, ihre Mutter war. Keesha strich sich eine rote Haarsträhne aus dem Gesicht.

Deshalb hatte ihre Mutter nie von ihrer Kindheit erzählt. Sie hatte sich geschämt, das Kind eines Vergewaltigers zu sein. Sie hatte ihren Vater nie kennengelernt. Keesha überkam das Verlangen, dieser Sache auf den Grund zu gehen. Wer war ihr Großvater gewesen? Es schien da ein Geheimnis zu geben, das ihre Großmutter dem Tagebuch nicht hatte anvertrauen wollen. Eine Sache beschäftigte Keesha. Ihre Mutter war nicht in einem Küstenort in Frankreich geboren. In ihrem Reisepass stand als Geburtsort Amsterdam. Keesha hatte das selbst gesehen. War dieser Eintrag vielleicht falsch? War das ein Irrtum, oder eine bewusste Fälschung? Aus dem Tagebuch ging nicht hervor, wie das Dorf hieß, bei dem sich diese Ereignisse abgespielt hatten. Sie erinnerte sich, dass die französische Küste, die Bretagne genannt worden war. Saint-Brieuc war der Name der nächsten Stadt.

Sie überlegte kurz, ob sie ihrer Mutter von ihrem Fund erzählen sollte, entschied sich dann aber dagegen. Es war doch eine Art Vertrauensbruch, den sie begangen hatte. Sie hatte ganz genau gewusst, dass ihre Mutter nicht gewollt hatte, dass sie dieses

Tagebuch liest. Keesha überlegte kurz, nahm dann ihr Handy aus der Tasche und begann, die Tagebuchseiten abzufotografieren. Mit geschickten Berührungen und Gesten ihrer schlanken, gepflegten Finger mit den modellierten Gelnägeln bediente sie das Smartphone und speicherte die Bilder ab. Als sie fertig war, durchblätterte sie das Tagebuch ein letztes Mal. Dabei fielen ihr einige hingekritzelte Wörter auf der letzten Seite auf.

Adalbert Jaeger
Karl Wishinski
Berlin
Nazi?

Namen! Namen, die deutsch klangen. Dazu Berlin und das Wort Nazi. Das passte zu den Daten, die im Tagebuch genannt worden waren. War einer dieser Männer Keeshas Großvater? War ihr Großvater ein Nazi gewesen? Aufgeregt legte sie das Tagebuch so zurück, wie sie es gefunden hatte und schloss den Sekretär wieder.

14

3. September 2013, Berlin-Lichterfelde

Die Finckensteinallee in Berlin-Lichterfelde ist eine typische Straße in diesem Villenviertel von Berlin. Eingerahmt von großen Bäumen, die langsam anfingen, ihre Blätter zu verlieren, dahinter große, denkmalgeschützte Häuser, deren Eigentümer vermutlich zur höheren Einkommensklasse gehörten. Keesha hatte den Bus der Linie X11 verlassen und ging auf den Gebäudekomplex zu, in dem sie das deutsche Bundesarchiv vermutete. Ein Gruppe von hässlichen Gebäuden in Backsteinoptik erschien im Blickfeld, die aussahen, als seien sie einmal eine Kaserne gewesen. Richtig, ein offiziell aussehendes orangefarbenes Schild mit einem stilisierten Adler und Aufschrift „Bundesarchiv" sagte ihr, dass sie an der richtigen Stelle war. Sie hoffte hier, nähere Informationen über die beiden Personen zu erhalten, deren Namen sie im Tagebuch gefunden hatte.

„Ja, bitte?"

Ein junger Mann in Jeans und grünem Hemd, der an der Rezeption saß und aussah, als läge er jetzt lieber mit seiner Freundin im Stadtpark, sprach sie an und musterte sie ungeniert. Die Augen des jungen Mannes wanderten über ihren gesamten Körper und blieben für Keeshas Geschmack den Bruchteil einer Sekunde zu lang an ihrem Oberkörper hängen, wo sich deutlich sichtbar ihre Brustwarzen durch den Stoff ihres engen Tops drückten. Keesha bemühte sich, das unmöglich zu finden, aber es wollte ihr nicht vollständig gelingen. Sie kramte ihr bestes Deutsch heraus und erklärte ihr Anliegen. Der junge Mann runzelte etwas die Stirn und sah jetzt sehr deutsch aus, wie Keesha fand.

„Hm, haben Sie da nicht mehr Informationen? Welches Interesse haben Sie an einer Auskunft?"

Keesha zögerte etwas. „Ich glaube, dass einer der beiden Männer mein Großvater ist."

„Sie glauben das? Sie wissen es also nicht sicher? Also, dann müssen Sie hier diesen Benutzungsantrag ausfüllen. Hier ist noch ein Merkblatt über die Benutzungsbedingungen und ein Auszug aus der Gebührenordnung."

Keesha saß bald an einem der steril aussehenden Tische und bemühte sich, das in Amtsdeutsch verfasste Formular zu verstehen. Eine höfliche Frage, ob es das Formular auch in englisch gäbe, hatte der junge Mann nur mit einem lakonischen „Nein, Amtssprache ist deutsch." quittiert.

Jetzt einen Kaffee, dachte Keesha, als sie den Kaffeeautomaten in der Ecke stehen sah. Sie kramte eine Euromünze aus der Tasche ihrer engen Jeans und ging hinüber zum Automaten. Sie spürte förmlich, wie die Augen des jungen Mannes ihr folgten. Ein kurzer Blick zurück bestätigte ihr, dass er schnell den Blick senkte und ungewöhnlich beschäftigt auf den Monitor seines Computers blickte. Keesha grinste in sich hinein. Bis zu einem gewissen Grad genoss sie diese Aufmerksamkeit. Sie wusste, dass Männer sie attraktiv fanden.

Mit dem Kaffee ging es besser. Innerhalb von zehn Minuten hatte sie den Antrag ausgefüllt. Dann hieß es wieder warten. Nach zwanzig Minuten war der Antrag genehmigt und sie konnte in den Benutzersaal gehen. Ein großer, modern eingerichteter Raum, der zu dem Äußeren des Gebäudes in merkwürdigem Kontrast stand. Etwa zwanzig Bildschirmarbeitsplätze waren eingerichtet, von denen drei besetzt waren. Sie setzte sich an einen der Tische. Na, dann fangen wir mal an, dachte sie. Alle archivierten Akten und Dokumente waren eingescannt und elektronisch verfügbar. Die Software sah Eingabemasken für alle möglichen Suchanfragen vor. Keesha tippte den ersten Namen ein. Adalbert Jaeger. Leider wusste sie nichts über diese beiden Männer als ihre Namen. Das half nicht, die Suche einzugrenzen. Es gab mehrere Treffer, von denen aber fast alle nicht passten. Die einzige Person, die in Frage kam, war ein Adalbert Jäger mit Umlaut, aber das war im Deutschen wohl austauschbar, dachte Keesha. Neugierig durchblätterte sie die elektronische Akte. Mitglied der NSDAP war er gewesen. Geboren 1914. Das konnte passen. Medizinstudent. Im Jahr 1939 hatte die Parteiverwaltung vergeblich versucht, ihn zu kontaktieren. Nachdem er auch noch eine Beitragszahlung versäumt hatte, war er irgendwann im Jahr 1940 aus der Partei ausgeschlossen worden. Dann endete die Akte. Nichts weiter. Kein Hinweis, was aus ihm geworden sein konnte. Allerdings war da eine Berliner Anschrift vermerkt, wo Jäger anscheinend gewohnt hatte.

Keesha machte einen Ausdruck von all diesen Informationen. Der Laserdrucker surrte. Sie gab den zweiten Namen in die Suchmaske ein. Karl Wishinski. Nichts. Kein Treffer. Keesha war enttäuscht. Jetzt nicht aufgeben. Sie versuchte Variationen des Namens Carl Wishinski. Carl Wischinski. Karl Wischinski. Karl Wischinsky. Da war ein Treffer! Hektisch klickte Keesha auf den Link, den die Software bereitstellte.

Auch Karl Wischinsky war NSDAP-Mitglied gewesen. Auch er war Medizinstudent. Hatten sie sich gekannt? Aber in Noni de Jongs Tagebuch war nur von einem Mann die Rede gewesen. Welcher von beiden war es? War es überhaupt einer von ihnen? Keesha durchblätterte weiter die eingescannten Seiten, meist mit mechanischer Schreibmaschine geschrieben. Briefköpfe mit Hakenkreuz und einem *Heil Hitler!* in der Grußformel. Eine der letzten Seiten der Akte war eine Verfügung vom 5. Januar 1944. Keesha überflog das Dokument. *Gau Berlin der N.S.D.A.P.* stand da. *Verleihung der 1. Stufe in Bronze der Dienstauszeichnung der N.S.D.A.P.* Der Parteigenosse Dr. Karl Wischinsky habe sich in besonderem Maße bei der Reinerhaltung des deutschen Volkes ausgezeichnet.

Keesha blätterte weiter. Aber es kam nichts Interessantes mehr. Doch! Da war noch etwas. Ein Bericht der amerikanischen Militärverwaltung aus dem Jahr 1945. Anscheinend war Wischinsky als Kriegsverbrecher gesucht worden, weil er an Euthanasieverbrechen mitgewirkt hatte. Ein weiterer Bericht des Office of Strategic Services (OSS) war da noch. Keesha wusste, dass das der Vorläufer der CIA war. Wischinsky war in der Schweiz, in Zürich, aufgespürt worden. Der Haftbefehl war jedoch aufgehoben worden, weil Wischinsky keine aktive Täterschaft nachgewiesen werden konnte. Trotzdem stand hier Wischinskys damalige Züricher Anschrift! Keesha machte sich auch hiervon einen Ausdruck.

Mehr war hier wohl nicht zu holen. Sie verließ die Recherchesoftware über den Beenden-Button und ging zurück in das Foyer. Der junge Mann saß noch immer an der Rezeption. In der Wartezone saßen zwei

Männer in Lederjacken, die sie ungeniert musterten, als sie vorbeiging. Keesha machte ein Hohlkreuz und beobachtete die Männer aus dem Augenwinkel. Beider Blicke richteten sich auf sie, genau wie sie es erwartet hatte. Männer waren doch so berechenbar! Als Keesha zum Tor hinausging, sah sie, dass die Männer ihr folgten. Schon bereute sie, so herausfordernd gewesen zu sein. Wollten sie etwas von ihr? Keesha wurde etwas unwohl zumute, aber sie vertraute auf ihre Wing-Tsun-Kenntnisse. Sie bog nach links ab und ging den Gehweg entlang. Die Männer folgten ihr noch immer. Keesha war an der Bushaltestelle angekommen, an der sie eigentlich warten musste, aber sie ging weiter und beschleunigte ihre Schritte. An der nächsten Straßenecke angekommen, bog sie wieder links ab und hielt nach den Männern Ausschau. Sie waren immer noch hinter ihr und waren auch schneller geworden.

„Entschuldigen Sie, bleiben Sie mal bitte stehen!"

Keesha erschrak und blieb stehen. Sie konnte ja doch nicht weglaufen. Sie konnte jetzt nur darauf vertrauen, dass die Männer hier, mitten im Wohngebiet am hellichten Tag keinen Überfall oder eine Vergewaltigung wagen würden.

„*What do you want?*" Keesha beschloss die Ausländerin zu spielen, die kein Deutsch konnte. Die Männer sahen sich an und grinsten. Der eine, groß und blond und mit arrogantem Gesichtsausdruck ging langsam um sie herum. Der andere, braunhaarig und etwas sympathischer, musterte sie ungeniert. Nach einigen Sekunden öffnete er seine Lederjacke und griff mit der Hand in die Innentasche. Keesha hielt die Luft an. Sie bemerkte, dass sie zitterte. Wing Tsun war vergessen.

15
30. September 1938, Berlin-Mitte

„Na, der Ritter hatte ja heute wieder eine Laune…"

Karl Wischinsky versuchte anscheinend, solidarisch zu sein.

„Wem sagst du das?", gab Jäger zurück. „Dich hat er ja nicht auf dem Kieker. Ich weiß nicht, wie lange ich das noch durchhalte."

Wischinsky sah Jäger überrascht an.

„Was meinst du damit? Willst du das Studium hinschmeißen?"

Jäger blickte düster vor sich hin und schwieg. Karl Wischinsky hatte überpünktlich um zwei Minuten vor acht bei Jäger an der Haustür geklingelt und die beiden jungen Männer waren losgegangen.

„Wohin gehen wir?", fragte Jäger.

Wischinsky machte wieder eines seiner wichtigen Gesichter.

„Das ist immer noch eine Überraschung.", verkündete er, als mache er gerade eine Regierungserklärung.

Sie gingen los in Richtung Stadtmitte. Jäger war genervt. Warum konnte Wischinsky nicht einfach sagen, was Sache war? Sie gingen einige Minuten schweigend nebeneinander her. Jäger bereute es, mitgegangen zu sein. Wo mochte Wischinsky ihn hinführen? Endlich blieb dieser vor einem unscheinbaren Gründerzeitbau stehen, dessen Fassade einen heruntergekommenen Eindruck machte. Die ursprünglich hellblaue Farbe blätterte stellenweise ab und an den Seiten unterhalb der

Fensterbänke hatten sich durch das ablaufende Regenwasser dunkle Streifen gebildet. Wischinsky betätigte eine elektrische Klingel. Nach zwanzig Sekunden öffnete sich die Tür und eine etwa vierzigjährige Frau öffnete. Die Frau trug ein einfaches, hellblaues Hauskleid.

„Kann ich Ihnen helfen, meine Herren?"

Irgendetwas stimmte hier nicht. Jäger war sich plötzlich einer Dissonanz bewusst, die er aber nicht richtig erfassen konnte. Sein Blick blieb an den blickdichten weißen Strümpfen der Frau hängen. Der Ton, in dem sie ihre Frage ausgesprochen hatte, passte nicht zu diesem züchtigen Äußeren. Herausfordernd hatte die Frage geklungen. Sie hätte ebenso gut fragen können: „Was habt ihr hier zu suchen, ihr Lumpen?" Bei Menschen konnte man auf diese Art gemischte Nachrichten aussenden, indem Ton und Inhalt einer Nachricht sich widersprachen. Einen Hund konnte man so täuschen; das Tier würde nur den Intonation der Aussage in Betracht ziehen und das devote Geschöpf würde die Pantoffeln auch dann noch apportieren, wenn Herrchen in süßlich-wohlwollendem Ton zu ihm sagte: „So mein kleines Miststück, jetzt hol die Pantoffeln, sonst schmeiß ich dich an die Wand."

Jäger sah der Frau ins Gesicht. Auch hier dieser herausfordernde Ausdruck. Im Gegensatz zu ihrem übrigen Erscheinungsbild war das Gesicht stark geschminkt. Blutroter Lippenstift. Ein schwarzer Lidstrich, der dem Gesicht ein verwegenes Aussehen gab. Ein Tick zuviel Rouge auf den Wangen, die so nicht mehr als natürlich gelten konnten. Das Kleid, das die Frau trug, wirkte wie eine Verkleidung.

„Karl Wischinsky mit einem Begleiter."

Sofort veränderte sich das Gesicht der Frau. Es zeigte jetzt herzliches Wohlwollen.

„Kommen Sie rein!"

Jäger war verwirrt. Was hatte das alles zu bedeuten? Jäger wusste, dass Wischinskys Vater ein hochrangiger Mediziner war, der sogar schon beim Führer selbst empfangen worden war. Bestimmt hatte er sich bei einer der vielen Euthanasie-Aktionen verdient gemacht. Und auch Söhnchen schien in bestimmten Kreisen Ansehen zu genießen. Aber in welchen Kreisen bewegten sie sich hier?

Sie gingen durch einen unscheinbaren Flur, verblichene Tapeten klebten an der Wand, die schon bessere Zeiten gesehen hatten. Alte Fliesen auf dem Boden, rechts und links einige dunkle, geschlossene Holztüren. Die geheimnisvolle Frau schritt wie eine Königin voran. Jäger beobachtete ihr wohlgerundetes Gesäß. Von hinten wirkte sie wie eine gute deutsche Hausfrau. So entsprach sie dem Schönheitsideal, wie es propagiert wurde. Blond, blauäugig, groß, breites Becken. Eine wahre, hehre Hüterin der Rasse. Wenn man die Frau von vorne sah, relativierte sich dieser Eindruck. Ein Gedanke durchzuckte Jäger. Sollte dies etwa…? Aber nein, wie sollte Wischinsky in solchen Kreisen verkehren? Jäger merkte, wie er nervös wurde. Ein komisches Gefühl machte sich in seiner Bauchgegend breit. Darauf war er nicht vorbereitet.

Endlich erreichten sie das Ende des Flures und die Frau öffnete eine Tür. Eine dicke Tür. Sie war von innen gepolstert und verstärkt. Jäger war sich sicher, dass sie schalldicht war. Sie traten ein und befanden sich in einer anderen Welt. Der Kontrast hätte nicht größer sein können. Glitzernde Kronleuchter, die ein gedämpftes Licht verbreiteten. Rote Plüschsessel. Der Boden war mit bordeauxrotem, dickem Teppich belegt. Auf einem der Sessel saß eine junge Frau mit pechschwarzem Haar und slawischen Gesichtszügen. Ihr scharf gezeichnetes Gesicht zeigte einen Ausdruck der Langeweile. Die ebenso schwarzen Augenbrauen krönten zwei träumerische Augen, die grünlich im diffusen Licht schimmerten, wie zwei verlorene Seerosenblätter in einem dunklen Teich.

Ich bin in einem Bordell! Es dauerte keine zwei Sekunden, dass Jäger zu dieser Erkenntnis kam. Sein Blick wanderte zwischen dem Freudenmädchen und seinem Kommilitonen hin und her.

„Na, was sagst du jetzt?" Wischinskys Stimme klang triumphierend.

Jäger konnte nichts sagen und blieb verloren in der Mitte des Raumes stehen.

„Kommen Sie, meine Herren und machen Sie es sich bequem.", hörte er die Prostituierte sagen, die den goldenen Zigarettenhalter zum rotgeschminkten Mund führte und daran zog. Jägers Blick fiel auf ihr üppiges Dekolleté, wo ein dunkelrotes, spitzenbesetztes Bustier kaum die Fülle der beeindruckenden Brüste bändigen konnte. Mechanisch ließ sich Jäger zu einem Sessel führen. Feine, gepflegte Hände mit schwarz lackierten Fingernägeln berührten ihn länger als es nötig gewesen wäre.

„Mein lieber Karl, wir haben Sie hier aber lange nicht gesehen! Ich möchte Ihnen fast böse sein."

„Ja, meine Schöne. Man ist eben immer beschäftigt, viel zu tun zu Hause und das Studium macht sich auch nicht von alleine. Aber ich habe immerzu an Sie gedacht, meine liebe Agnieszka!"

Jäger starrte Wischinksy ungläubig an. Hinter der Fassade dieses lethargischen, hochintelligenten Sozialautisten verbarg sich ein Mann von Welt; ein Mann, der mit Mädchen wie diesem hier völlig selbstbewusst und gönnerhaft umging. Wischinsky kam ihm jetzt vor wie ein großer Industrieller, der an jedem Finger eine Geliebte hatte und sich mit Tausendmarkscheinen Zigaretten anzündete. Jäger sah, wie Wischinsky eine Zigarette aus einem goldenen Etui hervorzog und sie anzündete. Sein Strebergesicht war verschwunden. Er plauderte nachlässig mit der Prostituierten. Nach einigen Minuten erst schien er sich zu erinnern, dass er nicht alleine gekommen war. Jäger hatte hilflos dagesessen.

„Alles in Ordnung, Jäger?"

„Äh, ja, alles bestens…", versuchte Jäger seine Unsicherheit zu verbergen.

„Brauchst nicht aufgeregt zu sein. War ich auch beim ersten Mal, aber das gibt sich, glaub mir. Aber wir haben für dich noch gar keine Dame."

Wischinsky blickte fragend auf Agnieszka. Diese sagte schnell: „Dominika ist oben. Sie kommt gleich runter."

„Na, dann ist ja alles bestens. Glaub mir, Jäger, Dominika hat Klasse, du wirst begeistert sein von ihr."

„Aber…ich…was soll ich denn hier? Ich meine, ich bin jetzt nicht vorbereitet, also…"

Wischinsky strahlte Jäger an und ignorierte seine Stammelei. Wieder hatte sich eine Art Metamorphose abgespielt. Wischinsky hatte sich vom Streber zum Mann von Welt und jetzt auch noch zum gutmütig-väterlichen Typ gewandelt, was nicht so recht zu seinem jungen Gesicht passen wollte.

„Lieber Adalbert, wir sind hier in einem Freudenhaus. Also lass uns Freude haben. Die jungen Damen hier werden uns diese Freude geben. Also lass dich einfach gehen. Du hast doch schon einmal mit einer Frau geschlafen, oder?"

„Ich…", begann Jäger unsicher. Wischinsky wusste sofort Bescheid.

„Nicht? Na, macht nichts. Dominika wird dich schon in die Geheimnisse der Liebe einführen. Die ist eine Wucht, sag ich dir! Da kommt sie ja!"

Eine weitere Tür hatte sich geöffnet und eine junge Frau trat ein. Emma! Das war Jägers erste Reaktion auf die feuerroten Haare des großen, schlanken Mädchens, das den Raum betreten hatte. Er sah aber sofort, dass er sich irrte. Langsam kam ihm die ganze Situation unwirklich vor. Dominika kam näher. Jägers Augen hingen fasziniert an ihr. Da war es wieder. Das gleiche Gefühl, das er hatte, wenn er sein Bild betrachtete. Dominika war das fleischgewordene Original dieses Bildes. Er konnte spüren, wie er sein Gesicht in diesen großen, weichen Brüsten vergrub. Wie das reiche, wallende, rote Haar sich wie ein Seidenvorhang über seine Schultern legte und einen leichten Duft verströmte. Wie ihre vollen Lippen ihn liebkosten. Dominika hatte einen entschlossenen Gesichtsausdruck, nicht so verträumt wie der von Agnieszka.

„Du entschuldigst uns?"

Wischinsky war mit seinem Mädchen schon durch die Tür verschwunden und ließ Jäger mit dem rothaarigen Geschöpf allein. Jäger stand auf und versuchte, ein gutes Benehmen herauszukehren.

„Gestatten Sie, mein Name ist Jäger…"

Das Mädchen sah ihn lächelnd an. „Jäger…? Wie ist Ihr Vorname?"

„Adalbert."

„Dominika. Ich werde Sie Adalbert nennen." Wieder lächelte sie. Von diesem Lächeln fühlte sich Jäger plötzlich bedroht. Wieder liefen vor seinem geistigen Auge Bilder von Emma ab, wie er sie kennengelernt hatte, wie sie ihm zugelächelt hatte, bis es zum Bruch gekommen war. Jägers Blick blieb an dem schwarzen Minirock aus Leder hängen, der den Blick auf perfekt geformte Beine freigab. Schwarze Lackstiefel verhüllten die Unterschenkel. Der schlanke Oberkörper mit den schweren Brüsten steckte in einem schwarzen Korsett, das mehr enthüllte als verbarg. Das Ideal der deutschen Hausfrau, wie es propagiert wurde, war hier auf den Kopf gestellt. Das Gegenteil der Hüterin der Erbmasse zum Wohle des Volkskörpers. Ein Frauenkörper, nicht zur Bewahrung des rassenhaften Elements gedacht, sondern dem Vergnügen, der Freude, der Fleischeslust gewidmet.

„Folgen Sie mir, Adalbert."

Die sonore Altstimme klang Jäger in den Ohren, als er dem rothaarigen Freudenmädchen mechanisch folgte. Sie gingen durch die Tür, durch die das Mädchen den Raum betreten hatte. Dahinter befand sich ein Treppenhaus, das ganz mit rotem Teppich belegt war. Dominika ging hoch aufgerichtet vor Jäger her. Während sie die Treppe hinaufstiegen, befand sich sein Kopf auf der Höhe ihres Gesäßes, das durch den hautengen Rock fast nackt wirkte. Oben angekommen, gingen sie durch eine Tür, hinter der sich ein komfortabel eingerichtetes Zimmer befand. Auch hier dominierten Rottöne die Einrichtung. Ein großes Bett stand in der Mitte des Zimmers. An allen Wänden und an der Decke waren große Spiegel angebracht. Über dem Bett an der Rückwand des Zimmers hing ein erotisches Ölgemälde. Dominika setzte sich auf das Bett mit der roten Seidenwäsche und ließ sich lasziv nach hinten fallen.

„Warum machen Sie das?", fragte Jäger unvermittelt.

„Warum mache ich...was?", frage Dominika zurück, während sie sich wieder aufsetzte.

„Ihren Körper verkaufen. Ich meine, es ist nicht natürlich. Gegen die Volksgesundheit und…"

„Ach so, Moralapostel sind wir!" Dominikas hübsches Gesicht verzog sich. „Warum sind Sie dann hier?"

„Ich bin nicht freiwillig hier. Mein Freund hat mich…."

Das Mädchen lachte glockenhell auf. „Sie sind nicht freiwillig hier? Aber natürlich, kein Mann kommt hier freiwillig hin. Alle werden von dunklen Mächten gezwungen, ins Freudenhaus zu gehen...oder von wohlmeinenden Freunden." Dominikas Gesicht wurde plötzlich hart. Emma war wieder da. „Machen Sie mir nichts vor! Sie sind ein Mann und alle Männer sind gleich. Leichte Nuancen sind unterschiedlich, aber im Wesen sind alle gleich. Machtbesessen, heuchlerisch und schwanzgesteuert.

Mal überwiegt das eine, mal das andere. Wussten Sie das noch nicht? Was sind Sie denn? Hm, ich glaube bei Ihnen überwiegt das Heuchlerische."

Jäger war sprachlos. Dominika zog die Augenbrauen in die Höhe und fuhr fort.

„Wenn Sie wüssten! Ich kenne sie alle. Die Parteifunktionäre, die ihre brave Frau zu Hause sitzen haben und in der Öffentlichkeit den arischen Spießbürger markieren. Die armen Würstchen, die keine Frau abbekommen, weil sie zu hässlich oder zu pervers sind. Sie waren alle schon mal bei mir. Waren Sie schon mal bei einer Nutte?"

„Nein."

Dominika stand auf und ging auf Jäger zu. Sie schmiegte sie sich eng an ihn und griff ihm mit der rechten Hand in den Schritt. „Na, dann wird es aber Zeit. Gut genug ausgestattet sind Sie ja."

Sie ließ von Jäger ab, fingerte kurz an ihrem Rock herum und schälte sich dann aus diesem heraus wie aus einer zweiten Haut. Darunter trug sie nichts. Jägers Blick richtete sich auf Dominikas glattrasierten Schambereich und er schluckte. Das hatte er noch nicht gesehen. Dominika nahm ihre Hand, umfasste damit ihren Schambereich und machte dabei ein lasives Gesicht. Sie führte den Mittelfinger zum Mund und leckte ihn lustvoll ab. Dann hielt sie Jäger die geöffnete Handfläche hin. „Fünfzig Mark!" Jäger nahm wie willenlos seine Brieftasche aus der Jackentasche und fingerte eine Fünfzig-Mark-Note heraus, die er dem Mädchen in die Hand gab. Die Hure steckte den Schein in ihr Dekolleté, ließ sich rückwärts auf das Bett fallen und spreizte die Beine. Jäger konnte jede Hautfalte ihrer glattrasierten Vulva sehen. Er schluckte. Noch nie hatte er eine Frau so gesehen, schon gar nicht ein solches Wesen, das ihm fast überirdisch vorkam.

Der Kopf des Mädchens mit dem feuerroten Haar versank in der weichen Bettwäsche. Jäger lief es heiß und kalt über den Rücken. Er sah Emma vor sich. In seiner Vorstellung verschmolzen Dominika, Emma und die unbekannte Vampirfrau aus dem Bild zu einem diffusen Ganzen, das ihn abstieß, verängstigte und gleichzeitig sexuell erregte. Er fühlte sich schuldig, konnte aber nicht aufhören, diese nackte Göttin mit den Augen zu verschlingen. Als er wieder klar denken konnte, fand er sich nackt auf dem Bett wieder, den Kopf auf ein weiches, karminrotes Daunenkissen gebettet. Dominikas aggressives Wesen war verschwunden. Sie wusste, wie sie Jäger zu behandeln hatte. Langsam fuhr sie mit ihren schwarz lackierten Fingernägeln über seine Beine, so dass sich Striemen bildeten. Jäger entspannte sich langsam. Er lag auf dem Rücken und sein erigiertes Glied stand aufrecht wie eine antike griechische Statue. Dominika hatte sich zwischen seine Beine gesetzt und ihre roten, weichen Lippen um sein hartes Glied geschlungen. Ein Zittern ging durch Jägers Körper. Langsam bewegte Dominika den Kopf auf und ab und lutschte ihn dabei ab, als habe sie eine Zuckerstange im Mund. In kürzester Zeit war Jäger kurz vor dem Höhepunkt; da brach Dominika ab und richtete sich auf. Sie beugte sich vor, so dass Jägers Gesicht zwischen ihren schweren Brüsten verschwand und setzte sich auf ihn, um ihn zu reiten. Er stöhnte leise auf, als sich ihre feuchte Vagina über sein Glied stülpte. Immer schneller bewegte Dominika ihren schlanken, wohlproportionierten Körper auf und ab, immer intensiver wurde der Liebesakt. Jäger war im Trance. Er spürte, wie er sich dem Höhepunkt näherte, wie sich etwas in ihm aufbaute, dessen er nicht Herr werden konnte. Es war, als ob sich all sein Wollen und Wünschen auf eine Sache konzentrierten, darauf, seinen Samen in diese rothaarige Sexgöttin zu entleeren.

Ein Windstoß, der durch das offene Fenster gekommen war, stieß in diesem Moment, die Tür auf, die nicht völlig geschlossen war. Eben als sich Jäger mit unterdrücktem Stöhnen in Dominika entleerte, sah er im Augenwinkel eine grauhaarige, männliche Gestalt an der Tür stehen. Er drehte den Kopf und erstarrte.

„Vater!!!"

16
3. September 2013, Berlin-Lichterfelde

Der Mann in der Lederjacke griff in seine Innentasche und zog nicht etwa eine Waffe hervor, sondern ein Lederetui, das er aufklappte und in dem Keesha einen offiziell aussehenden Lichtbildausweis sah.

„Kriminalhauptkommissar Bender, Kriminalpolizei Berlin." sagte er. *„We'd like to ask you a few questions."*

Keesha atmete tief durch.

„Von der Polizei sind Sie!", sagte sie auf deutsch.

„Ach, Sie sprechen ja doch deutsch. Was dachten Sie denn, wer wir sind?", fragte der Kripo-Beamte, leicht arrogant lächelnd.

Keesha errötete leicht, was man glücklicherweise wegen ihrer dunklen Hautfarbe nicht so gut sehen konnte.

„Zeigen Sie mir mal bitte Ihren Ausweis."

Keesha sagte nichts, nahm ihre Brieftasche aus der Handtasche und reichte dem Polizisten ihren niederländischen Personalausweis. Der Beamte untersuchte ihn genau, zog ein Handy aus der Hosentasche und wählte eine Nummer.

„Gibt es ein Problem?", frage Keesha den anderen Beamten.

„Routine.", gab dieser nur zurück.

Der andere hatte anscheinend Keeshas Personalien erfolgreich überprüft und setzte wieder sein etwas überheblich wirkendes Lächeln auf.

„Soso, Frau Egmond…"

Keesha wurde leicht ungeduldig. „Darf ich jetzt gehen?"

„Wir würden Ihnen gerne einige Fragen zu Ihrer Recherche stellen, die Sie vorhin im Bundesarchiv gemacht haben. Sollen wir uns mal kurz dort ins Foyer setzen?"

Keesha zog die Augenbrauen hoch. „Warum interessiert Sie das?"

„Das sagen wir Ihnen gleich."

Sie gingen gemeinsam zurück in das Archivgebäude. Der junge Mann saß noch immer am Empfang und starrte Keesha aufdringlich an.

„Stichwort Adalbert Jäger und Karl Wischinsky.", fuhr der dunkelhaarige Beamte fort. Der andere hatte noch kein weiteres Wort gesagt. Keesha fragte sich ernsthaft, ob das bei der deutschen Polizei vielleicht Einstellungsvoraussetzung war und ob hier jeder Beamte hier einen solchen „Watson" an seiner Seite hatte. „Erzählen Sie mir doch mal bitte, was der Hintergrund Ihrer Recherche ist."

Nach kurzem Zögern beschloss Keesha, alles zu erzählen. Sie hinterfragte gar nicht, warum und ob der Kripomann überhaupt Auskunft verlangen konnte. Es brachte wohl nichts, sich hier mit der deutschen Polizei anzulegen. Außerdem war ja nicht viel zu erzählen.

„Also das ist alles? Sie wissen nichts von den Todesfällen, unter Umständen sogar Morden oder dem Diebstahl?"

Keesha zog die Augenbrauen überrascht hoch und verneinte.

„Die beiden Herren Jäger und Wischinsky waren Nazis. Sie sind beide so gegen 1914 oder 1915 geboren und haben damals Medizin studiert. Nach unseren Ermittlungen hat zumindest Jäger das Studium aber nicht abgeschlossen, sondern ist im Laufe des Jahres 1938 verschwunden. Wischinsky hat seinen Doktor gemacht und war an Kriegsverbrechen beteiligt. Dann war da noch eine junge Frau namens Emma Lange, die ebenfalls 1938 verschwunden ist. Sie ist mehrfach mit Jäger gesehen worden, wie aus den alten Akten hervorgeht. Gegen die Lange ist im Jahr 1939 ein Haftbefehl wegen Totschlags ergangen. Außerdem war sei als „liederliche Person" und „Arbeitsscheue" eingestuft, wie es damals hieß. Einen Todesfall aus dieser Zeit haben wir auch damit in Verbindung gebracht, der eines gewissen Johannes Jäger, das war der Vater des Verdächtigen Adalbert Jäger."

„Aber das ist doch alles so lange her? Wird das jetzt noch verfolgt?", fragte Keesha.

„Mord verjährt nicht. Von daher besteht immer ein öffentliches Interesse an der Aufklärung eines solchen Verbrechens. Zumindest Wischinsky lebt nach unseren Erkenntnissen noch. Ist so um die 100 Jahre alt jetzt. Aber um die Morde geht es uns weniger, einer der mutmaßlichen Täter lebt zwar noch, aber ich halte es für sehr wahrscheinlich, dass er für prozessunfähig erklärt würde. Diesen potenziellen Mord noch zu verfolgen, hätte wahrscheinlich wenig Sinn. Nein, genau zu dieser Zeit ist ein wertvolles Gemälde aus dem Schloss Schönhausen in Pankow gestohlen worden. Dieses Gemälde stammte aus der Sammlung eines jüdischen Bankiers namens Erwin Holzmann, dem die Nazis es enteignet hatten. Die Enkel dieses Holzmann wohnen jetzt in London und sind dort so einflussreich, dass die britische Regierung bei der deutschen Bundesregierung interveniert hat. Nach einem Erlass des Berliner Innensenators hat diese Angelegenheit plötzlich wieder Priorität bekommen."

„Nach so langer Zeit? Und...ich meine, gibt es da nicht wichtigere Sachen, um die Sie sich kümmern müssten?"

„Tja, da sagen Sie was. Wenn Sie mich persönlich fragen: Klar gibt es die. Und ich bin zwar dazu da, Fragen zu stellen, aber nicht die Entscheidungen meiner vorgesetzten Behörden zu hinterfragen. Na wie auch immer, nach Aussage des Wachmannes war eindeutig Adalbert Jäger der Dieb. Der Wachmann kannte ihn, weil er fast jeden Tag kam und das Bild anstarrte. War irgendwie davon besessen."

„Was ist das denn für ein Bild?", erkundigte sich Keesha.

„Der Vampir."

„Was?"

„Der Vampir. So heißt das Bild. Das ist von einem norwegischen Maler names Edvard Munch. Es wird auch 'Liebe und Schmerz' genannt. Eine rothaarige Frau ist darauf zu sehen, die anscheinend einem Mann das Blut aus dem Hals saugt. Der Wert wird heute auf zwei Millionen Euro geschätzt."

„Und das Archiv hat Sie informiert, dass ich recherchiert habe?"

„Genau. Man weiß, dass hier im Bundesarchiv Informationen über den Tatverdächtigen vorhanden sind. Wir werden automatisch informiert, wenn Leute nach bestimmten Informationen suchen. Durch die Benutzungsanträge kann uns dann das Bundesarchiv auf Antrag mitteilen, von wem die Recherchen gemacht wurden. Und weil diese Sache wie gesagt gerade politisch sehr hoch gehängt wird, haben wir uns direkt auf den Weg gemacht."

Viel mehr war nicht gesagt worden. Die Polizisten schienen etwas enttäuscht zu sein, dass sie nicht mehr wusste. Sie gaben ihr aber noch eine wertvolle Information: Die mutmaßliche letzte Anschrift von Karl Wischinsky in Zürich.

Aber so weit war es noch nicht. Sie hatte hier in Berlin noch zu tun. Nachdem sie den Namen einer Berliner Zeitung recherchiert hatte, die damals schon erschien, googelte die Redaktionsanschrift. Eine Stunde später saß sie wieder an einem Computerarbeitsplatz und durchforstete das Zeitungsarchiv des Jahres 1938. Sie war überzeugt, dass hier irgendwo ein Hinweis auf diesen Bilderdiebstahl sein musste. Und wirklich: In der Ausgabe vom 2. Oktober 1938 war ein kurzer Artikel darüber:

Sensationeller Bilderdiebstahl in Pankow

Berlin-Pankow. Wie die Polizei berichtet, ist es gestern zu einem sensationellen Diebstahl entarteter Kunst im Schloss Schönhausen in Pankow gekommen. Offensichtlich hat ein heruntergekommener Medizinstudent names Adalbert J. die Tat begangen. Wie wir aus gutunterrichteter Quelle erfahren haben, neigte der J. ohnehin zu abartigen Verhaltensweisen. Der Berliner Kunstexperte und Galeriebesitzer Herbert Krüger sagte uns dazu, es habe sich um artfremde Verfallskunst eines ausländischen Malers gehandelt. Wie uns Herr Krüger weiter mitteilte, hat das Bild zuvor dem jüdischen Bankier Erwin Holzmann gehört. Der Adalbert J. hat, nachdem er den diensthabenden Wachmann Erich S. brutal niedergeschlagen hatte, die Flucht ergriffen. Der Wachmann wird noch immer im Krankenhaus behandelt. Gegen den J. wurde ein Ermittlungsverfahren wegen räuberischem Diebstahl und schwerer Körperverletzung eingeleitet. Der Adalbert J. ist 25 Jahre alt, 1 Meter 70 groß und schlank. Er hat braune, glatte Haare. Zusammen mit ihm ist eine Weibsperson gesehen worden. Die Frau hat rote Haare und ist etwas größer als J. Sie wird dringend als Zeugin gesucht. Wir werden unsere Leser über die weitere Entwicklung auf dem Laufenden halten.

17

3. September 2013, Berlin-Charlottenburg

Nachdenklich verließ Keesha die Redaktionsräume der Zeitung. Ziellos lief sie durch die Straßen von Charlottenburg. Worauf hatte sie sich hier nur eingelassen? War dieser Jäger ihr Großvater? Wenn ja, dann war er ein Verbrecher gewesen. Ein Dieb und vielleicht sogar ein Mörder. Sie hatte jetzt zwei Anhaltspunkte: Einmal den Kunstexperten Herbert Krüger. Der lebte vermutlich nicht mehr, aber vielleicht ein Sohn oder Enkel. Es war auf jeden Fall einen Versuch wert. Und dann war da noch Karl Wischinsky. Ob der immer noch in Zürich wohnte? Vielleicht war er ihr Großvater, und nicht Jäger. Keesha beschloss noch in Berlin zu bleiben und erst am nächsten oder übernächsten Tag nach Zürich zu fliegen. Sie nahm ein Zimmer im nächstbesten Hotel.

Galerie Herbert Krüger, Inhaber Sebastian Krüger, Potsdam-Babelsberg, spuckte der Computer in der Hotel-Lobby aus. Das war einfach gewesen. Eigentlich zu einfach. Aber es musste versucht werden. Zwei Stunden später stand sie vor dem Ladenlokal. Dicke Glasscheiben schützten einen großen Raum mit weißen Wänden, an denen spärlich Bilder angebracht waren. Keeshas Eindruck war, dass alle zum Typus Ist-das-Kunst-oder-kann-das-weg gehörten. In der Galerie sah sie einen Mann und eine Frau, die sich unterhielten. Etwas befangen drückte Keesha die Tür auf.

„Guten Tag, was kann ich für Sie tun?"

Die blonde Frau mit den kalten Augen musterte Keesha herablassend. Diese konnte sich nicht erinnern, sich schon einmal so unwohl und fehl am Platz gefühlt zu haben.

„Guten Tag. Ich...ich würde gerne mit Herrn Krüger sprechen."

Der Mundwinkel der blonden Frau zuckte verächtlich, als sie antwortete. „Herr Krüger ist sehr beschäftigt. Kann ich Ihnen vielleicht helfen?"

„Also...ich...also es ist eher persönlich."

Keesha fand es faszinierend, wie die blonde Frau es schaffte, mit allen Teilen ihres Gesichtes ihre Geisteshaltung widerzuspiegeln. Ihre Augen wurden größer und mit aufgesetzt wirkender Unschuld sagte sie: „Ach, dann ist Herr Krüger ein Bekannter von Ihnen?"

„Nein, nicht direkt. Es geht um seinen Großvater."

Schlagartig änderte sich der Gesichtsausdruck der Frau. Sie schien für den Bruchteil einer Sekunde zu erschrecken, hatte sich aber sofort wieder im Griff. Ihr Wesen hatte sich verändert, aber nicht zum Guten. Sie machte jetzt einen feindseligen Eindruck.

„Was haben Sie mit dem Großvater meines Mannes zu tun?"

„Ich möchte einfach nur Herrn Krüger sprechen."

„Und was machen Sie, wenn Sie ihn nicht sprechen können?"

„Hören Sie gerne Märchen?"

„Was hat das mit uns zu tun?"

„Naja, wissen Sie, ich erzähle gerne Geschichten. Manche sind sogar wahr, aber das weiß man nicht so genau. Vor vielen Jahren gab es in Berlin mal einen reichen Mann, einen Juden, glaube ich, der Vorstandsvorsitzender einer Bank war...."

Die Augen der blonden Frau starrten in Leere. Keesha fuhr fort. „Sein Name war - wie war er doch gleich - Holzmann, richtig. Dieser Holzmann war ein großer Kunstliebhaber..."

„Ich werde fragen, ob mein Mann Zeit hat."

Mit diesen Worten drehte sich die Frau um und ging durch eine Tür, durch die einige Minuten vorher der Mann verschwunden war. Na also, geht doch, dachte Keesha und versuchte vergeblich ein Stillleben zu verstehen, das sich ihrer Aufmerksamkeit an der Wand in grellen Farben aufdrängte. Eine Minute später kam die Frau mit dem Mann zurück.

„Wollen Sie nicht in meinem Büro Platz nehmen, Frau... äh..."

„Egmond.", sagte Keesha trocken.

„Frau Egmond, ja, bitte, treten Sie ein."

Keesha trat in das luxuriös ausgestattete Büro und setzte sich, ohne dazu aufgefordert zu werden, in einen der weichen Ledersessel. Krüger wieselte hinter ihr her und setzte sich in einen anderen Sessel ihr gegenüber. Keesha fand, dass er ein nichtssagendes Gesicht hatte. Es war glattrasiert, aber erinnerte Keesha doch irgendwie an einen Hund. Einen Hund, dem man etwas verboten hatte, aber der nicht verstand warum. Er zupfte nervös die rote Fliege zurecht, die er auf dem weißen Hemd trug.

„Ja, also, Frau Egmond....wie kann ich Ihnen denn weiterhelfen?"

„Wissen Sie, Herr Krüger, ich bin nicht von hier…"

„Ja, äh, das sieht man - nein, verstehen Sie mich nicht falsch, ich meine, das liegt auf der Hand, also ich…"

Keesha lachte sich innerlich halb tot über diesen verklemmten Typen, der einen Menschen mit schwarzer Hautfarbe wahrscheinlich nur aus amerikanischen Krimis und den Nachrichten über abgemagerte afrikanische Kinder kannte. Mit ernster Miene fuhr sie fort: „Kein Problem, Herr Krüger, machen Sie sich keine Sorgen. Ich will Sie nicht in Verlegenheit bringen. Ich will Ihnen überhaupt nichts Böses. Auf den Punkt gebracht: Ich will die Person finden, die meine Großmutter vergewaltigt und vielleicht auch ermordet hat."

Krüger holte tief Luft und sah aus, als habe er Bauchschmerzen.

„Es tut mir sehr leid für Ihre…äh…Großmutter, aber…äh…wie kann ich Ihnen denn helfen?"

Keesha improvisierte. „Was wissen Sie über Erwin Holzmann?"

„Holzmann? Ja…äh…sollte ich den kennen?"

„Ich weiß nicht. Kennen Sie ihn?"

„Wer soll das denn sein?"

„Sie wollen mir nicht antworten. Dann frage ich mal anders: Sind Sie Kunstexperte?"

„Ich? Äh, ja, könnte man so sagen. Ich meine, es gibt da noch ganz andere…"

„Ich glaube, Ihre Expertise reicht mir. Ich habe da eine Frage bezüglich eines Bildes von Edvard Munch."

„Edvard Munch? Das war ein berühmter norwegischer Maler des Symbolismus. Ich bin ein großer Bewunderer von ihm. Sein Werk Der Schrei ist sogar Laien ein Begriff..."

„Genau, davon habe ich auch schon gehört. Aber mir geht es um den Vampir."

„Das ist ein weiteres Werk, richtig, auch sehr bekannt. Entstanden im Jahr...äh....1893, wenn ich mich nicht irre. Eigentlich heißt es ganz anders und es ist nur auf Grund einer gewissen Interpretation allgemein Der Vampir genannt worden. Haben Sie das Bild schon einmal gesehen? Es ist faszinierend, sage ich Ihnen. Munch hat hier gekonnt wieder einmal das Frauenhaar als Symbol für weibliche Kraft und Stärke eingesetzt. Das hat er übrigens auch in anderen seiner Werke gemacht. Das Faszinierendste ist meiner Meinung nach, dass es so vielfältig interpretierbar ist. Es hieß ja ursprünglich Liebe und Schmerz und könnte ganz einfach eine symbolische Darstellung einer dramatischen Beziehung sein."

„Aber irgendjemand hat dann den Vampir ins Spiel gebracht?"

„Richtig. Richtig. Das war ein Kritiker...mir ist leider entfallen, wer. Es sind davon mehrere Varianten bekannt."

„Varianten? Dann gibt es das Bild mehrfach?"

„Richtig. Richtig. Äh...sechs Varianten gibt es davon, die meisten sind im Munch-Museum in Oslo ausgestellt. Eines ist ja leider...äh..."

„Ja? Eines ist leider...?"

Krüger schluckte sichtbar. „Äh…verschwunden, ja, richtig. Damals im Dritten Reich war das. Das Werk war ja im Privatbesitz…"

„Ach, nicht im Museum?"

„Nein, äh…das war später. Zuerst hatte es dem jüdischen Bankier Holz–" Krüger brach unvermittelt ab.

„Ja?"

„Jetzt hab ich mich wohl verplappert."

„Ich glaube auch."

Krüger zupfte sich wieder die Fliege zurecht und schwieg verlegen. Keesha störte ihn nicht. Sie vermutete, dass er jetzt reden würde.

„Frau Egmond, ich will ehrlich mit Ihnen sein. Mein Großvater hat diese Galerie aufgebaut, mein Vater hat sie in den Sechzigerjahren übernommen und ich bemühe mich auch schon seit fast…äh…zwanzig Jahren hier. Wir waren natürlich vorher in Berlin. Potsdam gehörte zur DDR. Aber hier sind die Mieten günstiger. Ich setze das alles nicht so einfach aufs Spiel. Ja, ich gebe zu, der Name Holzmann ist mir ein Begriff. Man hat damals unter Hitler viele Juden enteignet, bevor man sie ins KZ gesteckt hat. Unter anderem auch diesen Holzmann. Ihm gehörte die Variante des Vampirs, von dem wir hier reden. Ich spreche nicht gern darüber, aber ich fürchte, mein Großvater war damals bei der Beschlagnahmung beteiligt. Wissen Sie, die Nazis brauchten Kunstexperten. Irgendein klobiger SS-Mann war sicher nicht in der Lage, Kunst zu beurteilen."

„Dann geben Sie Ihrem Großvater eine Mitschuld an dem Verbrechen, das damals geschehen ist?"

Krügers Augen blitzten auf. „Ich gebe meinem Großvater überhaupt keine Schuld. Er war kein Nazi. Er hatte keine Ideologie. Ihm ging es nur um die Kunst. Aber...er musste schließlich auch leben."

„Und was ist mit Holzmann geschehen?"

„Das...äh...weiß ich nicht."

„Nicht? Hat er nach dem Krieg nicht versucht, das Bild wiederzubekommen?"

„Darüber ist mir nichts bekannt. Das Bild ist im Krieg verschwunden. Mehr weiß ich nicht."

„Aber ist es denn nicht ausgestellt gewesen? Es gab doch damals Austellungen für diese sogenannte ‚entartete Kunst'. Es kann doch nicht einfach von dort verschwinden."

„Äh, Frau Egmond...äh, wenn ich Ihnen sonst noch helfen kann?"

Krüger mauerte wieder. Es war nichts mehr aus ihm herauszubekommen. Keesha gab auf und verabschiedete sich. Der Ausstellungsraum war menschenleer. Die blonde Frau war nicht zu sehen. Keesha stand einige Sekunden unschlüssig herum. Da hörte sie Krüger hinter der Tür sprechen. Sie konnte nur einzelne Wortfetzen verstehen.

„...gekommen und hat Fragen gestellt....Bild hinterher...was unternehmen...ja genau...dunkle Hautfarbe...spricht deutsch, aber....sich holländisch an..."

Eine Hand legte sich auf Keeshas Schulter. „Lauscht man dort an den Türen, wo Sie herkommen, in Ihrem…Ghetto…oder wo auch immer?"

Fünf Sekunden später stand Keesha auf dem Gehweg draußen vor dem Haus und fühlte den stechenden Blick der blonden Frau in ihrem Rücken.

Zurück in Charlottenburg konnte sich Keesha nicht dazu aufraffen, sich in ihr stickiges Hotelzimmer zu setzen. Sie suchte sich ein Straßencafé und bestellte einen doppelten Espresso. Ihre mentale Liste mit verdächtigen Personen wurde stündlich länger. Seit gehörten auch die Kunstexperten Herbert Krüger und sein Enkel Sebastian dazu. Vielleicht auch noch die blonde Schlampe. Und natürlich Krügers Gesprächspartner am Telefon nicht zu vergessen. Der alte Krüger war mit Sicherheit schon tot. Selbst wenn er damals erst Mitte Zwanzig war, müsste er jetzt an die hundert sein. Andererseits sollte angeblich auch Wischinsky noch leben. Alles war möglich.

Ihre Mission hatte mit Ermittlungen zum Vergewaltiger ihrer Großmutter angefangen. Jetzt waren ein Mord und ein Bilderdiebstahl dazugekommen. Kriegsverbrechen gegen einen jüdischen Bankier, illegale Schiebereien von sogenannter „entarteter" Kunst, wie die Nazis sie genannt hatten. Sie würde jetzt so schnell wie möglich nach Zürich reisen, um Wischinksy aufzusuchen.

Keesha nahm noch einen Schluck Kaffee. Das surrende Geräusch kam ganz plötzlich. Der brennende Schmerz am rechten Oberarm auch.

Ihr wurde schwindelig.

*

Der junge Arzt sah aus, als sei er gerade aus dem Fernseher gestiegen und der letzten Folge von Dr. House entkommen. Aber er war nett.

„Da sind Sie ja nochmal davongekommen. Die Kugel ist glatt durch den Musculus biceps brachii gegangen, das ist ein Muskel an Ihrem Oberarm. Schmerzhaft, aber nicht gefährlich. Zehn Zentimeter weiter links hätte aber schon anders ausgesehen. Es war ein kleines Kaliber, könnte sogar aus einem Luftgewehr oder so etwas stammen."

„Weiß man, wer auf mich geschossen hat?"

„Nein, ich glaube nicht. Ich denke, die Polizei wird heute auch noch im Laufe des Tages kommen."

Die Polizei kam wirklich, konnte Keesha aber keine neuen Erkenntnisse liefern. Sie verkniff es sich, den Galeriebesitzer Krüger zu erwähnen. Warum eigentlich? War er nicht derjenige, der hier am ehesten in Frage kam? Wer sollte sonst auf sie schießen? Oder war das ein fremdenfeindlicher Übergriff? Sie war sich zumindest nicht bewusst, Feinde in Berlin zu haben. Die Sache begann langsam, interessant zu werden. Es war bestimmt kein Zufall, dass sie hier angeschossen wurde, gerade als sie dabei war, die Geheimnisse der Vergangenheit aufzudecken.

18
25. September 2013, Zürich

Der Airbus A321 war im Landeanflug auf den Züricher Flughafen. Keesha schaute neugierig aus dem ovalen Fenster und beobachtete, wie die Dinge am Boden größer wurden. Sie liebte es, zu fliegen. Fliegen war für sie wie Achterbahnfahren. Dann, wenn die anderen Fluggäste erschraken, weil das Flugzeug aufgrund von Turbulenzen hin- und hergeschüttelt wurde, hatte Keesha den meisten Spaß. Sie beobachtete dann, wie sich die anderen Leute krampfhaft an ihren Armlehnen festklammerten und die Augen schlossen.

Hier in Zürich wollte sie versuchen, mehr über Karl Wischinsky herauszufinden, der wohl hier gewohnt hatte oder noch immer wohnte. Eine Adresse hatte sie von der Polizei in Berlin bekommen.

Nervös trottete sie in dem Rudel von Passagieren durch die endlosen Korridore des Flughafens. Passkontrolle und raus. Sie nahm die Bahn in die Innenstadt und machte sich dann auf die Suche nach der Mühlenstraße.

Als sie vor dem Haus ankam, zögerte sie. Was würde sie hier wohl erwarten? Lebte Wischinsky noch? War es ihr Großvater? Langsam ging sie auf die Haustür zu. Es war ein Mehrfamilienhaus. Die Fassade war alt und verwittert. Drei ausgetretene Stufen führten zur Haustür. Neben der Tür waren sechs Klingelknöpfe mit dazugehörigen Namensschildern angebracht. Auf dem obersten stand

K. Wischinsky!

Keesha fühlte ein seltsames Gefühl im Bauch. Dann nahm sie sich zusammen und drückte auf die Klingel. Zwanzig Sekunden vergingen. Nichts. Keesha klingelte noch einmal. Nach einer gefühlten Ewigkeit ertönte der Türsummer. Keesha drückte die Haustür auf und betrat das Haus. Muffiger Geruch schlug ihr entgegen. Das Treppenhaus lag im Halbdunkel. Keesha suchte den Lichtschalter und fand ihn. Eine Glühbirne hing nackt an der Decke und strahlte Verfall an. Ein solches Haus erwartete man nicht in der Schweiz. Hier war doch alles so korrekt und sauber. Keesha mochte die Schweiz und ihre Bewohner. Sie verglich die Schweizer immer ein bisschen mit den Deutschen. Genauso korrekt und ordentlich, aber wesentlich entspannter und netter. Allerdings auch etwas konservativer. Deutsche waren immer so verbissen. Und sie waren nicht in der Lage, in der Bäckerei eine Schlange zu bilden. Langsam ging Keesha die Treppe hoch. Wischinsky schien im obersten Stock zu wohnen. Er musste wohl noch gut zu Fuß sein, wenn er mit 100 Jahren noch Treppen stieg, dachte Keesha.

Die Wohnungstür im obersten Stockwerk war angelehnt. Keesha stand davor und wusste nicht, was sie machen sollte. Das komische Gefühl im Bauch war wieder da - oder immer noch? Aus der Wohnung war das Geplapper eines Nachrichtensprechers zu hören, schlurfende Schritte ertönten und jemand hustete auf eine Art und Weise, die einer ganzen Armee von Lungenspezialisten den Lebensunterhalt sicherstellen konnte. Der Mann war jetzt an der Tür angekommen und zog sie auf. Keesha stand davor und fühlte sich wie ein Schulmädchen, das zum Direktor zitiert wurde, der mit dem Rohrstock hinter der Tür steht.

Der Mann war klein, dick und haarlos. Das ganze Erscheinungsbild schrie Verbitterung und Vernachlässigung.

„Was wollen Sie?"

„Ich…ähm…sind Sie Karl Wischinsky?"

„Wer will das wissen?"

„Mein Name ist Keesha Egmond und ich…"

„Und was wollen Sie von mir?"

„Ich wollte Sie bitten, mir zu helfen."

„Helfen? Ich helfe keinem. Mir hilft auch keiner. Was meinen Sie, wenn ich mal abkratze, und das wird nicht mehr so lange dauern, glauben Sie mir. Dann werde ich einer von denen sein, die man irgendwann nach zwei Monaten findet. Und das auch nur, weil es anfängt zu stinken und sich im Haus die Ratten vermehren. Ja Ratten! Alles Ratten, das. Es gibt auch Menschen, die sind Ratten. Ich bin auch eine…ich…."

Der Mann verlor sich in seinen wirren Reden. Keesha stand da und sagte nichts, versuchte zu lächeln, während sich ihr Ästhetikgefühl gegen alles auflehnte, was sie hier sah. Was hätte sie hier entgegnen können? Wischinsky fing sich irgendwann wieder.

„So, jetzt machen Sie, dass Sie wegkommen. Ich brauche keine ausländischen Weiber, die irgendwo aus dem Urwald kommen und mich anbetteln."

Der Alte machte Anstalten, die Tür zu schließen. Keesha war verzweifelt. Sie hörte kaum diese Beleidigung; sie dachte nur daran, dass Wischinsky ihre einzige Informationsquelle war. Wenn er jetzt nicht mit ihr sprach, dann war sie am Ende mit ihren Ermittlungen, noch bevor sie angefangen hatten.

„Herr Wischinsky, warten Sie! Ich will mit Ihnen über das Haus in den Dünen sprechen!"

Das wirkte. Wischinsky machte die Tür wieder auf und sah Keesha mit einem undefinierbaren Gesichtsausdruck an.

„Was wissen Sie von dem Haus in den Dünen?"

„Darf ich reinkommen?"

Der Mann sah sie an und doch erschien es Keesha, als würde er sie überhaupt nicht wahrnehmen. Er schien geistig abwesend zu sein. Warum machte die Erwähnung des Hauses in den Dünen einen solchen Eindruck auf ihn? Oder war es das nicht? War das vielleicht einfach ein verbitterter, alter Mann, der seine Sinne nicht mehr beieinander hatte?

Nach einer Zeit, die Keesha wie eine Minute vorkam, trat Wischinsky zurück und machte mit der linken Hand eine einladende Bewegung. Vorsichtig trat Keesha in die Wohnung. Kalter Tabaksqualm lag in der Luft. Der Boden war mit einem dicken Teppich belegt, der aussah und roch, als habe er zwanzig Jahre lang in einer Kneipe gelegen. An den Wänden klebten Tapeten aus den Siebzigerjahren. Wischinsky führte Keesha in das, was er vermutlich Wohnzimmer nannte, das Keesha aber als dreckigen Verschlag mit einem abgewetzten Sofa und einem Holztisch bezeichnet hätte.

„Setzen Sie sich."

Wischinskys Stimme war jetzt beinahe höflich, zumindest so höflich, wie er sein konnte. „Was wissen Sie von dem Haus in den Dünen?", wiederholte er.

Keesha beschloss, zurückhaltend zu sein.

„Es liegt in der Bretagne am Meer."

„Ja, in Pont-Kervennec, ich weiß, aber was ist damit?", fragte Wischinsky ungeduldig.

Pont-Kervennec! So hieß also das Dorf, von dem in Nonis Tagebuch die Rede gewesen war. Keesha kannte es nicht, aber sie nahm sich vor, gleich mal das Internet zu konsultieren.

„Ich weiß, dass entweder Sie oder Adalbert Jäger oder Sie beide vor siebzig Jahren dort waren."

Das Gesicht des alten Mannes verschloss sich.

„Adalbert Jäger? Das war einmal ein guter Freund, aber der ist lange tot."

„Wissen Sie ob er Kinder hat?"

„Kinder? Nein, Adalbert hatte keine Kinder."

„Ich habe nämlich Grund zu der Annahme, dass einer von Ihnen mein Großvater ist."

Die Stirn des Alten legte sich in Falten.

„Wie kommen Sie darauf?"

„Einer von Ihnen hat Noni de Jong vergewaltigt."

Wischinsky machte den Eindruck, als wolle er aufspringen. Er beherrschte sich aber.

„Kenne ich nicht. Ich kann Ihnen nicht helfen. Es ist besser, wenn Sie gehen."

„Was haben Sie damals in der Bretagne gemacht?"

„Gehen Sie!"

„Was wissen Sie von Erwin Holzmann? Und dem Bild von Edvard Munch?"

Wischinksys Gesicht wurde noch roter als es ohnehin schon war. Er sah jetzt aus, als habe er einen Schwächeanfall. Er setzte sich auf das abgewetzte Sofa. Keesha beschloss, es nicht auf die Spitze zu treiben. Im Übrigen hatte sie erfahren, wo das Haus lag. Damit konnte man doch schon einmal etwas anfangen. Wischinsky saß auf dem Sofa und blickte an die Wand. Er schien Keeshas Anwesenheit vergessen zu haben und antwortete auf keine Frage mehr.

Keesha beschloss, den Rückzug anzutreten. Hier war nichts mehr zu erfahren.

19
27. September 2013, Pont-Kervennec, Bretagne

Die Hauptstraße von Pont-Kervennec war verlassen. Die alten Häuser, die hier standen, schienen unbewohnt zu sein. Wie war er nur auf dieses gottverlassene Nest gestoßen? Aber vielleicht war das besser so. Für seinen Zweck durften nicht zuviele Menschen auf einem Haufen sein. Es war zwar sicherer und normalerweise hätte er das vorgezogen. Aber dann wäre sein Erfolg gefährdet und das wollte er nicht. Es musste jetzt endlich einmal passieren. Er überlegte, wie er auf Pont-Kervennec gekommen war. Frankreich hatte es sein müssen, am liebsten die Bretagne. Er war von jeher Liebhaber dieses Landstrichs gewesen. Und die Leute waren urwüchsig und direkt hier. Rue de la poste, las er auf dem Straßenschild. Die Anschrift seiner Pension war 14 Rue de la poste. Pension Kermarrec.

Auf sein Klingeln öffnete eine kleine, dicke Frau mittleren Alters.

„Ja, bitte?"

„Madame Kermarrec? Ich habe eine Reservierung für ein Zimmer.", sagte Bart in gebrochenem französisch.

„Ja, kommen Sie nur rein.", war die resolute Antwort.

Madame Kermarrec führte Bart in ein Zimmer im Erdgeschoss und öffnete eine Tür. Sie verschloss einen langen, dunklen Gang, der im Nichts zu enden schien. Die Dunkelheit wirkte auf Bart beruhigend. Er hatte ein Gefühl der Geborgenheit. Direkt auf der rechten Seite war eine Tür, die Madame Kermarrec mit einem großen Schlüssel aufschloss.

Das Zimmer war einfach, aber sauber und akzeptabel. Madame Kermarrec belehrte ihn noch über die Hausordnung und die Frühstückszeiten und zog sich dann zurück.

Bart überlegte, ob er es wagen sollte, hinauszugehen. Er entschloss sich, noch zu warten, bis es etwas dunkler geworden war. Das war sicherer. Er legte sich angezogen auf das Bett und schloss die Augen. Es war eine schwere Entscheidung gewesen, die er getroffen hatte, aber es musste sein.

Als er nach einer Weile zum Fenster hinaussah, hatten die langen Schatten der Bäume der einsetzenden Dämmerung Platz gemacht. Bart fand, dass jetzt die Zeit gekommen war. Er wollte plötzlich nicht mehr, irgendetwas in ihm sträubte sich, aber er zwang sich. Er zog die Jacke wieder an und ging in den Flur hinaus. Vorsichtig nahm er denselben Weg, auf dem die Pensionswirtin ihn geführt hatte. Draußen auf der Straße schlug ihm die frische Luft entgegen. Bart überlegte, wohin er gehen sollte. In die Dünen, entschied er. Er wandte sich nach links und ging vorsichtig die Straße entlang. Zunächst sah er keinen Menschen. Er ließ die Atmosphäre auf sich wirken.

Die alten Häuser von Pont-Kervennec. Ein kleiner Platz mit einem Brunnen. Ein Café mit zwei Tischen vor der Tür. Ein alter Mann, der auf einen Stock gestützt die Straße entlanghumpelte. Wenn man sich Autos und Straßenschilder wegdachte, dann hatte sich hier seit hundert Jahren nichts verändert.

Hinter der nächsten Häuserzeile war bereits der Hafen. Von dort hörte er Stimmen, ein Auto fuhr vorbei und die Möwen kreischten. Bart wurde etwas schwindelig. Er setzte sich in einen Hauseingang.

Dann sah er sie. Es war eine Frau, etwa Mitte dreißig, die hier nicht hinzugehören schien. Sie hatte eine dunkle Hautfarbe und war modisch lässig im Urban Style gekleidet. Eine Touristin? Sie hatte dunkelbraune, lockige und schulterlange Haare. Die Augen versteckten sich hinter einer Sonnenbrille, aber Bart war überzeugt, dass sie groß, braun und ausdrucksstark waren. Sie hatte eine volle Figur, nicht zu viel und nicht zu wenig, wie Bart fand. Die Frau ging vorbei. Sie hatte ihn nicht beachtet und tippte während des Gehens auf ihrem Handy herum. Bart stand wieder auf und sah ihr hinterher. Er betrachtete interessiert den wohlgeformten Hintern, der in einer engen, schwarzen Leggins steckte.

Dann passierte es. Aus heiterem Himmel. Bart hatte befürchtet, dass es so kommen würde. Er sah sich hektisch um und suchte Schutz an einer Hauswand. Er hatte plötzlich das Gefühl ohnmächtig zu werden.

Er fing an zu rennen.

20
1. Oktober 1938, Berlin-Mitte

„Was hattest du dort zu suchen?"

Johannes Jägers kalte Augen waren auf seinen Sohn gerichtet. Adalbert Jäger schluckte sichtbar und fühlte sich nicht wohl. Er hatte es noch nie geschafft, gegen seinen Vater aufzubegehren. Auch dieses Mal würde keine Ausnahme sein. Adalbert glaubte, dass sein Vater noch nie in seinem Leben gelächelt hatte. Zumindest konnte er sich nicht erinnern. Höchstens, wenn er wieder einmal einen seiner verstockten Delinquenten zum Geständnis gebracht hatte, verzog sich sein Mund etwas. Und das auch nur, während er dies mit einem gewissen Stolz, gemischt mit der ewigen Arroganz, seiner Familie erzählte. Aber immer war dieses Etwas, das sein Vater vielleicht Lächeln nannte, freudlos. Jäger fragte sich manchmal, was seine Mutter an diesem Mann attraktiv fand. Oder gefunden hatte, vor dreißig Jahren. Seine Autorität vielleicht. Die Tatsache, dass er wusste, was er wollte. Seine Männlichkeit. Bitter wurde es Adalbert bewusst, dass dies alles Eigenschaften waren, die ihm abgingen.

Adalbert Jäger wich dem Blick seines Vaters aus und schwieg.

„Nun?"

Johannes Jägers Stimme klang ungeduldig.

„Wischinsky hat mich mitgenommen.", sagte Adalbert Jäger schließlich.

„Wischinsky? Das ist doch der Besserwisser, der Klassenerste?"

„Ja. Ich habe sonst nicht viel mit ihm zu tun..."

„Und da lässt du dich ins Puff mitnehmen, wenn du nichts mit ihm zu tun hast?"

Adalbert Jäger schoss plötzlich die Frage durch den Kopf, was denn sein Vater dort zu suchen hatte. In dem Moment, in dem ihn sein Vater in Aktion mit Dominika erwischt hatte, waren ihm alle möglichen Gedanken durch den Kopf gegangen, nur nicht der naheliegendste. Was bedeutete dieser Bordellbesuch seines Vaters? War er als Freier in das Bordell gegangen? Hatte der Vater ihm nachspioniert oder hatte Wischinsky ihn verraten? Jäger traute ihm alles zu. Seit der Situation im Bordell hatte Wischinsky seine klare Linie verloren. Bisher hatte Adalbert ihn nicht ernstgenommen. Wischinsky war ganz einfach der Klassenstreber. Der immer alles wusste, aber dessen Sozialverhalten unmöglich war. Mit dem man wissenschaftliche Gespräche führen konnte, aber keine lockere Konversation an der Biertheke. Jetzt schien Wischinsky ihm als eine Art Alleskönner. Jäger konnte gerade eben damit umgehen, dass Wischinksy ihm akademisch überlegen war. Aber dass er jetzt auch noch mehr Erfolg bei Frauen hatte, erfüllte Jäger mit Neid. Das waren aber doch Prostituierte! Sofort relativierte sich das wieder etwas. Prostituierten zahlte man Geld, damit sie sexuelle Handlungen ausführten. Prostituierte gingen mit jedem ins Bett, egal wie hässlich, wenn man sie nur gut bezahlte. Dafür waren sie da. Als Polin gehörte Dominika zwar nicht zu den Untermenschen, aber als Prostituierte zählte man sie doch zu den Asozialen, Gemeinschaftsfremden, weil sie ihren Körper verkaufte und nicht dem nationalsozialistischen Frauenbild entsprach. Trotzdem sah Jäger Wischinsky nun mit anderen Augen. Hatte er ihn etwa verraten? War sein Vater deshalb ins Bordell gekommen?

„Nun, was ist? Hast du die Sprache verloren?"

„Vater, ich...nun, also..."

„Stottere nicht herum! Erzähle von Anfang an!"

Jäger atmete tief durch. Am besten einfach alles erzählen. Er nahm sich zusammen und erzählte sein Bordell-Abenteuer. Als er Dominika erwähnte, verzog sich der Mund von Johannes Jäger zu einem leichten boshaften Grinsen, das bei ihm vermutlich Lächeln sein sollte.

„Ah ja, ich verstehe. Typ rassige Rothaarige! Das sind die leidenschaftlichsten! Erinnert mich an Emma, die Schlampe! Die ist bestimmt auch in der Gosse gelandet."

Adalbert Jäger fühlte Beklemmung in sich aufsteigen und in seinem Kopf begann es zu pochen. Warum hatte die bloße Erwähnung dieses Namens einen solchen Effekt auf ihn? Wie kam es, dass Emmas Bild immer wieder heraufbeschworen wurde? Nicht das Bild von Emma, das sie lächelnd mit glänzendem roten Haar engelsgleich im Park zeigte. Nein, es musste das negative Gegenstück sein. Die Emma, die er bei unsäglichen Dingen erwischt hatte. Der er in Gestalt von Dominika als Nutte im unmoralischen Sumpf der Großstadt wiederbegegnen musste. Die durch das Vampirbild von Edvard Munch unsterblich war.

Das Gesicht des Vaters war wieder wie aus Stein gemeißelt. Kein Anzeichen von Belustigung mehr. Er schritt durch das Zimmer, blieb am Kamin stehen und blickte in das Feuer. Nach einer Minute drehte er sich abrupt zu seinem Sohn um.

„Wir werden jetzt darüber sprechen, wie ich dich bestrafe."

Adalbert Jäger starrte seinen Vater an.

„Strafe??"

„Selbstverständlich. Du glaubst doch nicht, dass ich das durchgehen lassen kann. Du weißt, dass das, was du getan hast, nicht mit der Ehre eines deutschen Mannes zu vereinbaren ist. Die Weibspersonen, die sich dort der Schande hingeben, sind asozial und sind es nicht wert, dieselbe Luft mit uns zu atmen."

„Aber...was hast denn du….?"

Die Frage blieb unausgesprochen im Raum hängen. Johannes Jäger zuckte leicht zusammen und senkte für eine Sekunde den Blick.

„Was ich dort gemacht habe, geht dich nichts an! Jedenfalls war ich nicht zum Vergnügen dort."

Johannes Jägers Stimme klang leicht defensiv. Adalbert war überzeugt, dass er etwas zu verbergen hatte. Das gab ihm den Mut, nachzubohren.

„Warum dann?"

„Ich sagte, das geht dich nichts an! Du bist ein Kind! Glaub nicht, dass du mit deinen 24 Jahren zu den Männern gehörst. Du bist ohnehin eine Memme, eine Niete, ein Nichtsnutz! Was hast du denn in deinem Leben schon geleistet?"

Johannes Jäger hatte sich in Rage geredet. Sein Sohn saß auf dem schweren Eichenstuhl mit der harten Lehne wie auf einer Sünderbank. Sein Mut war verschwunden; Johannes Jäger redete weiter.

„Du warst schon immer eine Memme. Schon als Kind hast du Abende lang geheult!"

„Weil du mich in den Keller gesperrt hast!"

„Du hattest es verdient. Ganz einfach. Das könnte dir sogar jetzt nichts schaden. Gute Idee eigentlich."

„Du willst mich jetzt ernsthaft in den Keller sperren? Ich bin erwachsen, das mache ich nicht mit!"

Adalbert Jäger war aufgesprungen und einen Schritt auf seinen Vater zugegangen. Dieser hielt dem erregten Blick seines Sohnes lächelnd Stand. Johannes Jägers kalte Augen schienen Adalbert wie zwei Abgründe, in denen man verloren war, wenn man hineinstürzte. Nein, mit diesem Mann spielte man nicht. Johannes Jäger drehte sich auf dem Absatz um, wie es seine Art war, und ging in die hintere rechte Ecke des Raumes. Dort lehnte ein Rohrstock. Ein guter, alter Rohrstock aus Rattan. Adalbert Jäger kannte ihn nur zu gut. Wie oft hatte er den Stock als Kind verabreicht bekommen, wenn er etwas getan hatte, das geeignet war, den Missfallen seines Vaters zu erregen.

„Willst du etwa….?"

Adalbert Jäger wagte nicht, den Satz zuende zu sprechen. Der Vater blickte ihm herausfordernd in die Augen.

„Natürlich. Es wird mal wieder Zeit, dass du gezüchtigt wirst."

Johannes Jägers Gesicht war anzusehen, wie sehr er sich darauf freute. Dieser Sadist! Adalbert war wieder zurückgewichen.

„Nein, das kannst du nicht machen! Ich bin erwachsen, das ist gegen das Gesetz. Ich bin kein Kind mehr. Du darfst mich nicht schlagen!"

„WAS KANN ICH NICHT?"

Johannes Jäger hatte endgültig seine Geduld verloren, holte mit der rechten Hand aus und schlug sie seinem Sohn mit aller Gewalt auf die linke Wange. Adalbert taumelte zurück und fiel auf den Rücken. Eine Welle von beißendem Schmerz überrollte ihn. Seine Wange brannte wie Feuer. Er schloss die Augen und sah blutrot wabernde Muster vor seiner Netzhaut. Er war mit der Schulter an die Kante eines Mauervorsprungs gestoßen. Die Schulter schmerzte höllisch. Er blickte seinen Vater feindselig an, der wie ein Dämon über ihm stand und auf ihn herabschaute. Es war, als wäre eine Feder in ihm zersprungen. Eine Feder, die man über Jahre hinweg immer weiter gedehnt hatte und die schließlich und endlich nicht mehr standgehalten hatte. Adalbert hatte keine Angst mehr. Zum ersten Mal in seinem Leben. Das war ein Hochgefühl, das er nicht kannte. Er hatte in dieser Sekunde die Überzeugung gewonnen, dass er sich nicht mehr tyrannisieren lassen würde. Nicht von diesem Tyrann, der sich sein Vater nannte, nicht von seinen Professoren an der Uni, nicht von den Frauen, die ihn entweder bemitleideten oder auslachten. Er lag noch immer auf dem Boden und sah seines Vaters Füße, die in schwarzen Lederschuhen steckten, neben sich stehen. Mit einer plötzlichen Bewegung umfasste er mit je einer Hand einen Knöchel und zog mit all seiner Kraft.

Johannes Jägers Gesichtsausdruck wechselte innerhalb eines Bruchteils einer Sekunde von selbstgefälliger Zufriedenheit zu Überraschung und von dort zu Panik, als er merkte, dass er den Boden unter den Füßen verlor. Vergeblich ruderte er mit den Händen in der Luft herum, um sich irgendwo festzuhalten, schlug mit dem Rücken auf die Tischkante. Adalbert Jäger stand auf, schneller, als er es für möglich gehalten hätte. Seine Schulter und Wange schmerzten noch immer. Er sah seinen Vater vor sich liegen. Das reichte noch nicht. Er schnappte sich den Rohrstock, der seinem Vater aus der Hand und auf den Boden gefallen war. Eine Art Blutrausch hatte von ihm Besitz ergriffen. Ohne weiter über die Konsequenzen nachzudenken, holte er mit dem Stock aus und begann, das Gesicht seines Vaters mit Hieben zu überziehen. Der Vater gab einen unmenschlichen Schrei von sich und versuchte, sein Gesicht mit den Händen zu schützen. Adalbert Jäger hielt inne, da ihm der Arm wehtat. Rote Striemen waren auf Johannes Jägers Gesicht zu sehen.

„WAS MACHST DU, MISSGEBURT? DU SCHLÄGST DEINEN EIGENEN VATER?"

Johannes Jägers Stimme überschlug sich beinahe. Er schien jetzt außer sich vor Wut. Adalbert zitterte vor Aufregung. Ihm wurde bewusst, dass er eine Grenze überschritten hatte. Eine Grenze, der er bisher noch nicht einmal nahe gekommen war. Man schlägt seine Eltern nicht. Man hatte sie zu ehren. Selbst wenn sie eine Brutalität wie Johannes Jäger an den Tag legten. Aber es gab kein Zurück. Adalbert Jäger hob den Kopf. Sein Gesichtsausdruck war entschlossen. Die Mutter und seine Geschwister waren nicht zu Hause, sie waren bei einer Verwandten zu Besuch. Der Vater und er waren allein im Haus. Niemand würde sie stören. Er würde das jetzt ausfechten.

Sein Vorteil war, dass er jünger und gewandter war als sein Vater. Dieser sah jetzt endgültig rot. Als er merkte, dass er nicht mehr geschlagen wurde, stand er auf, packte seinen Sohn mit beiden Händen am Hemd und schüttelte ihn. Das Blut lief ihm aus den aufgeplatzten Striemen das Gesicht hinunter. Seine Augen waren weit aufgerissen und seine Stirnadern drohten zu platzen. Adalbert versuchte, sich aus dem eisernen Griff seines Vaters zu befreien. Vergeblich. Schon wurde er an die Wand gedrängt. Es war jetzt ein rohes Kräftemessen. Adalbert fürchtete, dass ihm sein Vater an roher Kraft überlegen war. Die Hände seines Vaters hatten sein Hemd losgelassen, das jetzt ebenfalls blutverschmiert war. Johannes Jäger hielt jetzt den Kopf seines Sohnes fest und drückte ihn an die Wand. Adalbert hatte das Gefühl, seine Augen träten aus ihren Höhlen. Er überlegte fieberhaft, was zu tun war. Er hatte hier eine Lawine losgetreten, einen Teufel entfesselt. Er sah ein, dass er kurz davor war, zu verlieren. Sein Vater würde ihn totschlagen. Das würde er ihm nicht verzeihen. Er würde ihn solange prügeln, bis er nicht mehr aufstünde. Und dann würde er im Keller verschwinden. Blitzartig kamen wieder die Kindheitserinnerungen in ihm hoch. Wut, Angst und Verzweiflung bewirkten, dass seine Körperkräfte um ein Vielfaches verstärkt wurden. Ein heiserer Schrei löste sich aus seiner Kehle. Er trat seinem Vater mit aller Kraft gegen das Schienbein. Der Vater ließ ihn los, wich einige Schritte zurück und winselte vor Schmerzen. Adalbert benutzte das und hielt seine Hände wie einen Rammbock vor sich und stürmte nach vorne. Der Vater wurde getroffen und konnte dem Druck nicht standhalten. Er taumelte mit Gewalt rückwärts in Richtung der anderen Zimmerwand. Er prallte er gegen die Wand und riss die Augen weit auf. Ein plötzlicher, höllischer Schmerz zeichnete sich auf seinem blutverschmierten Gesicht ab und er stieß einen wilden Schrei aus.

Dann wurde das Gesicht langsam starr. Johannes Jäger hatte die Augen weit aufgerissen. Adalbert ging vorsichtig näher auf seinen Vater zu und nahm seine Hand, um den Puls zu fühlen. Da sah er es. Unter dem Hemd schien etwas Spitzes aus der Brust seines Vaters zu ragen. Adalbert öffnete die Knöpfe. In der Herzgegend ragte eine Metallspitze aus dem Körper. Adalbert suchte mit den Augen die Wand ab. Hier sollte ein Regal angebracht werden. Die verschnörkelten, spitzen Metallträger, auf denen später das Brett abgelegt werden sollte, waren schon in der Wand befestigt. Sein Vater war wohl noch nicht dazu gekommen, das Regal fertigzustellen.

Also tot. Aufgespießt wie ein Spanferkel. Erst jetzt wurde Adalbert bewusst, was das bedeutete. Sein Vater war tot und er hatte seinen Tod verursacht! Er sah sich schon im Verhörzimmer der Gestapo. Wie würde das enden? Was sollte er jetzt tun? Erstmal weg hier! Adalbert Jäger stolperte ins Badezimmer und wusch sich das Gesicht. Langsam kamen die Lebensgeister wieder. Dann sah er sein blutverschmiertes Hemd. Kurzentschlossen ging er in das Schlafzimmer seiner Eltern und nahm ein frisches Hemd seines Vaters aus dem Schrank. Er griff sich alles Bargeld, dessen er habhaft werden konnte und packte fieberhaft einige persönliche Sachen in eine Reisetasche. Dann verließ er sein Elternhaus in der Gewissheit, es nie wiederzusehen.

21
27. September 2013, Pont-Kervennec

„Und ich sage Ihnen, das Böse geht um, hier in Pont-Kervennec, das Böse! Vampire, ja, Vampire sind es, Geschöpfe der Nacht. Dort drüben in den Dünen, da wo das Schilf am dichtesten ist, da hausen sie!"

„Haben Sie sie selbst gesehen?"

„Ich selbst? Ja, das habe ich. Lange ist's her, lange, lange."

Die Stimme der alten Frau sank zu einem Flüstern herab. Ihre strohigen weißen Haare hingen ihr ins Gesicht.

„Man darf nicht so laut darüber sprechen. Aber mir glaubt hier sowieso keiner. Sie denken, ich spinne. Ja, ich weiß. Ich bin eine alte Frau. Ich habe mein ganzes Leben hier gelebt. Aber ich war immer allein. Meine Eltern sind auch dem Vampir zum Opfer gefallen, ja, das sind sie. Hier in diesem Haus war es. Keiner spricht mit mir. Alle denken ich bin verrückt. Nur mit dem Jean-Yves kann ich sprechen. Das ist ein netter Mann. Der glaubt mir."

„Was glaubt er Ihnen, Madame Treguer?"

„Na, dass ich das Böse gesehen habe! In Person." Wieder fing die alte Frau an zu flüstern. „Gott bewahre uns vor den Dämonen der Hölle! Es muss ein Vampir gewesen sein. Ich konnte gerade noch weglaufen, bevor sie zu Staub zerfallen ist."

„Sie? War es ein weiblicher Vampir?"

„Ja natürlich! Hab ich das nicht gesagt? Eine Frau war es, eine bildhübsche Frau mit roten Haaren. So hübsch war sie, und gehörte doch zu den dunklen Mächten! Aber ich habe noch etwas gesehen."

„Was haben Sie gesehen?"

„Einen Mann. Der rothaarige Vampir lag auf dem Boden und dann kam der Beelzebub, der Teufel in Person. Und er hat....er hat...."

„Was hat er?", fragte Keesha atemlos.

Céline Treguer blickte starr an Keesha vorbei. Ihre Stimme zitterte, als sie anfing zu sprechen. „Er hat dem Vampir einen spitzen Holzpflock in die Brust geschlagen!"

*

Keesha war von Zürich nach Amsterdam geflogen und nach einem kurzen Zwischenstopp zuhause direkt weiter mit dem Auto nach Pont-Kervennec gefahren, nachdem sie vorher noch ihren roten Kleinwagen aufgetankt hatte. Außerdem war sie schnell bei ihrer Mutter im Krankenhaus vorbeigefahren. Nach reiflicher Überlegung hatte sie beschlossen, nichts von ihren Ermittlungen zu erzählen. Zu tief saß die Geschichte mit dem Sekretär. Sie kam sich immer noch schlecht vor; sie fühlte sich, als habe sie das Vertrauen ihrer Mutter enttäuscht. Céline Egmond hatte keine gefährlichen Verletzungen erlitten. Der Bänderriss war sehr schmerzhaft. Außerdem hatte sie eine leichte Gehirnerschütterung. Die Ärzte wollten sie noch einige Tage zur Beobachtung im Krankenhaus behalten. Keesha murmelte etwas von Dienstreise nach Frankreich und verabschiedete sich recht schnell wieder. Sie konnte ihrer Mutter nicht in die Augen sehen.

In Pont-Kervennec schien die Zeit stehen geblieben zu sein. Keesha schlenderte durch die engen Straßen. Hier war alles alt. Die Häuser sahen aus, als könnten sie der steifen Brise, die hier immer wehte, kaum noch standhalten. Zwei dunkelhaarige Frauen mittleren Alters unterhielten sich über einen Gartenzaun hinweg. Keesha sprach sie an.

„*Excusez-moi, mesdames*, ich suche Madame Céline Treguer?"

Die Frauen sahen kurz zu ihr hinüber und unterhielten sich weiter.

„Ähm, Entschuldigung?"

„*Vous n'êtes pas d'ici, donc?*", fragte eine der Frauen schließlich. Misstrauen sprach aus ihrer Stimme.

„Nein, ich bin nicht von hier. Ich möchte nur mit Madame Treguer sprechen."

Die Frauen starrten Keesha an, ohne ein Wort zu sagen.

Keesha wurde ungeduldig.

„Verschwinden Sie besser aus Pont-Kervennec!"

Keesha war schockiert. Das hatte sie jetzt nicht erwartet. Sie sah die Frauen unsicher an. Die Sprecherin schien ihre Gedanken zu erraten.

„Nein, wir sind hier nicht rassistisch. Hier geht es um etwas anderes. Es ist besser, wenn Sie es nicht wissen. Wir reden nicht darüber. Niemand tut das. Sie sind hier nicht sicher. Gehen Sie besser!"

„Ich möchte aber mit Madame Treguer sprechen."

„Die Treguer ist verrückt. Was wollen Sie mit der?"

„Etwas Persönliches. Wissen Sie, wo sie wohnt?"

Die Frau warf erneut einen zweifelnden Blick auf Keesha und zeigte dann mit dem Arm in eine Richtung.

„Da in die Richtung aus dem Dorf raus. Dann zwei Kilometer am Strand lang und dann sehen Sie das alte Gemäuer der verfluchten Treguers."

Die beiden Frauen drehten sich um und gingen beide zu ihren Häusern.

Na, das sind ja reizende Menschen hier, dachte Keesha. Sie war ratlos. Worum ging es hier? Warum war sie hier nicht sicher?

Eine halbe Stunde später hatte sie das Anwesen von Céline Treguer gefunden. Sie stand einige Minuten davor und ließ das Haus auf sich wirken. Ein altes, weitläufiges Haus war es. Weiß angestrichen. Das war also das Haus, in dem von sechzig Jahren ihre Großmutter gelebt hatte. Alles war hier im Verfall. Niemand schien sich um die Unterhaltung der Außenanlagen zu kümmern. Keesha ging durch ein halb verfallenes Gartentor, dessen Angeln kreischend aufschrien, als wollten sie einen Eindringling vertreiben. Hinter dem Haus war eine Terrasse. Sie war einmal gefliest gewesen, aber jetzt waren mehrere Fliesen herausgebrochen. Hier auf dieser Terrasse musste Noni de Jong vergewaltigt worden sein. Von wem? Von Adalbert Jäger? Von Karl Wischinsky? Wenn sie an ihre Begegnung mit Wischinsky zurückdachte, traute sie diesem alles zu. Plötzlich hatte sie das Gefühl, dass eine Welle von Hass sie überrollte. Sie versuchte, sich zusammenzureißen. Sie war hier, um herauszufinden, was wirklich geschehen war. Oben öffnete sich jetzt ein Fenster und eine alte, weißhaarige Frau schaute heraus.

Keesha wusste nicht, was sie von der Vampirgeschichte halten sollte. Was sollte das? Was hatte das mit dem gestohlenen Vampirbild zu tun, von dem ihr der Polizist in Berlin erzählt hatte? Waren das Spinnereien einer alten Frau, die wer weiß was gesehen hatte und das jetzt irgendwie mit einem Vampiraberglauben in Verbindung brachte? Keesha war sich sicher, dass es keine echten Vampire gab. Höchstens bei Twilight, dachte sie und ein mentales Bild des dunklen, gestählten Körpers des Werwolfes Jacob blitzte kurz in ihrer Vorstellung auf. Hm, warum wollten solche Männer nie etwas von ihr? Sie blieb immer an solchen Creeps wie Pieter Berg hängen.

„Madame Treguer, kennen Sie eigentlich Noni de Jong?"

„Noni de Jong?" In Céline Treguers Gesicht leuchtete es auf.

„Das war eine junge, schwarze Frau, die damals in Ihrem Haus gewohnt hat."

Céline Treguer blickte Keesha einen Augenblick träumerisch an. Dann ging ein Lächeln über ihr Gesicht.

„Noni! Ja, richtig! Noni war ein nettes Mädchen. Die hat immer mit mir gespielt. Ich mochte sie sehr. Später, als ich den Vampir gesehen hatte, durfte ich sie nicht mehr sehen. Da war ich ganz traurig. Aber was wissen Sie von ihr?"

„Ich glaube, dass sie meine Großmutter war."

„Ihre Großmutter! Ich wusste gar nicht, dass sie ein Kind hatte. Sie war doch gar nicht verheiratet. Sie war irgendwann plötzlich weg. Ich weiß das alles gar nicht mehr so genau. Dann kamen die Soldaten. Die

Deutschen waren das. Sie haben mir gesagt, die Deutschen haben meine Eltern geholt. Monsieur le maire, unser Bürgermeister hatte plötzlich nichts mehr zu sagen. Nur noch die deutschen Soldaten. Ihr Hauptquartier hier bei uns hatten sie in dem alten Haus in den Dünen. Aber auch sie konnten das Böse nicht vertreiben, oh nein, auch sie nicht. Niemand kann es vertreiben, niemand, niemand..."

Die Stimme der alten Frau verlor sich in einem Murmeln. Keesha wurde hellhörig. Haus in den Dünen? Etwa das, von dem in dem Tagebuch die Rede gewesen war?

„Welches Haus denn?", fragte sie aufgeregter als sie erscheinen wollte.

Céline Treguers Gesicht wurde plötzlich verschlossen. Ihre Augen nahmen einen verwirrten Ausdruck an. Angst sprach aus ihnen.

„Welches Haus meinen Sie?", fragte Keesha erneut.

„Junge Frau", sagte die Céline Treguer mit ernster Stimme. „Junge Frau, es gibt Dinge, die sollte man nicht hinterfragen. Und das ist eines davon. In diesem Haus dort wohnt das Böse, schon seitdem ich ein Kind war. Wie oft habe ich damals meine Nase an der Fensterscheibe plattgedrückt und das Licht dort hinten beobachtet, geheimnisvoll flackernd, wenn der Wind Schilfhalme oder Büsche davor hin- und herbewegte. Und auch heute ist das noch nicht geheuer. Auch jetzt sehe ich manchmal das Licht. Ja, ich sage Ihnen, es ist noch da. Die Leute halten mich hier für verrückt, das weiß ich, aber hören Sie auf mich, junge Frau, hören Sie auf mich. Lassen Sie das Ganze auf sich beruhen. Gehen Sie nur nicht nachts in die Dünen in die Nähe dieses Hauses, wenn die Mächte des Bösen sich entfalten."

Keesha wurde ungeduldig. Warum sprachen hier alle Leute in Rätseln?

„Madame Treguer, glauben Sie das wirklich? Wenn da drüben im Haus ein Licht ist, dann heißt das, dass ein Mensch dort ist und kein Dämon."

Die alte Frau sah Keesha strafend an.

„Sie sind noch jung und ungestüm und unschuldig. Das war ich auch einmal. Aber das ist lange her. Glauben Sie mir, seien Sie froh, dass Sie nicht in Pont-Kervennec aufgewachsen sind."

„Warum das?"

„Weil Sie dann schon tot wären!"

Während des Rückweges ins Dorf war Keesha sehr nachdenklich. Sie fragte sich, ob diese alte Frau total verrückt war oder ob in ihren Geschichten ein Körnchen Wahrheit steckte. Sie war sich auch nicht sicher, was das Verschwinden ihrer Großmutter mit einem rothaarigen Vampir zu tun haben könnte. Sie nahm den Weg durch die Dünen. Es gab da einen Fußpfad, der sich über die mit Gräsern und Schilf bewachsenen Sandhügel schlängelte. Keesha konnte sich gut vorstellen, dass man im Halbdunkel bei entsprechender Fantasie durchaus seltsame Phänomene und Gestalten in den Umrissen der Büsche und Hügel sehen konnte. Es erinnerte Keesha an ihre Kindheit, als sie die Umrisse von Wolken mit ihrem kindlichen Verstand gedeutet hatte. Sie hatte es nicht eilig, in die Pension zu kommen und genoss die freie, wilde, ungebändigte Natur, die sich ihr hier bot. Im Augenwinkel sah sie Möwen, die nie zu fliegen, sondern immer nur zu schweben schienen und sich mit dem Wind wegwehen ließen. Eines dieser Tiere kam über die Kuppe einer Düne gewatschelt, öffnete seinen nach unten gebogenen Schnabel und ließ seinen charakteristischen, lauten Ruf hören. Keesha fand, dass der eigenartige Schnabel diese Tiere irgendwie frech aussehen ließ.

Keesha wusste nicht warum, aber aus irgendeinem Grund drehte sie sich um. War es, weil die Möwe vor ihr wegflog, ohne dass es einen erkennbaren Grund gegeben hatte? Oder weil es hinter ihr ein Geräusch gegeben hatte, das nicht in das Schema Wind - Wellen - Möwengeschrei passte? In jedem Fall sah sie keine zehn Meter hinter sich einen Mann auf einer Dünenkuppe stehen. Er hatte dunkelblonde, schulterlange Haare und stand einfach so da. Die Gestalt war nicht bedrohlich, aber trotzdem dieser Mann mit seinem maskulinen, schlanken und durchtrainierten Erscheinungsbild durchaus ihrem Beuteschema entsprach, machte er einen eigenartigen Eindruck auf sie. Irgendetwas stimmte nicht. Es war, als ob der Mann Schmerzen fühlte, aber nicht die Kraft hatte, etwas dagegen zu tun, oder sich vom Fleck zu bewegen. Er blickte Keesha frontal an, aber zeigte mit keiner Miene oder Bewegung, dass er sie wahrnehme. Der attraktive Mund lächelte nicht. Nach einer zehn Sekunden schien der Mann aufzuwachen und sein Gesichtsausdruck änderte sich. Keesha hatte den Eindruck, sie habe ihn in einer peinlichen Situation erwischt, ohne dass sie eine Ahnung hatte, in welcher. Der Mann drehte sich um und ging schnell weg, zum Land hin.

22
01. Oktober 1938, Berlin-Mitte

Emma Lange saß unbeweglich auf einem grobschlächtigen Holzstuhl, der Teil ihres spärlichen Mobiliars war. Sie glaubte nicht mehr daran, dass Adalbert kommen würde. Vielleicht hatte sie ihn doch überfordert mit ihrer plötzlichen Erscheinung. Eigentlich hatte sie die Erfahrung gemacht, dass sie eine gewisse Wirkung auf Menschen ausübte. Besonders auf Männer. Es stimmte, was sie Jäger gesagt hatte; sie entsprach nicht dem Frauenbild, wie es von der Gesellschaft propagiert wurde, besonders von den Nationalsozialisten.

Aber warum sollte sie sich unterordnen? Mit ihr wollte ohnehin niemand etwas zu tun haben. Oder zumindest fast niemand. Sie dachte kurz an Josef und verscheuchte den Gedanken dann sofort wieder. Besser nicht daran denken. Oder war das falsch? Das Problem löste sich nicht, indem man es ignorierte. Josef war tot. Sie hatte ihn nicht geliebt, aber er war zur richtigen Zeit am richtigen Ort gewesen, oder auch zur falschen Zeit am falschen Ort, je nach Sichtweise. Und er hatte sie gewähren lassen. Das war sein tödlicher Fehler gewesen.

Bei Adalbert würde sie vorsichtiger sein. Sie liebte Adalbert nicht, aber sie war sicher, dass er sie liebte. Auch wenn sie es nicht in der Lage war, es zu fühlen, mit Adalbert war es anders gewesen. Sie waren jung gewesen und sie hatte damals erst eine Ahnung gehabt, dass sie anders war. Adalbert war so unschuldig. Irgendwie hatte er sich nicht verändert. Er strahlte noch immer diese etwas unbeholfene Unschuld aus. Das zog sie an und faszinierte sie.

Sie stand auf und ging zum Fenster. Draußen regnete es. Sie fixierte ihr Spiegelbild in der Fensterscheibe und sah einen großen Regentropfen die Scheibe hinunterlaufen. Der Tropfen kullerte über die Wange ihres gespiegelten Gesichts wie eine Träne. Sie selbst hatte keine Tränen mehr. Die Zeiten waren vorbei. Sie lebte im Hier und Jetzt, wie ein wildes Tier.

Was sollte sie jetzt tun? Sie lebte hier so zurückgezogen wie möglich, aber der Boden unter ihren Füßen wurde immer heißer. Die Gestapo ging immer härter vor. Vor allem gegen Juden, und ihr Vermieter, der eine Treppe tiefer wohnte, war ein Jude. Gar nicht davon zu reden, dass sie wegen Josefs Tod verhaftet werden würde. Sie hatte zwar versucht, alles so gut wie möglich zu vertuschen, aber man wusste nie. Es gab noch mehr Leute, die sie kannten und die sie denunzieren würden. Denunziationen waren eine Art Volkssport geworden. Sie waren eine der Hauptinformationsquellen der Gestapo und der SS. Nicht jeder ging zur Gestapo und zeigte irgendwen an. Nein, davor hatten die meisten Leute zuviel Angst. Es war subtiler. Man hatte einen Freund, der Parteifunktionär war und dem steckte man mal schnell nebenbei am Stammtisch zu, dass die Arierin Klara B. von nebenan mit dem Juden Ruben F. verkehrte und man ihn schon morgens mehrfach um sechs Uhr aus ihrer Wohnung habe kommen sehen, wenn ihr Mann auf Geschäftsreise war. Das genügte. Es war vollkommen egal, ob die Information stimmte. Der nette Parteifreund gab die Geschichte in der Parteihierarchie weiter, die Parteihierarchie gab die Information an die Gestapo weiter und Klara B. sah ihren Liebhaber nie wieder. Emma wusste nur zu gut, dass auch ihr das passieren würde. Sie war keine Jüdin, aber sie würde als Asoziale durchgehen, vielleicht auch als Arbeitsscheue, weil sie keine feste Arbeit hatte. Ganz egal. Sie würden auch für sie eine Schublade finden. Und dann? Wo würde sie hingehen? Wahrscheinlich in irgendeine andere deutsche Großstadt. Vielleicht Köln oder Hamburg. Oder ins Ausland?

Da hörte sie es. Es klopfte an ihre Tür. Emma hatte plötzlich Angst. Sie hatte selten in ihrem Leben Angst gespürt, aber jetzt war sie da. Normalerweise fühlte sie sich allem überlegen. Den Spießbürgern, die alles taten, um in diesem System zu überleben. Die alles mitmachten und Männern wie Goebbels und Hitler zujubelten, wenn sie ihre kranke Propaganda verbreiteten. Es kam jetzt alles zusammen; es war zuviel. Sogar für sie. Sie hatte Angst vor der Gestapo, Angst vor der Zukunft, Angst, dass Adalbert nicht kommen würde. Es klopfte wieder. Sie ging langsam in Richtung Tür.

Es war tatsächlich Adalbert Jäger. Bevor sie etwas sagen konnte, sagte er nur: „Wie lange brauchst du, um dich fertig zu machen?"

Also doch. Er war gekommen. Emma spürte einen Augenblick des Glücks. Sekundenbruchteile später kamen wieder dunkle Gedanken, aber Emma verscheuchte sie. Hier und jetzt. Das war wichtig. Erst jetzt sah sie Adalbert richtig an. Er sah gehetzt aus und hatte zerzauste Haare. Was war da passiert?

Emma öffnete ihre großen Augen weit. „Was ist los mit dir?"

„Frag jetzt nicht. Mach dich fertig! Oder willst du nicht mitkommen?"

Sie wollte. Und wie sie wollte. Sie hatte nicht viele Sachen hier. In einer Viertelstunde war alles zusammengepackt. Zusammen gingen sie die knarrende Holztreppe hinunter. Emma hatte den Schlüssel steckengelassen. Die Miete war im Voraus bezahlt und sie schob ihrem Vermieter einen Zettel unter die Tür, mit dem Inhalt, dass sie nicht wiederkommen werde.

„Wohin gehen wir?", fragte Emma, als sie unten auf der Straße in das wartende Taxi stiegen.

„Das wirst du sehen."

„Und dann?"

„Lass dich überraschen."

Emma antwortete nicht mehr. Sie fühlte plötzlich einen tiefen Frieden in sich, trotz dieser überstürzten Abreise. Sie fühlte sich zu Hause. Ihre grünen Augen blickten stet, aber nicht starr auf diesen Mann, den sein eigener Vater immer als Versager angesehen hatte, wie sie wusste. Adalbert Jäger war kein Adonis und auch kein Herkules. Er hatte ein eher nichtssagendes Durchschnittsgesicht, braune, strähnige Haare, die ihm jetzt ungekämmt in die Stirn hingen. Aber er war ihr Retter. Das würde ihm einen Bonus einräumen. Sie saßen nebeneinander auf dem Rücksitz des Taxis, das in Richtung Bahnhof fuhr. Emma beschloss, dass die Zeit gekommen war, einen Ännäherungsversuch zu machen. Sie wollte sehen, wie er reagierte. Sie näherte sich Jäger und legte ihre Arme um ihn. Sie öffnete leicht ihren Mund und befeuchtete die roten, vollen Lippen mit der Zunge. Jäger wurde nervös und sah sie mit einem unsicheren Blick an. Emma lächelte in sich hinein. Es klappte also noch. Sie fixierte seinen Hals und bewunderte die zarte, weiße Haut. Nach endlosen Sekunden der Antizipation gab sie Jäger eine Reihe von zarten Küssen auf den Hals, über das Kinn hochwandernd, bis sie bei seinem Mund angekommen war. Sie waren noch ineinander verschlungen, als das Taxi stehenblieb.

23
27. September 2013, Pont-Kervennec

Keesha ging in ihrem Pensionszimmer nervös auf und ab und hatte sich den dritten Becher Instantkaffee aufgebrüht. Sie war zu nervös, um es hier im Haus auszuhalten. Sie würde noch etwas auf Kundschaft gehen. Vielleicht zu dem ominösen Haus in den Dünen. Das wäre die nächste Aktion und morgen würde sie Jean-Yves Le Dantec aufsuchen. Sie öffnete ihre Zimmertür und ging in den dunklen Flur hinaus. Kein Licht. Keesha bewegte den Kippschalter mehrmals hin und her. Die Lampe musste kaputt sein. Die Zimmertür war zugefallen und es war stockdunkel im Flur. Irgendetwas verhinderte, dass sie losging, in Richtung der Flurtür, die etwa zehn Meter von ihrem Standort entfernt war. Sie spürte eine Präsenz in dem engen Flur. Hinten am anderen Ende. Es war nichts zu sehen, aber sie wusste, dass es ein Mensch war. Ihr Herz begann wieder, schneller zu schlagen. Wer war das? Madame Kermarrec? Ein anderer Gast?

„Ist da jemand?"

Keine Antwort. Um den Ausgang zu erreichen, musste sie an der Gestalt vorbei. Keesha stand noch immer unschlüssig vor ihrer Tür.

Dunkelheit.

Sie mochte keine Dunkelheit. Schon als Kind hatte sie Angst vor der Dunkelheit gehabt. Der größte Horror für sie war es immer gewesen, abends allein in den Keller zu gehen. Manchmal hatte ihre Mutter sie beauftragt, irgendetwas aus dem Keller zu holen. Ein Stück weit musste man dabei durch die Dunkelheit gehen, da der Lichtschalter am anderen Ende des

Ganges angebracht war. So ähnlich wie hier. Das Stück dazwischen war wie Spießrutenlaufen. Keesha hatte immer das Gefühl gehabt, alle Horrorgestalten, die ihre Fantasie hervorbringen konnte, hätten sich rechts und links in der Dunkelheit verschanzt, um sie ins Verderben zu ziehen. Diese Erinnerungen kamen jetzt mit aller Gewalt hoch. Die unbekannte Gestalt musste noch immer da hinten stehen. Keesha hatte gerade ein leises Geräusch gehört. Sie blieb unbeweglich. Sie sagte sich, dass die Person sie auch wahrnehmen musste. Es war nicht zu übersehen gewesen, dass sie aus ihrer Tür herausgetreten war. In der Dunkelheit begann Keeshas Fantasie zu wandern. Sie malte sich die unmöglichsten Szenarien aus. Das dort drüben war ein Serienkiller, der sie hierhin verfolgt hatte und der seine Opfer sexuell missbrauchte und dann mit einem großen Fleischermesser aufschlitzte. Oder es war Pieter. Pieter Berg, der unheimliche Mensch, den sie einmal geliebt hatte. Quatsch. Wie sollte Pieter hierher kommen? Er wusste nicht, wo sie war. Außerdem hatte sie Schluss mit ihm gemacht. Nicht dass Pieter das daran gehindert hätte, sie zu stalken.

Das war auch eine Sache gewesen, die sie während ihrer Stippvisite in Amsterdam erledigt hatte, bevor sie hierher gekommen war. Sie hatte Pieter in seiner Wohnung aufgesucht. Offensiv. Er war überrascht gewesen, fast nett. Zumindest anfangs. Aber er sah nicht gut aus. Er hatte sich gehen lassen. Seine blonden Haare waren ungewaschen und ab einem Radius von zwei Metern um ihn hatte sich sein übliches After-Shave zusammen mit Körpergeruch zu einer unangenehmen Mischung verbunden, an der ein Chemiker seine helle Freude gehabt hätte und die Keeshas Geruchsnerven mehr als beleidigte. Sie hatte es kurz gemacht. Hatte ihm erklärt, dass ihre Beziehung keine Zukunft hätte. Seltsamerweise hatte er gar nicht diskutiert, wie das sonst seine Art war. Er hatte nur mit unbewegtem Gesicht dagestanden und ihr zugehört.

„Bist du fertig?", hatte er gefragt, als sie eine Sprechpause machte.

„Ja."

„Dann kannst du ja gehen." Pieter sagte das ohne die geringste Gemütsbewegung. Keesha bekam eine Gänsehaut. Sie hatte sich eigentlich vorgestellt, dass er diskutieren würde, rumbrüllen, ausrasten. Sie fühlte sich schlecht, schuldig. Ihr kam der Gedanke, er könnte sich etwas antun und sie bereute fast, so übereilt und zwischen Tür und Angel Schluss gemacht zu haben. Aber jetzt war es nicht zu ändern. Sie wollte auf einmal nur weg von hier. Weg aus seiner Nähe, aus seiner Wohnung. Weg aus Amsterdam. Da fiel ihr noch etwas ein.

„Meinen Schlüssel bitte. Hier ist deiner."

„Ach ja." Pieter griff in die Hosentasche, fummelte eine Weile an seinem Schlüsselbund herum und sie tauschten Wohnungsschlüssel aus. Dann drehte er sich um, ging zum Fenster und sah hinaus.

„Pieter."

Keine Reaktion.

Er stand noch am selben Fleck, als Keesha eine Minute später das Haus verließ und zu ihm hochsah.

Nein, sie glaubte nicht, dass es Pieter war, der ihr hier im Dunkeln auflauerte. Pieter saß zuhause und bemitleidete sich selbst. Aber wer konnte es sonst sein? Irgendjemand, den Karl Wischinsky beauftragt hatte? Das war schon eher möglich. Es waren jetzt bestimmt fünf Minuten vergangen, seit sie aus ihrer Zimmertür getreten war und noch immer fühlte sie, dass da jemand in der Dunkelheit auf sie wartete. Keesha bewegte sich zentimeterweise zurück zu ihrer Zimmertür und drückte langsam die Klinke hinunter. Die Türklinke quietschte. Sie öffnete die Tür. Im Zimmer war es fast dunkel. Es war Viertel vor neun abends und die Sonne war längst untergegangen. Sie suchte hastig den Lichtschalter und betätigte ihn. Grelles Licht flammte in den Halogen-Leuchtmitteln auf. Keesha kniff die Augen zu. Sie hörte im Flur eine Tür zufallen. Als ihre Augen sich an die Helligkeit gewöhnt hatten, war der Flur leer. Wer auch immer da gestanden hatte, war jetzt da drüben in dem Zimmer, auf dessen Tür ein Schild mit der Nummer 13 angebracht war.

Es war eigentlich zu spät, um jetzt noch zum Haus in den Dünen zu gehen. Bis sie da war, musste es stockdunkel sein und sie würde bestimmt nicht nachts alleine in einem alten, verlassenen Haus herumstolpern. Vor allem nicht nach diesem Erlebnis. Sie beschloss, zumindest einmal hinzugehen und sich das Ganze von außen anzusehen. Sie zückte ihr Smartphone, entsperrte es und tippte auf das Maps-Icon. Ein blauer Punkt zeigte an, wo sie sich befand. Glücklicherweise hatte sie hier GPS-Empfang. Da drüben war das Haus von Céline Treguer, rechts davon die Dünen. Keesha reduzierte den Zoom etwas und wischte auf dem Display nach links. Da. Da war es. Mitten in den Dünen war ein einsames Haus eingezeichnet. Das musste es sein. Eine gestrichelte Linie führte vom Dorf aus dorthin. Das musste ein

Schotterweg oder so etwas sein. Zufrieden sperrte sie das Display des Telefons und ließ das Gerät in die Gesäßtasche ihrer schwarzen, engen Jeans verschwinden.

Auf dem Weg in die Dünen wurde Keesha bewusst, dass sie überhaupt nicht wusste, worauf sie sich hier eingelassen hatte. Die Reaktion der Menschen zeigte ihr, dass es hier etwas gab, das sie nicht wissen sollte, das vielleicht überhaupt kein Fremder wissen sollte. Irgendjemand stand da im Hintergrund und zog die Fäden. Worum ging es hier eigentlich? Das Verschwinden ihrer Großmutter? Ging es hier um ein gestohlenes Gemälde? Sonst nichts? Vielleicht noch einen Mord, der vor siebzig Jahren in Berlin begangen wurde? Aber was hatte das mit Pont-Kervennec zu tun? Hatte das komische Verhalten der Leute überhaupt etwas mit ihren Recherchen zu tun?

Sie bog von der Dorfstraße in den unbefestigten Weg ein, der zu dem Haus in den Dünen führen musste. Dabei sah sie im Augenwinkel eine Gestalt hinter ihr. Sie wurde verfolgt. Oder doch nicht? Das war irgendein Dorfbewohner, der hier abends noch herumlief. Aber als sie sich fünf Minuten später wieder herumdrehte, sah sie die Gestalt noch immer hinter sich auf dem sich durch die Dünen windenden Weg. Eine Frau schien es zu sein. Oder nein, keine Frau. Ein Mann mit langen, dunklen Haaren. Sie schaute genauer hin. Es war der Mann, den sie vorhin in den Dünen gesehen hatte. Was wollte der hier abends? Auf der Karte hatte sie sehen können, dass der Weg nur zu dem Haus führte und dann noch weiter bis ans Meer. Strand gab es hier nicht mehr; der Strand hörte kurz hinter dem Haus der alten

Madame Treguer auf. Die Dünen verloren sich hier hinter einem kurzen Streifen Geröll und Felsen im Meer. Rechts hinter dem Haus ging ein schmaler Pfad auf die Klippen hinauf.

Bald kam das Haus in Sicht, hinter dichten Hecken verborgen, die das Gebäude und einen verwilderten Garten umgaben. Das Haus war zweigeschossig, mit kleinen Fenstern, bestehend aus vier kleinen Glasscheiben mit Fensterkreuz. Alles roch hier nach Verfall. Das ganze Erscheinigungsbild machte auf Keesha einen deprimierenden Eindruck. Sie blieb vor dem verrosteten Gartentor stehen und betrachtete das Haus nachdenklich im Halbdunkel. Nein, hier wohnte bestimmt niemand mehr. Wem mochte das Haus gehören? Wem auch immer es gehörte, niemand schien sich darum zu kümmern. Wenn man der alten Céline Treguer glauben wollte, wohnte hier das Böse. Hier sah sie Lichter im Dunkeln. Keesha war sich nicht sicher, was sie davon halten sollte. Böse war nicht das Wort, das ihr bei diesem Anblick einfiel. Eher alt, Verfall, Vernachlässigung. Keesha fiel auf, dass sie ihren Verfolger gar nicht mehr gesehen hatte. Ob er sich irgendwo versteckt hatte? Oder vielleicht lief er querfeldein in den Dünen herum?

Keesha streckte die Hand nach dem Gartentor auf und versuchte es zu öffnen. Nach einigem Widerstand war sie erfolgreich. Sie betrat den Garten. Ein Weg führte zur Haustür. Er war einmal mit Kies bestreut gewesen war und war jetzt Zeuge der Artenvielfalt von Spontanvegetation. Die schwere, hölzerne Haustür bewachte dunkel und bedrohlich das, was hinter ihr lag, was auch immer das sein mochte.

Immer wenn sie alte, verfallene Gebäude sah, fragte sich Keesha, was da wohl drin war. Was sich hinter den dreckigen Mauern, Fenstern und Türen verbarg. Staub, Spinnen, Menschen ohne Wohnsitz, Liebespaare. Als sie die Assoziation Liebespaar hatte, musste sie an Pieter denken. Pieter. Sie waren auch einmal ein Liebespaar gewesen. Das war gar nicht mal so lange her, aber irgendwie kam es ihr wie eine Ewigkeit vor. Im Hintergrund war das Meeresrauschen zu hören; Wellen, die sich an den Felsen brachen. Keesha war mit einem Mal seltsam zumute. Sie fühlte die fremde Präsenz, so wie sie sie im dunklen Flur ihrer Pension gefühlt hatte. Forschend versuchte sie, die dichten Büsche mit den Augen zu durchdringen. Nichts war außer dem Meeresrauschen zu hören. Die Möwen schliefen schon. Da, knackte da nicht ein Ast? Keesha war stehengeblieben. Sie hatte den Eindruck, dass sie keine weitere Bewegung machen konnte, ohne dass etwas Schlimmes passierte.

Ein Flattern.

Panik breitete sich in Keesha aus. Der Urinstinkt jedes Menschen, jedes Tieres. Flucht. Keesha fing an zu rennen, auf das Gartentor zu.

Weg hier.

Der unkrautbewachsene Kies knirschte laut unter ihren Füßen. Sie duckte sich, um einem tiefhängenden Ast auszuweichen. Der Sturz war hart. Keesha knallte mit dem Kopf auf einen großen Stein. Sie schrie, als sie einen heftigen Schlag auf die Schulter spürte. Sie konnte nicht aufstehen. Irgendetwas Schweres lastete auf ihr. Wieder versuchte sie, aufzustehen.

Es geht nicht.

Keesha fühlte sich hilflos wie ein kleines Kind. Der unbekannte Angreifer drückte ihren Kopf mit aller Gewalt auf den Boden. Keesha fühlte Erde; es roch nach verfaulten Äpfeln und dünne Zweige drückten sich in ihr Gesicht. Sie versuchte vergeblich, Luft zu schnappen. Keesha spürte Panik in sich aufsteigen. Sie bäumte sich gegen den Erstickungstod auf und schaffte es tatsächlich, einen Moment Luft zu schnappen. Ihr Aggressor riss sie am Arm herum und warf sie auf den Rücken. Sie fühlte etwas Weiches. Ein unangenehmer, alles durchdringender Geruch, der ihr im Kopf wehtat. Es wurde dunkel.

„Hallo, können Sie mich hören?"

Das war nicht die brüchige Stimme von Karl Wischinsky.

„Können Sie mich hören?"

Die Stimme klang dringlicher. Eine Männerstimme. Jung. Wo bin ich? Keesha fasste sich an ihren Kopf, als könne sie ihn dadurch am Explodieren hindern. Ein Königreich für ein Paracetamol. Keesha wurde plötzlich bewusst, dass sie jemand niedergeschlagen und betäubt hatte. Und jetzt fragte eine junge Männerstimme, ob sie ihn hören könne? Die Stimme klang schon einmal angenehm. War das ihr Angreifer? Sie konnte sich nicht vorstellen, dass der sich neben sie setzen und ihr helfen würde. Sie hatte jetzt keine Angst, sondern fühlte nur eine leichte Beunruhigung. Sie beschloss, das schutzbedürftige Weibchen zu spielen. Burgfräulein in Not. Ja, das war jetzt angesagt. Sie öffnete langsam die Augen und wurde von einem Lichtschein geblendet. Eine

Taschenlampe oder so etwas. Über sich eine dunkle Gestalt.

„Wo bin ich? Was ist passiert? Wer sind Sie?", fragte Keesha leise.

„Das sind ja direkt mehrere Fragen. Also, der Reihe nach: Sie sind im Erdgeschoss des alten, verlassenen Hauses, das hier in den Dünen steht. Zweitens: Keine Ahnung. Drittens: Ich bin Bart."

„Aha.", machte Keesha und versuchte, sich aufzurichten. So eine Art Humor hatte er also auch. Ihr Kopf brummte. Irgendetwas war mit ihrem Hals nicht in Ordnung. Sie fasste mit der Hand an die schmerzende Stelle und fühlte Feuchtigkeit. Blut. Sie blutete am Hals. Der Mann sagte nichts mehr. Keesha wollte jetzt weg von dort. Jeglicher Elan, das alte Haus zu durchsuchen, war verschwunden.

Draußen vor der Tür fingerte Keesha ihr Smartphone aus der Tasche und benutzte das Fotolicht, um dem Unbekannten ins Gesicht zu leuchten. Johnny Depp mit Dreitagebart. Es war tatsächlich der Mann, der ihr gefolgt war. Lange, dunkelblonde Haare umrahmten ein Gesicht, wie sie es zuletzt in der Männer-Deo-Werbung gesehen hatte. Die blauen Augen hatten einen melancholischen Ausdruck.

„Ich bin Keesha."

Der Mann sagte nichts.

„Wohnst du im Dorf?", fragte sie, indem sie ihn ungefragt duzte.

„Ja. In der Pension Kermarrec. Ich bin Tourist aus Deutschland."

Sie gingen eine Weile schweigend nebeneinander her.

„Wie bin ich in dieses Haus gekommen?", fragte Keesha endlich.

Bart hatte eine Gestalt gesehen, die etwas, das wie ein menschlicher Körper ausgesehen hatte, in das Haus gezogen hatte. Nach einigen Minuten war die Person alleine wieder herausgekommen und er war in das Haus gegangen, um nachzusehen. Keesha glaubte ihm kein Wort. Was auch immer hier gespielt wurde, sie würde es herausfinden. Dort am Haus hatte man sie überrascht. Das würde nicht nochmal passieren. Also er wohnte in derselben Pension wie sie? Sie hatte ihn dort nie gesehen, aber sie war ja auch erst heute angekommen.

Keesha sagte nicht viel und auch an dem seltsamen Fremden war kein Rhetoriker verloren gegangen. Sie traute ihm nicht. Sie gingen ins Haus und verabschiedeten sich mit wenigen Worten. Bart ging in sein Zimmer. Es war das mit der Nummer 13.

Also er war es gewesen, vorhin hier im Flur. Keesha machte mechanisch die Tür zu und setzte sich. Jeder, mit dem sie gesprochen hatte, hatte ihr irgendetwas verheimlicht. Ihr gesagt, es würde ihr hier eine Gefahr drohen. Céline Treguer redete sinnloses Zeug über das Böse und Vampire und sie wurde überfallen und in das Haus geschleppt, in der das Böse angeblich hauste. Ein junger Deutscher mit einem lächerlichen Vornamen aus einer amerikanischen Zeichentrickserie beobachtete sie und folgte ihr. Sie schaute in den Spiegel, der an der Wand hing. Sie sah abgekämpft aus, fand sie. Ihr Haar hing ihr strähnig ins Gesicht. Sie würde bald zum Friseur gehen müssen, fand sie.

Dann sah sie es. Sie drehte den Kopf etwas, um es besser sehen zu können.

Sie hatte zwei kleine, rote Punkte am Hals, jetzt mit verkrustetem Blut bedeckt. Genau da, wo es weh tat. Sie waren etwa so weit auseinander wie die Eckzähne eines menschlichen Gebisses.

24
28. September 2013, Pont-Kervennec

Wären da nicht leichte, aber bohrende Kopfschmerzen gewesen und eine Schulter, die stumme, aber schmerzende Zeugin ihrer Erlebnisse des letzten Abends war, hätte Keesha sich fit gefühlt. Trotz alledem war sie um zehn Uhr vormittags wieder auf dem Weg zum Haus. Nur nicht unterkriegen lassen. Das waren ihre Gedanken. Sie fühlte jetzt keine Angst mehr, sondern nur noch eine dumpfe Unruhe. Vor allem deshalb, weil sie allein war und hier gegen eine unbekannte Macht kämpfen musste.

Das Böse. Vampire. Unbekannte in Korridoren.

So etwas gab es nicht. Sie war Akademikerin. Sie glaubte an Fakten, nicht an Mythologie. Aber trotzdem - irgendetwas in ihr war empfänglich für die Vorgänge, mit denen sie hier konfrontiert war. Sie konnte es fühlen. Der Schotterweg, der in die Dünen und dann weiter auf die Klippen führte, knirschte unter ihren Füßen. Es war windig. Hier war es immer windig. Büsche und Schilf wiegten sich im Wind. Und dieses Haus stand fest, in Wind und Wetter, Sturm und Sonnenschein. Es stand fest wie ein stummer Zeuge der Vergangenheit.

Lange stand sie vor dem Haus und ließ den Anblick auf sich wirken. Es sah jetzt nicht mehr so furchterregend aus wie in der vergangenen Nacht. Alle dunklen Schatten waren verschwunden. Die Büsche, die sich gestern abend noch von wie von Geisterhand bewegt hatten, wiegten sich jetzt im Wind. Es war ein fast friedliches Bild. Ja, friedlich, das war der richtige Ausdruck. Hier gab es nichts Böses.

Hier hatte vielleicht einmal ein Mensch gewohnt, der Straftaten begangen hatte, aber das machte noch nicht das ganze Haus eine Beute des Bösen und noch viel weniger das ganze Dorf.

Keesha öffnete das quietschende Gartentor und betrat den Garten. Langsam und bedächtig schritt sie über den Kiesweg zum Haus. Durch ein Fenster konnte sie einen Wohnraum sehen. Es war der Raum, in dem sie gelegen hatte und wo Bart sie gefunden hatte. Bart. Was war das nur für ein Kerl? Was war seine Agenda? War er zufällig hier, hatte er etwas mit dieser ganzen Geschichte zu tun, oder was? Keesha atmete hörbar aus. Es war doch nicht alles so einfach, wie sie gedacht hatte. Sie würde noch etwas in dem Haus herumschnüffeln. Vielleicht war da etwas zu finden. Irgendetwas, was das Geheimnis von Noni de Jong lüften würde. Aber zunächst einmal würde sie die Umgebung des Hauses erforschen. Sie ging langsam um das Haus herum. Dahinter herrschte die Wildnis. Einige uralte Obstbäume standen hier. Verfaulte Äpfel lagen auf dem Boden. Büsche. Ein Erdhaufen. Aber da…. Was war das? Ein Rechteck aufgeworfener Erde, etwa zwei Meter lang und einen Meter breit. An einer Seite stand ein hölzernes Kreuz.

Ein Grab.

Wer war denn wohl hier begraben? Keesha ging neugierig näher heran. Die Buchstaben und Zahlen auf dem Holzkreuz waren leicht zu lesen. Keesha hielt den Atem an.

Das konnte nicht sein.

Nein.

Unmöglich.

Irgendjemand wollte sie terrorisieren. Das war es. Ein Schauer lief ihr über den Rücken.

Sie stand vor ihrem eigenen Grab!

Auf dem Kreuz stand:

LAKEESHA EGMOND

23.10.1978

-

28.9.2013

Starr und stumm stand sie vor dem Grab. Ihre Stimmung war umgeschlagen. Die Ruhe, die hier herrschte, war nicht länger friedlich, sie war die Ruhe des Grabes. Die Ruhe des Todes. Sie wagte nicht, sich herumzudrehen. Nach einer Minute hatte sie sich einigermaßen gefangen und ging langsam um das Grab herum. Neu schien es zu sein. Die Erde war frisch umgegraben worden. Es waren auch einige zertrampelte Fußspuren zu sehen, die nicht von ihr waren. Etwa Größe 45. Sie waren nicht deutlich genug, als dass man einen Anhaltspunkt für Ermittlungen hätte. Aber da war doch noch etwas. Da ragte etwas Weißes aus der Erde. Ein Zettel. Keesha setzte ihren rechten Fuß auf das Grab.

Und da passierte es. Der Boden gab nach. Ihr rechter Fuß war schon bis zum Unterschenkel in der lockeren Erde verschwunden. Krampfhaft ruderte Keesha in der Luft herum, in vergeblichen Versuchen, sich festzuhalten, aber sie schaffte es nicht. Unter dem Grab war ein Hohlraum. Die Erde war nur locker darüber verteilt, vermutlich auf einer dünnen

Plastikfolie. Es war eine Falle, kein Grab. Der Aufprall war hart. Gefühlte Tonnen von Erde hatten ebenso wie Keesha der Schwerkraft nicht widerstehen können und waren mit in das Loch gerutscht. Keesha hatte die verrückte Assoziation, dass die Schauspieler, denen in amerikanischen Actionfilmen so etwas passierte, sich nie irgendwie wehtaten. Nach den härtesten Stürzen und Verletzungen standen sie auf und rannten weiter, dem Bösewicht hinterher. Keeshas linker Knöchel schmerzte. Das rechte Handgelenk auch.

Was auch immer dieser Raum war, ein Grab war es nicht. Dazu war der Hohlraum zu groß. Durch das Loch in der Decke kam Tageslicht herein. Keesha saß zunächst bewegungslos da und versuchte, die Situation zu erfassen. Die Schmerzrezeptoren ihres Körpers waren vollauf damit beschäftigt, ihrem Gehirn mitzuteilen, dass der Knöchel verdammt weh tat. Mit den Händen untersuchte sie ihre direkte Umgebung. Erdreich. Nichts als Erdreich. Das war wohl mit ihr abgestürzt, denn es war locker. Keesha tastete weiter. Die Plastikfolie, die über das Loch gedeckt worden war. Da war Papier. Der Zettel. Ein kleiner Zettel aus einem Notizblock oder Zettelkasten. Er war leer. Ganz offensichtlich hatte er nur dem Zweck gedient, sie zu verleiten, das Grab zu betreten.

Sie hatte bald herausgefunden, dass sie in einem etwa vier Quadratmeter großen Raum war, dessen Wände aus Beton gegossen waren. Die Decke war so hoch, dass sie sie nicht erreichen konnte. Mehr war da nicht. Der Boden war mit Erde bedeckt. An einigen Stellen guckte der Beton heraus. Matschig war es. Durchgesickertes Regenwasser.

Die Decke war etwa drei Meter hoch. An den Seiten glatte Betonwände. Da würde sie nicht hochkommen. Keine Chance. Da war keinerlei Ritze oder Vorsprung, wo sie hätte Halt finden können. Das Loch oben war zu weit, als dass sie den Rand mit den Händen erreichen konnte.

Ich bin gefangen und niemand weiß, dass ich hier bin!

Sie versuchte mehrmals vergeblich, das Ausstiegsloch zu erreichen, rutschte aber jedes Mal an der glatten Wand ab. Irgendwann setzte sie sich in eine Ecke und starrte auf das rettende Tageslicht, das so nah und doch unerreichbar war. Der Lichtstreifen, den die Sonne in ihrem Grab verursachte, wurde abwechselnd heller und dunkler, je nachdem, ob gerade eine Wolke vor die Sonne gezogen war.

Die Dämmerung kam; die Sonne war verschwunden. Ihre Angst vor der Dunkelheit kam hoch. Hoffentlich war das Handy noch heil. Keesha griff in die Gesäßtasche ihrer Jeans und verzog das Gesicht vor Schmerzen. Das war die falsche Hand gewesen. Sie drückte den Entsperrknopf des Gerätes und das Display leuchtete auf. Noch 3% Batteriekapazität. Kein Netz. Keesha unterdrückte einen Fluch. Das würde nicht mehr lange halten. Verdammte Smartphones. Der Akku ihres alten Handys in den Neunzigern hatte noch eine ganze Woche gehalten. Entmutigt verlöschte Keesha das Display des Handys wieder, um Batterie zu sparen. Die Decke bestand aus Erdreich. Das Ganze sah so aus, als habe man begonnen, einen Raum zu mauern, die Arbeiten aber nicht beendet. Irgendjemand hatte von diesem Raum gewusst und sich eine ziemliche Mühe gegeben, ihn zu einer Falle umzubauen. Für Keesha. So musste es sein, sonst hätte auf dem fingierten Grab nicht ihr Name gestanden.

Eine letzte Chance gab es noch. Da lag all die Erde auf dem Boden. Vielleicht gab es da einen Ausweg. Sie wühlte mit der unverletzten Hand in der nassen Erde herum. Moderiger Geruch verbreitete sich. Moder. Meersalz. Nasse Erde. Sie fühlte den Boden. Harter Beton. Nichts als harter Beton. Aber da… Da war etwas anderes.

Was Keesha jetzt mit der Hand berührte, fühlte sich an wie ein Metallring. Eine Falltür vielleicht? Sie untersuchte die Umgebung des Ringes und fühlte bald eine enge Spalte, die sich fortsetzte und irgendwann im rechten Winkel abbog. Das schien wirklich eine Falltür zu sein. Keesha räumte nun mit beiden Händen die Stelle frei von Erde. Sie wischte die dreckigen Hände an der Jeans ab. Die war sowieso ruiniert und leuchtete wieder mit dem Handy. Hoffentlich ruinierte der Dreck nicht ihr Handy. Das hatte schließlich sechshundert Euro gekostet und war noch nicht abbezahlt. Unter ihr war wirklich ein Holzklotz in den Boden eingelassen, der mit einem metallenen Ring bewegt werden konnte. Keeshas Puls beschleunigte sich. Der Ring sah aus, als habe er schon einige Jahrzehnte hinter sich. Keesha befreite die Ritzen so gut es ging von dem Dreck, der sich darin abgelagert hatte und zog mit aller Kraft an dem Ring. Der Klotz bewegte sich tatsächlich und stand irgendwann aufrecht da. Ein dunkles Loch gähnte jetzt da, wo einmal der Klotz gewesen war. Da ging es nach unten. Keesha war wieder etwas ernüchtert. Ein Ausweg nach oben wäre besser. Stattdessen ging es hier noch weiter in die Unterwelt. Unterwelt. Das war das Stichwort. Lebten Vampire nicht in solchen

Kellern? Ob dort unten eine Reihe von Särgen stand, deren Deckel sich um Mitternacht öffneten und bleiche Gestalten mit schwarzen Regencape und weißgeschminkten Gesichtern freisetzten? Quatsch. Keesha versuchte, ihre wirren Gedanken und Assoziationen zu sortieren. Aber es gelang ihr nicht. Sie saß am Rande dieses Loches und starrte in die Dunkelheit. Kindheitserinnerungen von Missionen in den Keller, auf die ihre Mutter sie geschickt hatte, schossen wieder durch ihr Gehirn. Mission war das richtige Wort. Für die kleine Keesha waren das Unternehmungen gewesen, die sie den ganzen Abend beschäftigt hatten. Sie war nie richtig darüber hinweggekommen. Und jetzt, mit fast 35 Lebensjahren saß sie am Rand eines Loches, in dem sie keinen Boden sah und in das sie hineinspringen musste, um ihr Leben zu retten. Leben retten? War es wirklich so schlimm? Würde sie niemand retten können? Wer wusste denn, dass sie hier war? Bart Regnier? Céline Treguer? Vielleicht auch noch Karl Wischinsky und ihre Pensionswirtin. Aber nein, der hatte sie nichts von dem Haus erzählt. Sie kannte es bestimmt, konnte aber nicht wissen, dass Keesha dorthin wollte. Auf der anderen Seite war irgendjemand der ihr diese ganze Sache eingebrockt hatte. Der sich die Arbeit gemacht hatte, ein Grab zu simulieren und ihr einen Schreck einzujagen. Karl Wischinsky schied eigentlich von vornherein aus. Der Mann musste an die hundert Jahre alt sein und vegetierte in einem dreckigen Loch, das er Wohnung nannte, in Zürich vor sich hin. Vielleicht war er einmal vor Jahrzehnten der böse Geist dieses Hauses gewesen, aber nicht jetzt. Céline Treguer? Schon eher möglich, aber Keesha konnte sie sich beim besten

Willen nicht vorstellen, wie sie hier herumgrub und ein Grab präparierte. Und was war mit Bart Regnier? Der kam am ehesten in Frage. Aber überhaupt, wer kannte denn hier ihr Geburtsdatum? Auf dem Kreuz hatte ihr korrektes Geburtsdatum gestanden! Richtig, sie hatte Elena Kermarrec, ihrer Pensionswirtin, ihren Ausweis gezeigt und diese hatte ihr Geburtsdatum auf das Anmeldeformular übertragen. Bart wohnte auch bei der Kermarrec. Er hätte irgendwie Zugriff auf die Daten haben können.

Aber das brachte jetzt alles nichts. Es musste gehandelt werden. Wer auch immer für ihre Situation verantwortlich war völlig ohne Bedeutung, wenn sie hier nicht mehr rauskam. Der Handy-Akku war leer. Kein Licht mehr. Sie nahm etwas Erde in die Hand und ließ sie in das Loch fallen. Sie hörte den Aufprall nicht weit von sich. Sie wiederholte das Experiment und warf die Erde in verschiedene Richtungen. Nach rechts hin hörte sich das Geräusch der fallenden Erde anders an, als ob sie auf etwas Hölzernes gefallen wäre. Keesha beschloss, diese Ecke zu vermeiden wenn sie hinunterspringen würde. Sie holte tief Luft. Was sie hier vorhatte, war Gift für ihren verstauchten Knöchel. Wenn sie unglücklich aufkam, holte sie sich womöglich einen Bänderriss. Aber es half nichts.

Keesha schob sich mit den Beinen zuerst in das Loch hinein und ihr wurde bewusst, dass sie gut ein paar Kilo abnehmen könnte. Das rechte Handgelenk schmerzte, als sie sich damit aufstützte. Egal. Das musste sie jetzt durch. Sie ließ sich so weit wie möglich in das Loch herab. Noch immer fühlte sie keinen Boden. Plötzlich schoss ihr der Gedanke durch den Kopf, was wohl wäre, wenn es da unten auch keinen Ausweg gab. Wenn sie in einem noch tiefer gelegenen Raum gefangen war. Wieviele von diesen Räumen gab es hier eigentlich? Keesha vermutete, dass der Raum unter ihr zum Keller des Hauses gehörte und deshalb einen Ausgang haben musste. Schließlich ließ sie sich fallen. Sie schloss die Augen und wartete darauf, in einen endlosen Tunnel zu fallen, an dessen Ende ein weißes Licht zu sehen war. Unerwarteter Weise war der Fall gar nicht tief. Sie landete auf einem harten Boden. Der Knöchel tat scheußlich weh. Keesha richtete sich wieder auf und stand starr in der Dunkelheit. Es war kalt hier. Kalt und modrig. Ein Schauer von Gänsehaut lief ihr über den Rücken.

25
29. September 2013, Pont-Kervennec

„Der europäische Vampiraberglaube entstand vermutlich in Südosteuropa, wo genau, das weiß man nicht. Die europäischen Vampire saugten anfangs aber kein Blut."

„Nicht?"

„Nein. Das wurde diesen Kreaturen der Nacht erst später angedichtet. In erster Linie suchte man damals einen Schuldigen für Schäden, die einzelnen Personen im Dorf oder auch der gesamten Dorfgemeinschaft entstanden waren. So zum Beispiel Missernten, Krankheiten oder Ähnliches. Und wenn man dann ein Grab fand, das einen unverwesten Leichnam enthielt…"

Bei dem Thema Grab rutschte Keesha unwillkürlich auf ihrem Stuhl hin und her. Jean-Yves Le Dantec fuhr fort.

„…dann hatte man ja einen Schuldigen gefunden."

„Und wann fingen die Vampire an, Blut zu saugen?"

„Das kam später. Mit dem Vampirismus, also mit dem Trinken von Blut, ist der Aberglaube verbunden, das dies eine Übertragung von Lebensenergie bewirkt. Und ein Untoter braucht nun einmal Lebensenergie. Und dann gab es noch Vlad Drăculea, auch 'der Pfähler' genannt."

„Weiß ich", nickte Keesha. „Das war doch der Original-Vampir, oder?"

„Genau, das war ein Herrscher der Walachei, im heutigen Rumänien. Er hat Bram Stoker als Vorlage für dessen Roman 'Dracula' gedient. Vlad war ein grausamer Fürst, der seine Feinde gepfählt hat. Und wie wir alle wissen, muss man einem Vampir einen Holzpfahl ins Herz treiben, um ihn ein für alle Mal zu töten. Bram Stoker war Ire und ist selber nie in Rumänien gewesen. Das Schloss des Grafen Dracula aus dem Roman war ja auch in Transsilvanien, also in Siebenbürgen und nicht in der Walachei. Also Stoker hat sich ziemlich viele Freiheiten erlaubt. Trotzdem ist seine Beschreibung, wie ein Vampir aussah und wie er lebte, bis heute in der populären Kultur erhalten geblieben."

Jean-Yves Le Dantec lächelte und sein wohlwollendes Gesicht strahlte. Er war auf den ersten Blick der Typ Mann, wie ihn jeder zum Großvater haben wollte. Gegen siebzig Jahre alt, wohlgenährt, Brille auf der Nase. Manchmal aber blitzte in seinen Augen etwas auf, was Keesha nicht richtig einordnen konnte. „Aber auch die Vampire, mit denen wir so vertraut sind, sind nicht die originalen."

„Nicht?" Keesha war überrascht. Die grundlegenden Fakten über den Vampiraberglauben kannte sie natürlich. Vlad Dracul und so weiter. Hatte sie als Kind doch heimlich „Tanz der Vampire" im Fernsehen geguckt, wenn ihre Mutter geschlafen hatte. Le Dantec schien sich intensiv mit der Thematik beschäftigt zu haben.

„Lilith.", sagte Le Dantec einfach.

„Wie bitte?"

„Lilith. Das war wahrscheinlich einer der ersten Vampire."

„Aha…und wer war das?"

„Lilith ist ursprünglich eine Gestalt aus der sumerischen Mythologie. Die Quellen sind aber dünn gesät. Erst sehr viel später, also so etwa ab dem fünften Jahrhundert nach Christus, gibt es mehr historische Belege für Lilith. Interessant dabei ist, dass Lilith die erste Frau war."

„Ich denke, das war Eva?"

Le Dantec lächelte wieder überlegen.

„Das denken viele. Aber es gibt eine Quelle, genau gesagt das Alphabet von Ben Sira, etwa aus dem achten bis zehnten Jahrhundert, in dem eine Alternativgeschichte zu der üblichen Überlieferung von Adam und Eva erzählt wird."

Le Dantec machte eine Pause. Keesha sah ihm gespannt ins Gesicht und nahm einen Schluck Kaffee.

„Dann wollen wir doch einmal sehen, wie bibelfest Sie sind. Wie ist denn Eva geschaffen worden?", fragte Le Dantec.

„Aus einer von Adams Rippen."

„Das ist die übliche Übersetzung, richtig.", nickte Le Dantec. „Aber nach der Quelle, die ich eben genannt habe, war Eva Adams zweite Frau."

„Und die erste war Lilith?"

„Genau. Lilith wurde aus derselben Erde geschaffen wie Adam, war ihm also gleichberechtigt. Eine Auslegung, die sich die Feministinnen natürlich zu eigen gemacht haben. Das Problem war aber…was machen ein Mann und eine Frau, wenn sie länger zusammenleben?"

„Sie streiten sich."

„Richtig! Ich sehe, Sie haben Erfahrung.", sagte Le Dantec trocken und Keesha musste lachen. „Adam und Lilith streiten sich also und was machen sie? Sie trennen sich. Sie sehen, apokryphe jüdische Mythologie aus der Antike ist so modern, wie Sie nur wollen. Alles schon einmal dagewesen. Lilith haut also ab, zieht aus der gemeinsamen Ehewohnung aus, würde man heute sagen. Gott sagte, wenn sie zurückkäme, sei alles gut. Wenn nicht, müsse sie täglich erlauben, dass hundert ihrer Kinder getötet werden. Was meinen Sie wohl, was Lilith geantwortet hat?"

Keesha machte dieses Quiz Spaß. „Also was Sie mir bisher so von ihr erzählt haben, vermute ich fast, sie hat abgelehnt."

„Richtig. Ihre Kinder sind Dämonen, das heißt, dass seit dieser Zeit täglich einhundert Dämonen sterben. Aber aus Rache tötet sie jedes Neugeborene, dessen sie habhaft werden kann, wenn es nicht durch ein Amulett geschützt ist."

„Aber was hat das jetzt mit Vampiren zu tun?", fragte Keesha, die sich wieder an das ursprüngliche Thema erinnerte.

„Zunächst einmal nicht viel. Lilith war ein Dämon und auch Vampire sind eine Art Dämonen. Sie war das Gegenstück zu Eva und stand sozusagen für Sinnlichkeit, Leidenschaft und Sexualität. Lilith hat nämlich kein Blut gesaugt, nach einer anderen Überlieferung war sie ein Succubus."

„Ein was?"

„Ein Succubus. Das ist ein weiblicher Dämon, der nachts einen unschuldigen Mann aufsucht und mit ihm Sex hat. So ein Succubus ernährt sich von der Lebensenergie schlafender Menschen, in diesem Fall saugt er kein Blut sondern menschlichen Samen…"

„Also so eine Art dämonischer Blowjob.", warf Keesha ein.

Le Dantec blieb ernst. „Wenn Sie so wollen, ja. Das ist allerdings eine etwas populäre und simplistische Auslegung. In jedem Fall ist dieser Mythos im höchsten Grade erotisch, so wie auch Vampire in der modernen populären Kultur oft als sexuell aktive Wesen dargestellt werden. Zugegeben, dieser Bogen ist etwas gewagt, aber immerhin... Und noch etwas...", fuhr Le Dantec fort. „Es gibt ein Gemälde von John Collier, das war ein britischer Maler, der vor etwa hundert Jahren lebte, auf dem Lilith als rothaarige Frau mit einer Schlange dargestellt wird. Aber damit noch nicht genug. Da wir gerade bei Gemälden sind, kennen Sie Edvard Munch?"

„Ja, da war doch etwas.", erinnerte sich Keesha dunkel. „Der Schrei. Richtig?"

„Richtig, 'Der Schrei' ist eines von Munchs bekanntesten Bildern. Aber es gibt noch ein weiteres sehr bekanntes Bild, das zu unserem Thema passt. Es heißt 'Der Vampir' und stellt eine rothaarige Frau dar, die einem Mann Blut aus dem Hals saugt. Zumindest wird es manchmal so interpretiert. Das Bild gibt es in mehreren Varianten und eine davon ist vor siebzig Jahren im Dritten Reich von den Deutschen einem jüdischen Bankier enteignet worden und seitdem nicht mehr aufgetaucht."

Le Dantecs Gesicht hatte sich gerötet und in seinen Augen blitzte Begeisterung auf. Das Dunkel lichtete sich etwas, fand Keesha. Da war die Verbindung zum Dritten Reich, Nazis und womöglich zum Geheimnis ihrer Abstammung. Es gefiel ihr nur gar nicht, dass hier Dämonen und Vampire eine Rolle spielten. Keesha fiel auf, dass das Gespräch mit Le Dantec, von dem sie sich wertvolle Fakten versprochen hatte, zu einer Märchenstunde verkommen war. Sie ließ nicht locker.

„Aber was haben Vampire oder Dämonen oder Lilith oder was auch immer mit Pont-Kervennec zu tun? Kennen Sie da eine Geschichte? Gab es hier auch mal Vampire?"

„Aber natürlich, junge Frau. Hat Ihnen das noch niemand gesagt? Aber ja, richtig, die Leute hier sind da etwas zurückhaltend. Sie haben wohl Angst davor, was die Fremden von ihnen denken könnten. Ich war da immer etwas offener."

Le Dantec machte eine Sprechpause und zog an seiner Pfeife.

„Es ist lange her. Ich kenne die Geschichte nur, weil mein Großvater sie mir erzählt hat, um mir Angst zu machen. Aber ich weiß, dass sie stimmt. Warum ich das weiß, gehört nicht hierher. Ich weiß es eben. Kennen Sie das alte Haus dort drüben in den Dünen? Dort hat der Vampir sein Unwesen getrieben."

Keesha bekam eine Gänsehaut und nickte. Sie hatte Le Dantec nichts von ihrem Abenteuer erzählt, obwohl er ihr auf Anhieb sympathisch gewesen war.

Der Weg aus dem Keller war wider Erwarten recht einfach gewesen. Nachdem Keesha ihre Angst überwunden hatte und eine Viertelstunde in dem Kellerraum herumgetastet hatte, war sie auf die Tür gestoßen. Es war stockdunkel gewesen. Keesha hatte sich nicht länger als nötig aufgehalten. Ihr Körper schmerzte überall und sie hatte nur das Bedürfnis, aus diesem Keller ohne größere Folgeschäden zu entkommen. Die Tür, die sie schließlich fand, war zum Glück nicht abgeschlossen und durch sie gelangte sie zu einer Treppe, die tatsächlich nach oben ins Haus führte. Sie ging durch den Wohnraum, wo man sie bewusstlos hatte liegen gelassen. Sie hatte nicht die Nerven, dies alles genauer zu untersuchen. Schon komisch, dachte sie. Ich bin jetzt das zweite Mal hier im Haus und habe keine Gelegenheit, mich hier umzuschauen. Sie fand die Haustür und humpelte so gut sie konnte in ihre Pension zurück. Sich bewegende Gardinen sagten ihr, dass Madame Kermarrec sie bei ihrer Rückkehr geortet hatte, aber sie zeigte sich nicht.

Auch in Zimmer 13, wo der seltsame Bart wohnte, war es still. Nach einer heißen Dusche, einer Dose Heineken, einem Twix-Riegel und zehn Stunden Schlaf fühlte sie sich fast wie neugeboren, mit der Einschränkung, dass ihr Knöchel noch immer wehtat. Aber es ging. Sie hatte beschlossen, Jean-Yves Le Dantec einen Besuch abzustatten, dem Mann, von dem ihr die alte Treguer erzählt hatte und auf den diese so große Stücke hielt.

Le Dantec fuhr in seiner Erzählung fort. Keesha hielt gespannt den Atem an. Sie fühlte sich wirklich so, als ob ihr Großvater ihr eine Schauergeschichte erzählte. Sie hatte natürlich nie einen Großvater gehabt, auch väterlicherseits hatte sie darauf verzichten müssen, aber genauso stellte sie sich das vor.

„Also vor vielen, vielen Jahren tauchte plötzlich ein Paar in diesem Haus auf. Ein Mann und eine Frau. Es waren Deutsche. Sie verkehrten mit niemandem und hielten sich von allem fern. Das erregte mehr

Aufsehen, als wenn sie sich öfter im Dorf hätten blicken lassen. Allerlei Geschichten rankten sich schließlich um die beiden. Die Frau hatte feuerrote Haare und war bald als Hexe verschrien. Das mag sich seltsam anhören, schließlich spreche ich hier von den dreißiger und vierziger Jahren des zwanzigsten Jahrhunderts und nicht vom Mittelalter. Aber so war es. Schon damals lebten in Pont-Kervennec viele alte Menschen, wenn auch nicht so viele wie heute. Außerdem gab es hauptsächlich Fischer hier, die allerlei Aberglauben nachhingen. Die Vampirgeschichte fing dann später an. Es verschwanden nämlich Leute aus dem Dorf. Erst ein kleiner Junge, der zuletzt in den Dünen gesehen worden war und dann verschwunden ist. Er ist nie wieder aufgetaucht. Natürlich wurden *la sorcière et son maître*, die Hexe und ihr Meister dafür verantwortlich gemacht. So wurden die beiden Deutschen im Dorf genannt. Dann verschwanden auch noch andere Personen, vor allem junge, rothaarige Frauen. Von diesen gab es nicht so viele im Dorf, deshalb kenne ich noch alle. Da war erst einmal die Justine Le Gall, ein 17-jähriges Mädchen mit roten Haaren, die eines Abends nicht nach Hause kam. Die Eltern suchten mit Hilfe der Nachbarn die Umgebung ab, einschließlich der Dünen, aber sie fanden nichts. Zwei Tage später kam Justine wieder. Sie sprach mehrere Tage lang nicht, sah krank und bleich und verstört aus. Sie hatte Wunden am Körper, Wunden und Blutergüsse. Vor allem am Hals, aber auch am Oberarm. Sie hat nie darüber gesprochen, was sie in diesen zwei Tagen erlebt hat. Es muss etwas Schreckliches gewesen sein. Etwas, das man nicht in Worte fassen kann. Im Dorf geisterten allerlei Vampirgeschichten umher. Jeder hatte etwas dazu beizutragen. Der eine hatte eine dunkle Gestalt mit bleichem Gesicht und spitzen Zähnen im Schilf gesehen. Eine andere Frau schwor, eines Nachts sei eine Fledermaus in ihr Schlafzimmer eingedrungen und habe ihr Blut ausgesaugt. Aber das war Geschwätz. Dann war da aber die Victoria Hugues. Auch sie war rothaarig. Auch sie kam eines Abends nicht nach Hause. Es waren geradezu unheimliche Parallelen. Aber im Unterschied zu Justine kam sie nie mehr nach Hause. Nie mehr. Bis heute weiß niemand, wo das Mädchen abgeblieben ist, und das ist jetzt mehr als siebzig Jahre her."

Jean-Yves Le Dantec machte eine Pause. Keesha schüttelte langsam den Kopf, als traute sie ihren Ohren nicht und befühlte die beiden Wunden an ihrem Hals. Ihr war unheimlich zu Mute. Ihr ganzes Wesen, ihre Erziehung, wissenschaftliche Ausbildung und moderne Menschenverstand des 21. Jahrhunderts sträubten sich gegen die Annahme, es könnte hier wirklich einen Vampir geben oder gegeben haben. Aber da waren diese Geschichten, sicherlich teilweise Legenden, Dorfgeschwätz, aber da gab es meistens einen wahren Kern. Warum waren die Leute hier so abweisend? Warum waren alle der Meinung, ihr könnte hier eine Gefahr drohen? Auch sie hatte rote Haare, zwar gefärbt, aber immerhin. War es das? War die Abneigung rassistisch motiviert? Schließlich war sie schwarz. Auch in Frankreich gab es Rassismus.

„Dann war da noch eine weitere junge Frau. Ihr Name tut hier nichts zur Sache. Sie ist die einzige unter ihnen, die noch immer hier im Dorf lebt. Sie ist jetzt neunzig Jahre alt. Sie ist auch die einzige, die zurückkam und etwas erzählt hat."

„Ja, und?" Keesha war gespannt.

„Darüber kann ich nicht sprechen.", lautete die enttäuschende Antwort. „Diese Frau ist eine gute Freundin. Sie hat mir im Vertrauen etwas erzählt und ich habe ihr versprochen, es nie einer Menschenseele weiterzusagen."

Keesha starrte dem alten Mann forschend in das Gesicht. Alles Wohlwollen war daraus verschwunden, der gemütliche Großvater hatte einem verbitterten alten Mann Platz gemacht. Wie konnte eine so plötzliche Verwandlung stattfinden? Entweder war die joviale Art und Weise, die Le Dantec an den Tag gelegt hatte, Schauspielerei gewesen, oder das Thema berührte ihn mehr, als er zugeben wollte.

„Glauben Sie, dass es Vampire gibt?", fragte Keesha hilflos, wissend, dass diese Frage jetzt eher lächerlich war.

Jean-Yves Le Dantec sah sie ernst an.

„Ma chère, ich glaube nicht an viel. Auch nicht an Gott. Ich bin Atheist. Nach dem, was ich erlebt und erfahren habe, braucht man entweder die beschützende Umgebung der Kirche, den Glauben, dass nicht alles Zufall ist, dass es wirklich eine höhere Macht gibt, die alles steuert und zum Besten wendet…"

Er hielt inne und starrte ins Leere. Keesha schwieg.

„… oder man ist desillusioniert und glaubt an überhaupt nichts mehr. Am allerwenigsten an das Gute im Menschen. Ich habe das Letztere gewählt. Ich bin jetzt 71 Jahre alt und noch nicht im Ruhestand, weil ich meinen Beruf liebe. Die letzten 45 Jahre habe ich als Jurist, die meiste Zeit als Rechtsanwalt gearbeitet. Als Rechtsanwalt, besonders in einem Dorf wie Pont-Kervennec, lernen Sie die Menschen kennen. Wie hinterhältig sie sind. Nur auf ihren eigenen Vorteil bedacht. Egoistisch. Ausbeuterisch. Blutsaugend. Kleinliche Nachbarschaftsstreitigkeiten. Betrügereien. Erbschaftsgeschichten, wo sich die Erben bis aufs Blut bekämpfen, nur weil ein reicher Fischereiunternehmer gestorben ist. Nein, sagen Sie jetzt nichts! Ich kenne den Ruf, den Rechtsanwälte haben und ich war es auch. Vielleicht bin ich es noch. Alles was ich gesagt habe: Egoistisch, ausbeuterisch, blutsaugend. Ich mache mich nicht besser, als ich bin. Wenn Sie einen Rat von mir wollen, ich kann Ihnen nur eines sagen: Hüten Sie sich vor den Lebenden, nicht vor den Untoten!"

Keesha schauerte es vor diesem Mann, den sie noch vor einer halben Stunde so sympathisch gefunden hatte. Auch er trug irgendein Geheimnis mit sich herum, das er nicht preisgeben wollte oder konnte. Was war das nur für ein Ort hier? Der Ort, der mehr mit ihrer eigenen Familiengeschichte zu tun hatte als jeder andere. Keesha versuchte, das Gespräch auf harmlosere Themen zu lenken und sie schien damit Erfolg zu haben. Le Dantecs Gesicht entspannte sich und als Keesha den letzten Schluck aus ihrer Kaffeetasse genommen hatte und sich von Monsieur Le Dantec verabschiedete, hatte dessen Gesicht wieder den Ausdruck biederen Wohlwollens angenommen. Als ob es nie anders gewesen wäre.

„Glauben Sie nicht alles, was ich Ihnen erzähle. Ich bin ein alter Mann und noch dazu ein Rechtsanwalt, denken Sie immer daran!"

Sehr verwirrt verließ Keesha Le Dantecs Haus.

26
29. September 2013, Pont-Kervennec

Keesha war auf dem Weg zurück in ihre Pension. Sie war es leid. Alle Leute, mit denen sie hier gesprochen hatte, redeten um irgendetwas herum, was sie nicht aussprechen wollten, konnten oder durften. Wie ein Schweigekartell. Sie hatte das Bedürfnis aufzugeben. Es schien einfach zuviel zu sein. Erst die Sache mit dem Überfall. Zwei Wunden am Hals, die sie sich nicht erklären konnte. Jemand wollte den Eindruck erwecken, ein Vampir gehe um. Dann die völlig groteske Geschichte mit einem fingierten Grab, in das sie hineinstürzte. Noch nicht einmal in einem Schundroman würde man so etwas Abwegiges lesen. Und doch war es passiert. Sie hatte wirklich den Eindruck, dass sie in Gefahr war. Aber durch wen? War es eine der Personen, die sie schon kennengelernt hatte? Oder vielleicht jemand, der irgendwo im Hintergrund die Fäden zog?

Dann dachte sie an Jean-Yves Le Dantec. Ein seltsamer Mann. Faszinierend, mit einer gewissen Ausstrahlung, aber auch bizarr und mit bemerkenswerten Stimmungsschwankungen. In ihrem Zimmer angekommen, beschloss sie, die Sache systematisch anzugehen. Sie nahm sie einen Notizblock zur Hand und notierte sich zunächst einmal die Namen einer Reihe von Personen, die sie bisher in dieser Sache kennengelernt hatte:

Karl Wischinsky
Adalbert Jäger (tot)
Céline Treguer
Jean-Yves Le Dantec

Bart
Noni de Jong (tot)
Emma Lange (tot?)

Sie überlegte kurz und fügte dann noch die folgenden Namen hinzu:

Justine Le Gall
Victoria Hugues
Unbekannte junge Frau
Lilith

Keesha erinnerte sich, dass der Polizist in Berlin den Namen Emma Lange genannt hatte. Das war die junge Frau gewesen, die damals zusammen mit Jäger verschwunden war. Neben die Namen schrieb Keesha jetzt, was sie über die Personen wusste oder auch nicht wusste.

Karl Wischinsky - zusammen mit Jäger Medizinstudent, später Arzt, lebt jetzt in Zürich, kennt das Haus in den Dünen (dort gelebt?) und hat etwas zu verbergen, mein Großvater(?)
Adalbert Jäger (tot) - verschwunden 1938 zusammen mit K.W., aus der NSDAP ausgeschlossen, weiteres Leben unbekannt, evtl. im Haus in den Dünen gelebt, mein Großvater(?)
Céline Treguer - kannte meine Großmutter, hat immer in Pont-Kervennec gelebt, muss als Kind ein traumatisches Erlebnis gehabt haben, behauptet einen Vampir gesehen zu haben(??), hat sie ein Verbrechen

beobachtet, das sie so verarbeitet? wie kommt sie auf Vampir?

Jean-Yves Le Dantec - alter Pont-Kervennecer, Rechtsanwalt, weiß viel über Vampirmythologie, weiß mehr, als er sagt, ist mit einem der verschwundenen Mädchen gut bekannt

Bart - deutscher Tourist (nach eigener Aussage), verhält sich merkwürdig, verfolgt mich(?), hat evtl. gar nichts mit der Sache zu tun

Noni de Jong (tot) - meine Großmutter, ist 1942 von A.J. oder K.W. vergewaltigt worden, nach der Geburt meiner Mutter verschwunden

Emma Lange (tot?) - junge Deutsche, ist 1938 zur selben Zeit wie A.J. und K.W. aus Berlin verschwunden. Ist sie die rothaarige Frau, von der Le Dantec gesprochen hat? Ist sie der rothaarige Vampir (Erzählung von C.T.)?

Justine Le Gall - Erzählung von Le Dantec - junges Mädchen, das vor vielen Jahren vorübergehend verschwand und ein traumatisches Erlebnis hatte, rothaarig

Victoria Hugues (tot?) - Erzählung von Le Dantec - junges Mädchen, das vor vielen Jahren für immer verschwand, rothaarig

Unbekannte junge Frau - Erzählung von Le Dantec - junges Mädchen, das vor vielen Jahren vorübergehend verschwand und ein traumatisches Erlebnis hatte, rothaarig, Name?

Lilith - vampirartiger Dämon

Als Keesha hier angekommen war, stellte sie fest, dass hier ziemlich viele rothaarige Frauen eine

Rolle spielten. War das auch der Grund gewesen, dass die Leute hier so abweisend waren und sie davor warnten im Dorf zu bleiben? Sie traf eine Entscheidung. Sie würde weitermachen. Sie wollte sich keine Angst einjagen lassen. Keesha war bewusst, dass sie hier jemand fertigmachen wollte und das wollte sie nicht zulassen. Sie hatte eine Idee und stand vom Stuhl auf. Sie ging zu ihrer Zimmertür und in den Korridor hinaus. Es war wieder stockdunkel dort aber diesmal hielt sie sich nicht auf, sondern steuerte auf direktem Wege das Zimmer mit der Nummer 13 an. Ohne zu zögern klopfte sie an die Tür. Nach einer Pause ertönte ein *„Oui, qui est là* - wer ist da?" von drinnen.

„Keesha Egmond."

Wieder eine Pause. Diesmal länger. Dann sagte die Stimme: *„Ok, entrez."*

Keesha drückte die Türklinke und öffnete die Tür. Das Zimmer war abgedunkelt. Am Tisch saß Bart und las mit Hilfe einer kleinen Lampe in einem Buch.

„Störe ich?", fragte Keesha vorsichtig.

„Nein, komm nur rein."

Barts melancholisches Gesicht sah fast heiter aus. Keesha hatte den Eindruck, dass er sich über Keeshas Besuch freute. Keesha war plötzlich verlegen. Sie war überrascht, denn dieses Gefühl kannte sie normalerweise nicht. Sie war hierher gekommen, um diesen Mann zur Rede zu stellen und jetzt stand sie da wie ein Kind, das der Vater gerade ausschimpft, weil es die Milch verschüttet hat.

„Ich...ich wollte dich besuchen kommen.", hörte sich Keesha sagen. Eigentlich hatte sie sagen wollen: „Ich wollte dir mal ein paar Fragen stellen über

Dinge, die mir nicht ganz klar sind.", aber es wollte nicht heraus. Sie sprach jetzt englisch.

„Freut mich, willst du vielleicht was trinken? Ich kann 'nen Kaffee machen."

Zu Kaffee konnte Keesha nicht nein sagen. Zu diesen blauen Augen auch nicht. Sie beobachtete Bart, wie er mit dem Wasserkocher hantierte, einen Becher aus dem Badezimmer holte und das Instant-Kaffeepulver mit dem kochenden Wasser übergoss. Er schaltete das Licht an und setzte sich wieder.

„Setz dich doch. Bist du eigentlich auch in Urlaub hier? Wir hatten letztens so wenig Gelegenheit zu quatschen."

Keesha zögerte etwas mit der Antwort.

„Ja, das ist eine Art Urlaub, was ich mache...mehr noch eine private Studienreise."

„Studienreise? Was studierst du denn?"

„Ich bin Informatikerin und arbeite an der Uni."

„Ach so.", machte Bart. Er schwieg und lächelte etwas gekünstelt.

Seltsamer Typ, dachte Keesha. Dem musste man jedes Wort aus der Nase ziehen. Schade um das Gesicht. „Und du?"

„Ich? Also ich bin aus Deutschland, aus der Gegend von Köln. Ich bin Versicherungskaufmann und arbeite in Köln bei einer großen Versicherung."

„Und was machst du hier?"

Er dachte einen Moment nach oder wollte zumindest so erscheinen.

„Ich mache Urlaub."

„Ganz allein?"

„Ich habe keine Probleme damit, allein zu sein.", war die ausweichende Antwort.

Sollte das jetzt heißen: „Lass mich in Ruhe!", fragte sich Keesha in Gedanken. Sie hatte ihre Verlegenheit überwunden und beschloss, ehrlich zu sein. Dieser Mann gab ihr zwar Rätsel ohne Ende auf, aber sie konnte sich nicht vorstellen, dass er gefährlich war.

„Du, sag mal, ich will ehrlich sein. Ich bin gekommen, um dich etwas zu fragen.", begann sie.

Bart sah sie wortlos aber erwartungsvoll an.

„Du hast mich vorgestern beobachtet. Was hatte es damit auf sich?"

„Du meinst in den Dünen? Das...das hatte nichts mit dir zu tun."

„Nicht, mit wem denn?"

„Nur mit mir selbst."

„Kannst du das näher erklären?"

Er schwieg eine Weile. Es schien, als ob er etwas sagen wollte, was er nicht wagte. Schließlich sagte er: „Ok, ich glaube ich muss da etwas weiter ausholen. Mein Name ist Bartholomäus Regnier. Ja, wirklich, so heiße ich. Hört sich lächerlich an, ich weiß, aber ich kann nichts dafür. Ich bin Deutscher, aber vor ein paar hundert Jahren sind meine Vorfahren aus Frankreich nach Deutschland eingewandert. Sie waren Hugenotten. Für den Vornamen, den ich nicht verheimliche, aber den ich ehrlich gesagt bescheuert finde, muss ich meine Eltern verantwortlich machen. Ich bin auch, wie ich gesagt hab, Versicherungskaufmann in Köln. Ich bin auch Archäologe. In einem früheren Leben - so kommt es mir zumindest vor - hab ich das studiert und auch als solcher gearbeitet, aber das konnte ich aus gesundheitlichen Gründen nicht mehr. Viel mehr kann ich dir jetzt über mich nicht sagen. Ich mache hier Urlaub, weil ich hier allein sein muss. Es klingt alles etwas seltsam, aber es hat alles seinen Grund. Ich will dir nichts Böses und es hat nichts mit dir zu tun. Das musst du mir glauben."

Bart schwieg. Keesha holte tief Luft und wusste nicht, was sie darauf antworten sollte. Sie war noch nicht ganz davon überzeugt, dass das nichts mit ihr zu tun hatte, aber sie glaubte nicht, dass sie noch mehr von ihm erfahren würde. Wie anders hatte sich sich dieses Gespräch vorgestellt. Sie hatte eher gedacht, dass er defensiv, vielleicht sogar aggressiv sein würde. Aber er war ganz ruhig gewesen, hatte einen ehrlichen Eindruck gemacht, obwohl er zugab, ihr etwas zu verschweigen. Sie hatte die überraschende Erkenntnis, dass sie sich zu ihm hingezogen fühlte und ertappte sich dabei, wie es wohl wäre, wenn diese Augen ganz tief in ihre schauen würden. Sofort verscheuchte sie diese Gedanken. Für so etwas hatte sie jetzt beim besten Willen keine Nerven. Aber er sah nun einmal unverschämt gut aus. Sie war froh, dass sie Pieter los war. Jetzt nicht noch einen Problemfall. Bart sagte nichts mehr. Sie schweigen sich eine Weile an. Keesha hielt sich am Kaffeebecher fest.

Als sie Barts Zimmertür hinter sich zumachte, hatte sie sein ruhiges, melancholisches Gesicht noch immer vor ihrem geistigen Auge. Sie war nicht zufrieden mit dem, was sie hier erreicht hatte. In der Dunkelheit ging sie die wenigen Meter bis zu ihrer

Zimmertür und griff nach der Türklinke. Sie griff ins Leere.

Die Türklinke war weg.

27

29. September 2013, Pont-Kervennec

Keesha war ratlos. Was war passiert? Wer in aller Welt hatte ein Interesse daran, ihre Türklinke zu entfernen? Wie käme sie jetzt in ihr Zimmer? Keesha stand eine Weile im dunklen Flur. Es war alles still. Von Bart hörte man nichts mehr. Sie hämmerte gegen die Tür. Die Schläge schallten in dem dunklen Korridor. Keesha hatte plötzlich das Gefühl, in einer Höhle zu sein, in der Geräusche tausendfach widerhallen. Sie wurde ungeduldig und beschloss, zu Madame Kermarrec zu gehen, um sich darüber zu beschweren, dass man ihr den Zugang zu ihrem Zimmer verwehrte. Gerade als sie gehen wollte und ein letztes Mal gegen die Tür drückte, bewegte sie diese plötzlich und öffnete sich. Na also, dachte Keesha. Mit Gewalt geht alles. Sie betrat ungeduldig ihr Zimmer. Sie fühlte sich fürchterlich müde und abgeschlagen und spürte eine extreme Trockenheit in ihrem Mund. Sie ging ins Badezimmer, um einen Schluck Leitungswasser zu trinken. Der Wasserhahn klemmte und sie mühte sich eine Minute lang vergeblich, ihn zu öffnen. Keesha beschloss, gleich am nächsten Morgen zu Madame Kermarrec zu gehen und sich über die Missstände zu beschweren.

Sie ging ins Schlafzimmer zurück und setzte sich aufs Bett. Die Augen fielen ihr mit Gewalt zu, aber sie bemühte sich, wach zu bleiben. Sie nahm den Zettel zur Hand, den sie vor ihrem Besuch bei Bart geschrieben hatte, aber die Buchstaben tanzten vor ihren Augen und sie konnte sich nicht darauf konzentrieren. Sie legte ihn wieder beiseite und beschloss, zu schlafen. Die Uhr an der Wand sagte ihr, dass es jetzt kurz vor acht abends war. Es war doch alles etwas viel gewesen. Keesha hielt sich für sehr stressresistent, aber das, was in den letzten Tagen hier im Dorf passiert war, erlebte sie sonst in einem ganzen Jahr nicht. Noch nicht einmal der Ärger mit Pieter hatte sie jemals so gestresst. So nervig Pieters Ausraster und unangemessene Verhaltensweisen manchmal waren, sie war immer in der Lage gewesen, sich zurückzuziehen. In ihre Wohnung, in ihre eigene Welt. Hier ging das nicht. Sie war fremd hier. Dieses Pensionszimmer war nicht ihr gemütlich eingerichtetes Wohnzimmer mit dem weichen, dunkelroten Sofa, es war fremd und unbequem, es war nicht ihres und sie fühlte sich hier wie ein Eindringling. Die Menschen in Pont-Kervennec taten auch das ihrige, sie dies fühlen zu lassen. Sie fühlte sich plötzlich allein, ganz allein auf der Welt.

„Aber du bist nicht allein!"

Keesha riss die Augen wieder auf, die ihr eben zugefallen waren. Wer hatte da gesprochen? Sie musste eingeschlafen sein. Aber so schnell träumte man doch nicht! Keesha blickte sich ängstlich im Zimmer um. Der Kopf auf dem Bild, das gegenüber dem Bett an der Wand hing, hatte plötzlich ein bekanntes Gesicht. Das Gesicht eines alten, wohlwollend aussehenden Mannes.

„Bonjour, ma chère!"

Das war Jean-Yves Le Dantecs Stimme! Keesha rieb sich die Augen und sah erneut hin. Le Dantecs Gesicht war verschwunden.

„Es tut mir so leid, Keesha."

Das war jetzt Barts Stimme. Sie hallte etwas. Keesha hatte das Gefühl, dass ihr kleines Zimmer irgendwo mitten in einem leeren Raum aufgehängt war. Da war ihr Zimmer und ringsherum war nichts. Wenn sie aus dem Fenster schauen würde, sähe sie Schwärze. Wenn sie zur Tür hinausginge, würde sie ins Nichts fallen. Alleine im Universum. Als ob die vier apokalyptischen Reiter gekommen und schon wieder weg wären, aber sie und ihr Zimmerchen vergessen hätten. Keesha sprang aus dem Bett, um der Sache auf den Grund zu gehen. Kaum hatte sie mit den nackten Füßen den Boden berührt, schrie sie vor Schmerzen. Der Fußboden schien mit kochendem Wasser bedeckt zu sein. Es spritzte und sprudelte, kochendheiß. Keesha schrie wie am Spieß und rannte im Zimmer herum. Sie stieß an Gegenstände, einen Tisch, den Kleiderschrank, riss sich an einer spitzen Holzkante den Oberarm auf. Die Wunde blutete. Etwas Schwarzes hing an der Seite des Kleiderschrankes herunter. Sie warf den Kopf ruckartig in den Nacken und sah hoch. Auf dem Kleiderschrank saß ein kleines, schwarzgekleidetes Männchen mit Buckel und kicherte. Es rutschte vom Schrank hinunter und sprang Keesha auf den Kopf. Keesha schlug zu, aber das Männchen hatte sich festgekrallt. Sie versuchte, es abzuschütteln, indem sie den Kopf an die Wand schlug. Geschafft. Es lag am Boden, aber es stand wieder auf und krallte sich an Keeshas linkem Bein fest. Sie streifte das Bein an der Bettkante ab und stieß dabei mit dem kleinen Zeh mit voller Wucht an die untere Bettkante. Ein brennender Schmerz fuhr ihr durch den Körper. Es war zuviel. Sie rannte auf die Tür zu und stieß dagegen. Die Tür war plötzlich einen Meter höher angebracht. Keesha dachte nicht weiter darüber nach, ob das überhaupt möglich war. Sie musste die Tür erreichen. Das war ihre einzige Rettung. Sie versuchte, hochzuklettern.

Jetzt hatte sie es geschafft. Sie riss die Tür auf und stolperte hindurch. Der Flur war dunkel und grün. Sie stieß hart mit dem ganzen Körper gegen die Wand und stürzte. Der Sturz hörte gar nicht mehr auf. Jetzt traf sie auf den Boden. Sie konnte nicht unterscheiden, wo der Schmerz herkam. Er schien überall zu sein. Keesha war jetzt an einem Punkt angelangt, wo sie resignierte. Sie schloss die Augen und versuchte sich, auf ihren Körper zu konzentrieren. Sie sah Gesichter. Gesichter, die auf sie einredeten. Bekannte Gesichter und unbekannte. Da war ihre Mutter. Sie hatte sie gerade dabei erwischt, dass sie an ihren Sekretär gegangen war und Keesha musste zur Strafe in den Keller gehen und eine Flasche Wasser holen. Die Mutter verschwand wieder wie aus einem Film ausgeblendet. Jetzt tauchte Karl Wischinsky auf und kicherte böse. Er trug eine Nazi-Uniform mit Hakenkreuz auf dem Arm. Er zwang sie, in seinem dreckigen Wohnzimmer in Zürich vom Boden zu essen. Keesha weigerte sich. Da sah sie Pieter Berg, der ins Zimmer kam. Er ging zu Wischinsky und flüsterte ihm etwas ins Ohr. Beide lachten lauthals. Keesha lag noch immer auf dem Boden. Sie blutete jetzt aus einer Halswunde. Jetzt war Wischinsky plötzlich weg.

Keesha spürte plötzlich Ruhe einkehren. Der Schmerz war noch da, aber er hatte eine seltsam unpersönliche Qualität angenommen. Es war alles unwirklich. Sie stand auf und sah sich selbst zu ihren Füßen liegen, zusammengekrümmt. Sie konnte fliegen. Da stand ein Baum. Sie flog hinauf und setzte sich auf den Wipfel. Die dünnen Zweige oben im Baum trugen ihr Gewicht ohne Probleme. Sie lag immer noch unten mit geschlossenen Augen. Pieter war noch da, aber sie waren nicht mehr in Wischinskys Wohnung in Zürich, sondern irgendwo im Freien. Pieter Berg kauerte neben ihr und fühlte ihren Puls. Keesha spürte Pieters zarte Berührung. So zart war er noch nie gewesen. Der Blickwinkel vom Baum herab verschwand wieder und sie sah nichts mehr, aber sie fühlte immer noch Pieters Präsenz neben ihr. Sie öffnete die Augen. Sie lag im Garten hinter Madame Kermarrecs Pension in Pont-Kervennec. Pieter hockte tatsächlich neben ihr. Keesha fragte sich, ob sie noch immer fantasiere. Pieter sagte nichts und hatte einen besorgten Gesichtsausdruck. Langsam kam Keesha zu sich. Ihr wurde bewusst, dass sie halluziniert hatte. Warum? Deutlich erinnerte sich sich nur noch, dass sie bei Jean-Yves Le Dantec gewesen war und ihr Schauergeschichten über Vampire erzählt hatte. Dann war sie in die Pension gegangen. Und danach? Sie wusste auch noch, dass sie ins Barts Zimmer gegangen war, konnte sich aber beim besten Willen nicht an Einzelheiten erinnern. Alles was danach passiert war, erschien ihr jetzt als ein einziger Horrortrip. Sie erinnerte sich an Bruchstücke, Gesichter, den Eindruck, das Zimmer sei mit kochendem Wasser gefüllt. Richtig, die fehlende Türklinke. Keesha schaute an Pieters Gesicht vorbei das Haus hoch. Oben am Fenster wackelte die Gardine und Bart schaute heraus. Der Kopf verschwand wieder. Sie blickte in Pieters Gesicht.

„Pieter…"

Er antwortete nicht, aber er lächelte. Da fiel ihr ein, dass er eigentlich gar nicht wissen konnte, wo sie war. Sie hatte keinem davon erzählt. Wie kam er hierher, wie hatte er sie gefunden?

28
30. September 2013, Saint-Brieuc, Hôpital Saint-Georges

Pieter hatte darauf bestanden, dass Keesha ins Krankenhaus ging, um sich durchchecken zu lassen. Als sie ihm erzählt hatte, woran sie sich erinnerte, war er davon überzeugt, dass sie unter dem Einfluss einer Droge, eines Halluzinogens gestanden hatte. Nur so ließen sich ihre Erlebnisse erklären. Die Frage war, wie war sie daran gekommen? Ein Versehen war auszuschließen. So etwas nahm man nicht aus Versehen und sie hatte wissentlich in den letzten Tagen keinerlei Medikamente genommen. Blieb nur noch, dass ihr jemand mit böser Absicht etwas gegeben hatte. Da kamen dann nur Jean-Yves Le Dantec, Bart Regnier und theoretisch Elena Kermarrec in Frage. Und natürlich auch Pieter selbst. Er war zwar jetzt sehr zutraulich und nett, aber das konnte auch gespielt sein. Sie wusste, wie gut er schauspielern und sie manipulieren konnte. Er hätte ihr irgendwie die Droge verabreichen und dann dazukommen und den Retter spielen können. Sowohl bei Le Dantec als auch bei Regnier hatte sie etwas getrunken, so dass die Verabreichung des Mittels für beide einfach gewesen wäre. Sie wusste jetzt auch, wie er sie gefunden hatte. Auf ihre Frage hin hatte er nur gelächelt und gesagt:

„Kennst du noch TracMyLoc?"

Richtig! Das war es. Als zwischen ihnen noch alles in Ordnung war, hatten sie sich beide eine App auf ihr Smartphone installiert, die dem anderen über GPS Zugriff auf ihre jeweilige Position gab. Der andere sah dann einen roten Punkt auf einer Karte und wusste, wo der andere sich aufhielt. Nach dem

Streit und der Trennung hatte Keesha total vergessen, ihm den Zugriff zu sperren und Pieter hatte in aller Seelenruhe zu Hause nachvollziehen können, wie sie durch Deutschland und die Schweiz und dann nach Pont-Kervennec gereist war.

Im Krankenhaus gab man sich viel Mühe. Keesha erhielt ein Bett zugewiesen, allerdings machte der junge Assistenzarzt, der sie untersuchte, die Aussage, dass sie wohl nicht über Nacht bleiben müsse. Keesha fühlte sich noch immer benommen. Eine blonde Krankenschwester mit großen Brüsten nahm ihr Blut ab und kündigte an, dass der Laborbefund in spätestens zwei Stunden da sein würde. Pieter saß bei ihr und hielt Händchen. Sie war darüber etwas irritiert, sagte aber nichts. Dafür hatte sie jetzt keinen Sinn. Eigentlich hatte sie es bei ihrem letzten Gespräch in Amsterdam klar zum Ausdruck gebracht, dass sie ihre Beziehung für beendet hielt. Pieter schien dies total ausgeblendet zu haben. Er verhielt sich wie ein frisch Verliebter und schien nicht zu bemerken, dass Keesha sehr zurückhaltend war. Vielleicht schob er es auch auf ihren Gesundheitszustand. Oder er ignorierte es absichtlich. War es Pieter zuzutrauen, ihr eine Droge zu verabreichen, um sie dann als 'Retter' wiederzugewinnen? Keesha bejahte diese Frage insgeheim. Sie murmelte einige Worte der Entschuldigung und schloss die Augen, um nicht mit Pieter reden zu müssen.

Zweieinhalb Stunden später schreckte sie hoch, als der Arzt wieder hereinkam. Der Bluttest hatte ergeben, dass Keesha Scopolamin im Blut hatte. Dies sei ein ganz gefährliches Halluzinogen, sagte der Arzt sachlich. Es erzeuge unter anderem Halluzinationen, die man nicht von der Wirklichkeit unterscheiden könne. Das kam Keesha sehr bekannt vor. Sie erinnerte sich an die Tür, durch die sie gegangen war und die plötzlich einen Meter nach oben versetzt war. In Wirklichkeit war sie aus dem Fenster gesprungen. Ein Glück, dass ihr Zimmer im Erdgeschoss war. Scopolamin mache außerdem willenlos und werde gerne von Straßenkriminellen in Südamerika eingesetzt, um Opfer auszurauben oder zu vergewaltigen, fuhr der Arzt fort. Die Konzentration der Droge im Blut sei nicht allzu hoch gewesen, aber Mengen ab achtzig Milligramm könnten tödlich sein. Sie hatte nicht in Lebensgefahr geschwebt. Wenn sie sich soweit gut fühle, dann könne sie gehen. Das ließ sich Keesha nicht zweimal sagen. Sie mochte keine Krankenhäuser, nicht als Besucherin und schon gar nicht als Patientin.

Keesha beschloss, Pieter alles zu erzählen. Was war denn dabei? Sie glaubte nicht, dass er irgendetwas mit der Vampirgeschichte zu tun hatte, dafür war er zu unbeteiligt. Irgendwie hatte Keesha das Bedürfnis, sich jemandem anzuvertrauen. Einem Außenstehenden. Sie hatte den Eindruck, dass es sonst niemanden auf der Welt gab, der diese Voraussetzung erfüllte. Natürlich hatte sie Freunde und Bekannte in Amsterdam, aber niemanden, dem sie genug vertraute, um diese Geschichte zu erzählen. Was hätte sie sagen können? Ich habe herausgefunden, dass meine Großmutter von einem Nazi vergewaltigt wurde, deshalb bin ich an die Küste gefahren und von einem Vampir gebissen worden? Die meisten Leute, die sie kannte, hätten sie entweder ausgelacht oder sie gefragt, wieviele rosa Eichhörnchen sie denn heute schon gesehen hätte.

Pieter war anders. Er war schwierig, das stimmte, aber er war eigen. So eigen, dass man ihn mit seltsamen Geschichten nicht schocken konnte.

„Also ich glaube, das mit der Droge war dieser Typ, dieser Bart, von dem du erzählt hast."

„Wieso denkst du das?", fragte Keesha.

„Hm, ist nur so ein Gefühl. Was du erzählt hast, hört sich das so an, als hätte der was zu verbergen."

„Und was ist mit der Wunde am Hals, diesem Vampirbiss? Und wer hat mich in dieses Haus geschleift?"

„Na, auch dieser Typ. Der hat dich doch schließlich gefunden. Und der Vampirbiss war natürlich fingiert." Nach einer Pause fügte er hinzu: „Es sei denn, du glaubst wirklich, dass dich ein Vampir gebissen hat."

Keesha schwieg. Sie musste innerlich zugeben, dass ihr diese Ideen auch schon gekommen waren. Sie konnte nur kein Motiv erkennen. Bart war kein Lokaler, er war Deutscher und er war jung und konnte mit Vorgängen vor siebzig Jahren nichts zu tun haben. Pieter fuhr fort.

„Oder wer weiß? Vielleicht hängt diese Alte, wie heißt sie doch gleich? Treguer? Vielleicht hängt die da mit drin. Die hat dich nicht persönlich angegriffen, aber woher weißt du denn, ob sie nicht einen jungen, starken Mann aus dem Dorf angeheuert hat?"

Sie saßen in Pieters BMW und hatten gerade die letzten Ausläufer von Saint-Brieuc hinter sich gelassen. Bald würden sie wieder in Pont-Kervennec sein, diesem seltsamen Ort.

„Ich tippe ja eher auf den Jean-Yves Le Dantec, weißt du, der mir die Vampirgeschichten erzählt hat."

„Auch möglich.", sagte Pieter gleichmütig. „Ich glaube, du bist hier in etwas verwickelt, das du schleunigst abschütteln solltest."

„Pieter? Ich hab eine Frage an dich."

„Ja?" Pieter sah Keesha erwartungsvoll an.

„Würdest du mit mir noch einmal in dieses Haus gehen?"

Pieter machte ein beinahe enttäuschtes Gesicht. Hatte er eine andere Frage erwartet?

„Sicher. Können wir machen. Aber ich dachte..."

„Weißt du, irgendwie ist das verhext. Ich habe bisher zweimal versucht, da etwas herauszufinden. Beide Male ist etwas passiert, was mich davon abgehalten hat. Ich muss irgendwem eine Gefahr sein. Irgendjemand will nicht, dass ich da etwas herausfinde. Das Haus ist zentral in dieser ganzen Geschichte. Jeder erzählt mir, dass dort das Böse haust, dass dort Vampire leben oder gelebt haben. Alle machen Andeutungen, aber keiner sagt mir etwas Klares. Ich glaube einfach, dass es sicherer ist, wenn wir zu zweit gehen."

„Also wenn ich dich schon nicht davon abhalten kann, dann ist es wirklich besser, wenn wir zusammen gehen."

Für den Rest der Strecke nach Pont-Kervennec herrschte Schweigen. Keesha saß auf dem Beifahrersitz und sah Pieter aus dem Augenwinkel an. Was ging wohl in diesem Kopf vor? Sie glaubte, diesen Menschen zu kennen; sie hatte Jahre mit ihm verbracht. Sie hatten zwar keine gemeinsame

Wohnung gehabt, aber zu ihren guten Zeiten sehr viel Zeit miteinander verbracht. Sein Handeln jetzt passte nicht zu seinem Charakter, wie sie ihn zu kennen glaubte. Er war zu nett. Die ersten Häuser des Dorfes tauchten am Straßenrand auf und Keesha wurde aus ihren Gedanken gerissen.

Pieter parkte das Auto vor der Pension. Keesha fühlte sich wie gerädert. Sie beschloss, die Expedition zum Haus in den Dünen auf den Folgetag zu verschieben und den Rest des Tages und die nächste Nacht im Bett zu verbringen. Ihre Ankündigung quittierte Pieter mit einem Schweigen. Seine Augen waren umso redseliger, was Keesha in Gedanken mit einem „Allein!" beantwortete. Sie war überzeugt, dass er diesen Gedanken an ihrem Gesicht ablesen konnte.

Am nächsten Morgen wachte Keesha auf und prüfte unwillkürlich ihre Vitalfunktionen. Alles schien normal. Kein kochendes Wasser auf dem Boden. Die Türklinke war da, wo sie hingehörte. Sie fühlte sich zwar nicht Spitze, aber das Gerädertsein hatte definitiv nachgelassen. Ein Blick auf die Uhr sagte ihr, dass es kurz vor neun war. Um halb zehn war sie mit Pieter verabredet. Von Bart hatte sie nichts gesehen und gehört. Sie hoffte, dass sie ihn nicht konfrontieren musste, bevor sie über einige Dinge Klarheit gewonnen hatte. Keesha fuhr in eine weite Stoffhose und ein Schlabbertop. Sie trug sonst gerne Kleidung, die ihre Figur betonte. Wenn die Männer ihr nachguckten, was sie jedes Mal im Augenwinkel registrierte, dann fühlte sie eine gewisse Macht. Sie mochte dieses Gefühl. Aber heute war es anders. Sie wollte nicht, dass Pieter irgendwelche Ideen bekam.

Das Wetter war durchwachsen. Dichte Wolken zogen über den Himmel und es war windig. Auf dem

Schotterweg in die Dünen sprach keiner von beiden ein Wort. Als das Haus in Sicht kam, blieben sie stehen.

„Da ist es.", sagte Keesha überflüssigerweise. Pieter nickte vor sich hin. Er schien mit seinen Gedanken völlig woanders zu sein. Keesha öffnete das alte Gartentor und sie gingen auf das Haus zu. Sie wusste, dass auf der Rückseite des Hauses ein Fenster war, aus dem sie gestiegen war, als sie aus dem Keller entkommen war. Aber sie würden zunächst einmal die Haustür überprüfen. Keesha hatte wenig Hoffnung. Wie erwartet, war die Tür verschlossen. Sie gingen um das Haus herum, und lugten durch die Fenster im Erdgeschoss. Keesha sah den Raum, wo sie gelegen hatte und wo Bart sie gefunden hatte. Diesmal, bei Tageslicht, war alles anders. Sie fühlte weder Angst noch Besorgnis. Aber trotzdem hatte dieses Haus eine gewisse Atmosphäre. Sicher, es war alt und verfallen und niemand hatte sich in den letzten Jahrzehnten darum gekümmert. Aber da war noch etwas. Das Gefühl, dass dieses Haus etwas verbarg. Keesha vermutete, dass dieses Gefühl wohl von den Geschichten herrührte, die ihr die Leute über das Haus erzählt hatten.

Von hier aus sah man das fingierte Grab, in das Keesha gestürzt war. Es sah noch alles so aus wie zuvor. Keesha hatte keinerlei Motivation, sich das Grab näher anzusehen, zumindest im Moment nicht. Pieter schien seltsamerweise sehr desinteressiert. Keesha wunderte sich darüber. Sie fanden das Fenster, das nur angelehnt war, so wie Keesha es hinterlassen hatte. Sie kletterten in das Haus, nicht ohne sich zuvor verstohlen umgesehen zu haben. Niemand war zu sehen.

Der Wohnraum war noch vollständig eingerichtet. Die Möbel schienen aus einem anderen Zeitalter zu stammen und Keesha sah weniger Staub und Spinnweben, als sie erwartet hatte. Es sah so aus, als habe hier jemand einen wirklich altmodischen Geschmack und war unerwartet für einige Monate nicht nach Hause gekommen. Keesha erinnerte sich, einmal gelesen zu haben, dass sich Staub nur in größerem Ausmaß ansammelt, wenn ein Raum bewohnt ist. Wenn das nicht der Fall ist, kann niemand Hautschuppen verlieren, die sich dann, vermengt mit allen möglichen anderen mikroskopisch kleinen Partikeln, als Staub überall festsetzen. Sie gingen durch eine Tür in einen Flur. Hier war es dunkel. Keesha leuchtete mit ihrem Handy. Zwei geschlossene Türen waren da und eine Treppe, die nach oben führte. Pieter öffnete die eine Tür.

„Die Küche.", sagte er. „Nichts Besonderes hier."

„Da, diese Tür führt in den Keller. Von da bin ich gekommen.", rief Keesha.

Keesha öffnete die Tür. Sie sahen eine Treppe, die nach unten in den Keller führte. Keesha ging voran. Die Kellertreppe bestand aus alten, ausgetretenen Fliesen, die hier und da fehlten. An anderen Stellen waren sie lose. Keesha musste sehr darauf achten, wo sie ihre Füße hinsetzte und leuchtete dabei mit dem Handy. Eine große Spinne kam in ihr Sichtfeld. Keesha duckte sich und fühlte leichte Beklemmung. Ihre Kindheitserinnerungen kamen wieder hoch. Es war ähnlich gewesen, nur Keesha war fünfundzwanzig Jahre jünger und hatte anstatt eines Smartphone eine Taschenlampe in der Hand, weil das Kellerlicht meistens defekt war. Am Fuß der Treppe drehte sie sich zu Pieter um und sagte: „Da hinten an der Decke, aus diesem Loch bin ich letztens rausgekommen.", während sie auf eine Öffnung in der Decke zeigte.

Der Kellerraum war groß und schien als reiner Lagerraum verwendet worden zu sein. Es sah so aus, als ob er sich auch außerhalb des Hauses fortsetzte. Das würde erklären, wie sie aus dem Betonraum unter dem Grab in diesen Keller gelangen konnte. Hölzerne, durch die Feuchtigkeit vermoderte Regale waren an der Wand angebracht. Vereinzelt waren Kisten, Schachteln, Kartons und Flaschen zu sehen. Keesha nahm eine Flasche zur Hand und wischte mit der Hand den Dreck vom Etikett. Deutscher Schnaps, Jahrzehnte alt. Entspricht vermutlich nicht den EU-Richtlinien, dachte Keesha. Pieter stieß einen Ruf aus.

„Guck mal, was ich gefunden hab."

Keesha sah, dass er einen dunklen Gegenstand in der Hand hatte, den sie nach zweimaligen Hinschauen als Stahlhelm erkannte. Er war alt und zerkratzt. An der Seite sah sie den deutschen Reichsadler mit dem Hakenkreuz. Richtig, irgendjemand hatte davon gesprochen, dass dieses Haus einmal deutschen Soldaten als Quartier gedient hatte. Daher auch der Schnaps. Viel hatten sie allerdings nicht zurückgelassen. Keesha war etwas enttäuscht. Sie glaubte zwar nicht an Gespenster, aber nach all den Andeutungen hatte sie sich mehr von diesem Haus und diesem Keller erwartet. Aber sie waren ja noch nicht in den Zimmern im ersten Obergeschoss gewesen. Sie standen eine Weile verloren in der Mitte des Raumes. Pieter ergriff zuerst das Wort.

„Hier guck mal, mir ist da etwas aufgefallen. Siehst du die Wand da hinten? Die ist anders als die drei anderen. Die bestehen aus Beton, wahrscheinlich aus einem, der die Feuchtigkeit des Bodens abhält, aber die Wand da hinten besteht aus einem großporigen Stein, Bimsstein, oder so etwas. Das kann eigentlich keine Außenwand sein. Das Haus setzt sich noch mindestens zehn Meter in diese Richtung fort. Warum sollte es nur teilunterkellert sein?"

Keesha verstand. Diese Wand war nachträglich eingezogen worden. Dahinter verbarg sich etwas. Keeshas Verstand beschwor wieder Assoziationen mit Christopher Lee im schwarzen Cape und mit spitzen Zähnen herauf, der starr und steif da hinter der Wand wartete, wie sie es aus den alten Dracula-Filmen kannte. Keesha war plötzlich begierig, das Geheimnis zu lüften.

„So, und was machen wir jetzt? Ich denke mal, die Wand muss weg, oder?"

Pieter war skeptisch. „Willst du hier wirklich die Wand einreißen? Ich meine, das Haus gehört uns nicht und überhaupt…"

„Um dieses Haus hat sich seit Jahrzehnten niemand gekümmert, naja, außer um mir eine Falle zu stellen, aber das lassen wir mal außen vor. Das muss ja nicht der Eigentümer gewesen sein. Wer weiß, wer der Eigentümer ist? Das hätte ich eigentlich mal einen von diesen Dorfbewohnern fragen können. Aber wahrscheinlich hätten alle wieder nur davon gemurmelt, dass das Böse hier haust oder ähnlich. Nein, wir sind jetzt einmal hier. Da hinter der Wand verbirgt sich das Geheimnis meiner Abstammung. Ich bin jetzt so nah dran wie nie zuvor. Ich kann jetzt nicht zurück."

Pieter schien sich nur widerwillig zu fügen. Keesha machte sich auf die Suche nach einem geeigneten Werkzeug. Das gestaltete sich schwierig, denn außer einigem Gerümpel gab es in dem Kellerraum nicht viel, was sie verwenden konnten. Sie beschlossen, nach oben zu gehen, um nach einem Hammer oder einem Beil zu suchen. Keesha ging direkt ins erste Obergeschoss. Dort gab es einen kleinen Treppenabsatz. Zwei Türen, rechts und links, waren zu sehen. Keesha öffnete ohne Umstände die linke. Das war ein Schlafzimmer. Bett, Tisch, Stuhl, Spiegel an der Wand und ein Waschzuber waren da. Ansonsten war das Zimmer leer. Keinerlei persönliche Gegenstände waren zu sehen. Man hätte diesen Raum möbliert vermieten können. Keesha wollte sich schon wieder umdrehen, um sich den anderen Raum anzusehen. Aber sie zögerte. Unter dem Tisch war eine Schublade angebracht, die einen Spalt offen stand. Von Natur aus neugierig, ging Keesha zum Tisch und öffnete die Schublade. Ihr Puls beschleunigte sich. Da war etwas. Ein Papier. Keesha griff zu. Es schien ein offizielles Dokument zu sein, kleinformatig. Auf der Vorderseite stand in alter deutscher Druckschrift Deutsches Reich, darunter der Reichsadler mit Hakenkreuz und dann noch das Wort Kennkarte. Keesha faltete das Dokument auf. Es war ein Identifikationsdokument, eine Art Personalausweis. Es lautete auf den Namen *Adalbert Johannes Jäger*, geboren am 01. Mai 1914.

29
1. Oktober 2013, Paris

Louise Decaux' Beine taten weh. Seit einer halben Stunde stand sie hier in der Schlange vor dem Eiffelturm. Vor sich eine Gruppe ostasiatisch aussehender Touristen, die unaufhörlich in einer ihr unverständlichen Sprache plapperten - sie vermutete japanisch - und hinter sich die Horde grölender, männlicher Engländer im Evolutionsstadium eines Primaten. Englisch verstand sie; sie hörte nur zu gut, dass die Jungs Louises in einer engen Jeans steckenden Hintern als Anschauungsobjekt auserkoren hatten und lautstark ihre sexuellen Fantasien auslebten.

Sie sah auf ihre Armbanduhr. Er hatte sich verspätet. Verdammter Kerl. Sie würde wohl andere Saiten aufziehen müssen. Aber das hatte Zeit. Sie hatte viel Zeit und ihr Opfer würde schon noch kommen. Dessen war sie sich sicher.

Als Geldübergabeort erschien ihr ein belebter Ort sicherer. Sie hatte auch schon einmal einen Wald oder ein einsames Dünengebiet am Meer ausgesucht, nahm aber jetzt davon Abstand. Sie beglückwünschte sich selbst, dass sie auf die Idee mit der Erpressung gekommen war. Das lohnte sich wirklich. Sie würde studieren können; sie würde sich im Pariser Nachtleben austoben und das Leben genießen.

Aber sie verfluchte einmal mehr diese Menschenmasse, die sich hier zentimeterweise zur Kasse des Eiffelturmes vorschob. Sie konnte sich kaum noch bewegen. Mit soviel Gedränge hatte sie nicht gerechnet. Warum hatte sie sich nicht ein nettes Straßencafé ausgesucht, wo man anonym unter

Touristen saß, aber doch in der Öffentlichkeit? Aber andererseits boten ihr die vielen Menschen auch Schutz.

Louise drehte wieder den Kopf und sah sich um. Sie erschrak. Er stand hinter ihr und sah ihr in die braunen Augen. Er trug eine dunkle Sonnenbrille.

„Da bin ich.", sagte er mit unbeweglichem Gesicht.

Louise war für den Augenblick erschrocken, fing sich aber sofort.

„Sie sind spät dran."

„Besser spät als nie."

„Sind sind nicht gekommen, um Floskeln mit mir auszutauschen, oder?"

„Nein, in der Tat, ich bin aus einem anderen Grund hier." Der grauhaarige Mann verzog den Mund zu einem Lächeln.

„Machen wir es kurz. Sie haben etwas für mich?"

Anstatt einer Antwort senkte der Mann den Kopf. Louise folgte unwillkürlich mit den Augen seinem Blick. Was sie dort sah, verursachte ihr ein unangenehmes Gefühl in der Bauchgegend.

„Sie bluffen.", sagte sie und versuchte, ihre Stimme selbstbewusst klingen zu lassen.

„Warum sollte ich das tun? Ich habe doch nichts mehr zu verlieren. Dafür haben Sie schon gesorgt."

„Sie trauen sich nicht, mich hier zu erschießen." Sie sagte dies, ohne ihren Blick von dem Lauf der Waffe zu nehmen, die der Mann mit seinem Mantel verdeckte und die auf sie gerichtet war. „Nicht hier, nicht, wo so viele Menschen anwesend sind."

Der Mann lachte laut auf. „Mein liebes Kind, was sind Sie doch naiv. Gerade hier ist der beste Ort. Meinen Sie, meine Pistole hier ist laut wie eine Kanone? Niemand wird es in diesem Krach hier hören. Die Menschen stehen hier so dichtgedrängt, dass Ihr lebloser Luxuskörper von der Menschenmasse mitgetragen werden wird. Und wenn Sie zusammenbrechen, wird man denken Sie seien ohnmächtig geworden. Und ich werde über alle Berge sein."

Louise musste ihm insgeheim Recht geben. Genauso würde es sein. Sie zermarterte sich den Kopf, was zu tun war. Ihr Kopf war leer. Sie hatte Schwierigkeiten, sich zu konzentrieren. Sie schwitzte.

„Was wollen Sie? Ich … ich lasse Sie in Ruhe. Wir werden uns nie wiedersehen. Lassen Sie mich gehen.", sagte sie schließlich. Sie hatte jetzt Angst. Ihr Selbstbewusstsein war verschwunden.

Der Mann lächelte leicht und schien zufrieden zu sein. „Gehen lassen? Das ist genau das, was ich nicht tun werde. Lassen Sie uns noch ein bisschen hier stehen. Es dauert mindestens noch eine halbe Stunde, bis wir an der Kasse sind. Solange haben wir noch Zeit. Und erschießen werde ich Sie auch nicht...es sei denn, es geht nicht anders."

„Was soll das heißen? Und was ist, wenn ich schreie? Wenn ich um Hilfe rufe?"

„Das soll heißen, dass ich etwas anderes mit Ihnen vorhabe. Und außerdem schreien Sie nicht. Das weiß ich."

„Warum?"

Anstatt einer Antwort presste er seinen Mund auf ihre Lippen. Sie wollte ihn abwehren und mit einer Hand von sich wegstoßen. Sie fühlte, wie sie etwas piekste und sah sich die Stelle an. Eine kleine, kaum sichtbare Einstichstelle.

Louise lief ein Schauer über den Rücken. Sie hatte eine Ahnung.

„Wie lange habe ich noch?", fragte sie mit unsicherer Stimme.

„Nicht lange. Das Mittelchen wirkt recht schnell, hab ich mir sagen lassen. Zuerst wird Ihnen etwas schwindelig und dann merken Sie…"

„… wie die … Muskeln langsam … er…er….erstarren…."

„Genau, Sie sind ja der reine Bilderbuchfall. Falls es Sie beruhigt, ich bleibe noch, bis der Krankenwagen gerufen wird. Wenn der Notarzt allerdings ankommt, werde ich es vorziehen, schon über alle Berge zu sein. Nur für den Fall…Sie verstehen schon…dass irgendwer dumme Fragen stellt."

Louise merkte, wie ihre Beine nachgaben. Sie war nicht mehr in der Lage zu sprechen und starrte aus immer lebloser werdenden Augen in die Menschenmenge.

30
1. Oktober 2013, Pont-Kervennec

Keesha inspizierte das verblichene, schwarz-weiße Foto. Das war also ihr Großvater. Daran bestand für sie nun kein Zweifel. Ein unauffälliger junger Mann. Nicht hässlich, aber auch nicht gutaussehend. Ein junger Mann wie es sie millionenfach gab, auch heute noch. Aber dieser war ein Nazi gewesen und wahrscheinlich auch ein Mörder. Was hatte der Polizist in Berlin gesagt? Es gab da einen ungeklärten Todesfall, Jägers Vater. Und dann war da noch diese rothaarige Frau, die mit ihm verschwunden war. Sie musste die Person sein, die hier im Dorf als Vampir verschrien war. Aber was hatte sie gemacht, um diesen Ruf zu haben? Sicherlich nicht Blut gesaugt? Vielleicht entsprach sie einfach in ihrem Äußeren den populären Vorstellungen eines Vampirs, bleiche Hautfarbe und Ähnliches. Die roten Haare wiesen sie in der Sichtweise der einfachen Dorfbewohner als Hexe aus. Irgendwie hatten sich dann diese Eigenschaften in eine Vampiridentität verdichtet. Aber was war mit den verschwundenen Mädchen? Es passte noch nicht ganz. Da war noch etwas, was sie noch nicht wusste.

„Komm, wir gehen wieder runter.", sagte Keesha zu Pieter. Dieser folgte ihr wortlos. Nach einigem Suchen fanden sie einen Hammer in der Küche.

„Besser als gar nichts.", meinte Pieter. „Aber das dürfte ziemlich anstrengend sein. Willst du das wirklich machen?"

„Ja." Keesha war kurz angebunden. Das war eine Sache, in die sie sich nicht reinreden lassen wollte.

Es war eine mühevolle Arbeit. Wer auch immer diese Wand eingezogen hatte, er hatte gute Arbeit geleistet. Die Steine waren härter als Keesha gedacht hatte. Sie wechselten sich mit dem Schlagen ab. Schon nach fünf Minuten tat Keesha der Arm weh. Wenn sie es anstrengte, schmerzte ihr Handgelenk noch immer. Mehr und mehr Steinbrocken flogen von der Wand. Pieter hatte in einer Ecke einen Besen gefunden und fegte geduldig das Geröll zusammen. Nach einer halben Stunde harter Arbeit fühlte Keesha ihr Handgelenk nicht mehr, aber sie hatten den Durchbruch geschafft. Das Loch war groß genug, dass ein erwachsener Mensch durchpasste. Keesha sah Pieter an.

„Ok, dann mal los."

Sie benutzte wieder ihr Handy als Taschenlampe, duckte sich und schlüpfte durch das Loch.

Zunächst sah sie gar nichts. Der Raum war nicht besonders groß. In der Mitte stand ein großes, weißes Etwas, was Keesha nach einigen Sekunden als ein Bett identifizierte. Ein Bett, das mit weißer Bettwäsche bezogen war. Blütenweiß war es einmal gewesen. Es war nicht frisch gemacht. Jemand schien darin gelegen zu haben. Vor vielen Jahren. In der Mitte waren große, dunkle Flecken. Was war hier passiert? Warum stand hier ein Bett im Keller? Keesha leuchtete herum, aber außer dem Bett waren keinerlei Möbel oder Ähnliches zu sehen. Einige Haufen Textilien schienen in der Ecke zu liegen. Sie trat an das Bett heran und untersuchte die großen dunklen Flecken näher. Sie sahen aus wie braune Farbspritzer, die sich fest in das vergilbte Gewebe gefressen hatten. Nicht nur Spritzer, was sie hier sah, waren Mengen gewesen, womöglich mehrere Liter. Blut, schoss es Keesha durch den Kopf. Konnte ein Mensch, der so viel Blut verloren hatte, überleben? War es überhaupt menschliches Blut? War es überhaupt Blut? War das, was sie hier sah, das Werk des Vampirs von Pont-Kervennec? Pieters Stimme riss sie aus ihren Gedanken.

„Keesha, guck doch mal hier!"

Sie drehte sich um und sah Pieter an die Wand leuchten. Sie ging näher. An der Wand war etwas angeheftet. Fotos. Alte, vergilbte Schwarz-weiß-Fotos. Auf den Bildern war dieser Raum hier abgelichtet, etwa aus der Perspektive, wo sie sich jetzt befanden. Das Bett war deutlich zu sehen. Auf einem Bild lag ein nackter Mann im Bett. Er war festgebunden. Keesha konnte die Gesichtszüge nur ungenau erkennen, aber etwas sagte ihr, dass es Adalbert Jäger war. Der Mann, dessen Ausweis sie oben gefunden hatte. Ihr Großvater. Auf einem anderen Bild derselbe Mann mitten im Sexualakt mit einer jungen Frau mit langen Haaren. Die junge Frau, fast noch ein Mädchen, hatte der Kamera das Gesicht zugewendet. Ein Gesicht, das unter normalen Umstände bildhübsch und unschuldig ausgesehen hätte. Hier war es angstverzerrt. Keesha dachte darüber nach, dass Angst und Schmerz auf der einen Seite und sexuelle Ekstase auf der anderen Seite sich durchaus ähnlich in einem menschlichen Gesicht widerspiegeln konnten. Ebenso wie man das Stöhnen vor Lust ohne nähere Informationen nicht von Stöhnen vor Schmerz unterscheiden konnte. Aber dieses Bild war eindeutig. Das Mädchen wurde gegen ihren Willen zum Geschlechtsverkehr gezwungen. Und so ging es weiter. Die Motive auf den Bildern wurden immer extremer. Keesha und Pieter standen wortlos davor. Was sie hier sahen, machte sie sprachlos. Bei einem Bild schaute Keesha genauer hin. Sie sah plötzlich klar. Ihr wurde schwindelig.

„Pieter, komm, ich muss hier raus! Wir haben genug gesehen."

31

1. Oktober 2013, Pont-Kervennec

„Hi, Luc, hast du mal 'nen Moment Zeit für mich?"

„Keesha, bist du das? Alles gut mit dir? Du hörst dich komisch an."

Keesha nahm einen Schluck Heineken bevor sie antwortete.

„Ich muss mal mit jemandem reden, und da bist du mir als erstes eingefallen."

Am anderen Ende der Telefonleitung war es still. Dann hörte Keesha Lucs zögernde Stimme.

„Ja, äh, schon in Ordnung, aber sag mal, bist du nicht in Urlaub? Du wolltest doch auf die Malediven?"

„Ich weiß, das hab ich im Büro allen erzählt, aber da bin ich nicht. Ich bin in Frankreich, in der Bretagne."

„Was machst du denn da?"

„Lange Geschichte. Die erzähl ich dir später mal. Die Kurzfassung ist: Ich bin in einem kleinen Küstendorf, wo meine Mutter geboren wurde. Hier hat meine Großmutter gelebt, die von einem Nazi vergewaltigt wurde. Von meinem Großvater. Ich stamme von einem deutschen Nazi aus dem Dritten Reich ab, Luc! Ich bin gerade dabei, das alles zu erforschen."

„Das kommt jetzt alles was unerwartet. Ich dachte immer, deine Vorfahren kämen irgendwo aus der Karibik? Aber du bist in Ordnung, ja?"

„Ja, so im Wesentlichen schon. Du glaubst nicht, was ich alles erlebt hab. Wie gesagt, die Einzelheiten erzähl ich später. Aber ich wollte mal von dir wissen: Was denkst du von mir?"

„Ok, also, wenn ich ehrlich seein soll, du siehst unverschämt gut aus, willst dir leider immer noch nicht meine Briefmarkensammlung angucken und denkst immer, du müsstest abnehmen, aber das stimmt gar nicht. Ich mag dich so, wie du bist."

„Luc!"

„Ja?"

„Das meinte ich nicht."

„Was meintest du denn?"

„Ich wollte jetzt weniger den Inhalt deiner feuchten Träume hören. Nein, mal wirklich ernsthaft jetzt. Ich habe Selbstzweifel bekommen."

„Selbstzweifel? Du? Das passt jetzt aber nicht zu dir!"

„Ja, genau. Ich habe mich immer für mutig und selbstbewusst gehalten. Aber bin ich das wirklich?"

„Naja, eigentlich müsstest du das selbst am besten wissen. Wenn es darum geht, de Gruyter die Meinung zu sagen, bist du auf jeden Fall mutiger als ich."

„Damit habe ich auch kein Problem. Unser lieber Dekan ist ja eher eine Witzfigur, mal unter uns gesagt. Ich habe in den letzten Tagen mehr erlebt, als du in deinen letzten drei Leben. Aber ich vergaß, du das letzte Mal bist du ja als Pfau wiedergeboren worden."

„Jetzt mal nicht unsachlich werden!"

„Unsachlich? Wäre ich doch nie! Nein, was ich meine ist, ich habe Angst! Luc, ich bin zusammengeschlagen worden, ich habe mehrere Stunden in einem dunklen Erdloch gesessen und gedacht, dass ich da nicht mehr lebend rauskomme. Irgendjemand hat mir ein Halluzinogen untergejubelt. Du kannst dir vielleicht vorstellen, was das heißt? Ich hab das noch nie erlebt. Du siehst die unmöglichsten Sachen, die es eigentlich gar nicht gibt. Aber du siehst sie und du fühlst sie und -"

„Also jetzt mal langsam, Keesha. Wenn du das alles erlebt hast - ich frage jetzt mal nicht, wie das alles zusammenhängt. Da hätte doch jeder Angst. Mich eingeschlossen. Ich meine, du bist doch kein Terminator oder so. Mach dir mal keine Sorgen."

„Meinst du? Ich dachte immer, ich würde so etwas wegstecken."

„Ja, das meine ich. Ist was schwierig, weil du mir keine Einzelheiten nennen willst. Aber das sind doch Extremsituationen. Ich kann nicht glauben, dass du damit wirklich ein Problem hast. Da steckt doch mehr dahinter."

Keesha antwortete nicht und Luc fuhr fort: „Ich finde ja, du versuchst ein bisschen zu verkrampft, die coole Chica raushängen zu lassen. Sei doch einfach du selbst. Wem willst du denn was beweisen? Deinen Studenten? Deinen Kollegen oder Vorgesetzten? Willst du beweisen, dass du als Frau in einem Beruf klarkommst, der von Männern dominiert wird? Du willst als sexy Nerd gesehen werden. Die neunzehnjährigen Jungs, die du unterrichtest, sollen denken: Boah, die hat ja so einen geilen Arsch und trotzdem echt was drauf!"

Keesha schwieg.

„Bist du noch da?"

„Ja."

„Und? Stimmt's oder hab ich Recht? Keesha, es ist keine Schande, Angst zu haben. Angst ist eine natürliche Sache. Sie beschützt uns und sorgt dafür, dass wir uns bewusst sind, dass uns eine Gefahr droht und ihr entgehen können. Sei mal was lockerer. Ich meine, ich habe vielleicht gut reden, bei dem, was du da anscheinend erlebt hast. Aber du musst selber wissen, ob du dich dem weiter aussetzen kannst, oder nicht."

„Vielleicht hast du Recht. Ich werd mal drüber nachdenken."

„Tu das. Aber du bist ansonsten wirklich in Ordnung? Und du erzählst mir alles, wenn du zurückkommst? Und du bist jetzt nicht beleidigt, oder so? Ich sollte doch ehrlich sein."

„Mach ich, Luc. Danke, dass du mir zugehört hast."

„Für dich doch immer. Ach übrigens, was ich noch fragen wollte..."

„Ja?"

„Gehen wir mal zusammen essen?"

„Ja, in der Mittagspause in die Pommes-Bude!"

„Nein, ich meine so richtig Candlelight-Dinner und so..."

„Luc! Du gibst wohl nie auf, wie? Du bist doch immer noch der Alte geblieben!"

„Wenn ich das nicht wäre, hättest du mich bestimmt nicht angerufen."

„Kannst Recht haben. Schon wieder. Ich glaub, ich leg mal schnell auf, sonst wirst du noch zu übermütig."

„Ich? Niemals!"

„Tot ziens, Luc!"

„Tot ziens!"

32
1. Oktober 2013, Amsterdam

Keesha hatte ein schlechtes Gewissen. Seit über einer Woche lag ihre Mutter jetzt im Krankenhaus in Amsterdam und sie hatte sie einmal besucht und einmal angerufen. Natürlich hatte sie nichts von ihren Erlebnissen der letzten Woche erzählt. Das wäre der Genesung der alten Frau nicht zuträglich gewesen. Aber jetzt wurde es mal Zeit. Der rote Seat Ibiza brummte über die Autobahn A27 in Richtung Utrecht. Rechts und links flaches Grün, durchsetzt mit geraden und sauberen Baumreihen. Ab und zu tauchten Häuser und landwirtschaftliche Gebäude auf. Keesha reflektierte über die Widersprüche des Lebens. Wie nah doch diese Widersprüche beinander lagen.

Sie dachte wieder an das, was sie im Keller des Hauses in den Dünen gefunden hatten. Pieter und sie waren sprachlos gewesen und hatten kein Wort darüber verloren. Keesha fühlte sich verstimmt. Ihr Elan, mit dem sie diese Sache angegangen war, war irgendwo auf der Strecke geblieben. Hatte sich irgendwo in einem Netz verfangen, das zwischen unterirdischen Räumen, Halluzinationen und Perversitäten aufgehängt war. Ihre anfängliche Neugierde, die Motivation, war verschwunden. Zunächst war alles aufregend gewesen, trotz der augenscheinlichen Gefahr. Jetzt war alles schmutzig, unästhetisch, böse.

„Und weißt du schon, wann du wieder raus darfst?", fragte Keesha nach dem Begrüßungszeremoniell.

„Gestern hieß es heute und heute morgen sagten sie mir morgen", war die Antwort ihrer Mutter. „Ich bin gespannt, wie lange das noch so weitergeht. Aber wenn ich ehrlich bin, kann ich alleine noch gar nicht laufen. Es tut noch zu sehr weh."

„Du, Mama?"

Keeshas Mutter schaute ihr verständnis- und erwartungsvoll ins Gesicht. Keesha wusste, dass ihre Mutter diesen Tonfall kannte.

„Ich muss dir ein Geständnis machen."

Als ihr Mutter nichts sagte, fuhr Keesha fort.

„Ich war an deinem Sekretär."

Jetzt war es raus. „Ich weiß.", sagte Céline Egmond nur.

„Du weißt das? Woher denn?"

„Na sagen wir einmal, ich dachte es mir. Ich kenne dich nun seit fast 35 Jahren und mir ist zwischendurch eingefallen, dass ich den Schlüssel habe stecken lassen. Ich weiß, wie neugierig du bist und ich weiß auch ganz genau, dass du der Versuchung nicht würdest widerstehen können, wenn du alleine in meiner Wohnung bist. Außerdem hast du dich in der letzten Woche kaum gemeldet. Da wusste ich, dass was im Busch ist. Das ist sonst nicht deine Art."

Es war ein freudloses Lächeln, das um Céline Egmonds Mund spielte, als sie fortfuhr.

„Vielleicht hätte ich früher nicht so ein Theater um den Schrank machen sollen. Ich denke mir jetzt, dass ich deine Neugier damit nur stärker gemacht habe. Am allerbesten hätte ich das Tagebuch vernichten sollen. Aber das konnte ich nicht. Es war das Einzige, was mir von meiner Mutter geblieben ist. Ich konnte mich nicht davon trennen, obwohl es mich jedes Mal belastet hat, wenn ich darin las." Nach einer Pause fuhr sie fort. „Und weiter? Was hast du noch rausgefunden? So wie ich dich kenne, hast du die Sache nicht auf sich beruhen lassen."

Keesha beschloss, ihrer Mutter alles zu erzählen. Sie ließ nur den Fund weg, den Pieter und sie im Keller dieses Hauses gemacht hatten. Am Ende angelangt, nickte Céline vor sich hin. „Da hast du ja schon einiges rausgefunden. Ich glaube, es nützt niemandem mehr, wenn ich dir das Wenige, was ich weiß, noch verheimliche. Du hast da in Pont-Kervennec Dinge herausgefunden, die ich nicht wusste, aber geahnt habe. Ich habe nie darüber gesprochen, weil mich die Vergangenheit belastet hat. Ich war damals ein Kind; ich wurde damals gerade geboren, das heißt, ich konnte beim besten Willen nichts ändern, aber ich wollte nicht, dass irgendein Schandfleck auf deiner Vergangenheit sein sollte. Als du klein warst, kam sowieso nicht in Frage, dass ich irgendwas erzähle. Dann wurdest du größer, irgendwann erwachsen und ich konnte mich immer noch nicht dazu entschließen. Irgendwie war das mein Geheimnis geworden, was sonst niemand ahnte. Zumindest niemand außerhalb dieses verfluchten Dorfes Pont-Kervennec. Ich bin in Pont-Kervennec geboren und seit ich damals dort weg bin, habe ich keinen Fuß mehr in diesen blutdurchtränkten Ort gesetzt. Ich habe es sogar geschafft, dass der Ort nicht offiziell als mein Geburtsort eingetragen wurde. Ich bin ohne Eltern aufgewachsen; ich habe meine Mutter nie gekannt, aber ich habe alte Fotos gesehen. Deine Großmutter war ein hübsches Mädchen. Ein Mädchen, dessen Leben kaum begonnen hatte. Sie war groß und schlank und hatte ein wunderschönes

Lächeln. Dann kam dieses Nazischwein von Adalbert Jäger."

„Also war es Jäger und nicht Wischinsky?"

„Jäger war es. Ich habe ihn selbst nie kennengelernt. Und ich bin froh drum. Es tut mir weh, so von meinem leiblichen Vater zu sprechen, aber es ist die Wahrheit. Andererseits gäbe es mich sonst nicht...und dich auch nicht."

Keesha wurde bewusst, wie nah Liebe und Schmerz doch beisammen lagen. Liebe und Schmerz, wo hatte sie das kürzlich gehört? Richtig, das war der Titel von diesem Bild gewesen, das Bild, das auch als „Der Vampir" bekannt war. Céline Egmond fuhr fort.

„Ich bin bei einer Familie in Pont-Kervennec aufgewachsen. Die Familie Treguer, bei der deine Großmutter gewohnt hat, ist nämlich zusammen mit ihr ermordet worden. Der Mord wurde nie aufgeklärt. Die deutschen Soldaten waren damals da; es war Krieg. Es wurde nicht viel ermittelt. Meine Pflegefamilie war sehr gut zu mir, fast wie Eltern, aber auch nur fast. Sie waren weiß und ich schwarz. Von diesem Unterschied können sich heute noch viele Leute nicht freimachen und damals war es nicht besser, sondern eher problematischer. Die kleine Céline Treguer, nach der mich meine Mutter genannt hatte, war wie eine Schwester für mich. Sie war einige Jahre älter als ich und ein sehr eigenes Kind. Sie sprach nicht viel und reagierte manchmal sehr verängstigt auf gewisse Situationen. Wir spielten immer nur im Garten. Unsere Pflegeeltern achteten sehr darauf, dass wir nicht alleine in den Dünen spielten. Damals wusste ich nicht warum. Céline Treguer hat mir gegenüber einmal eine Andeutung gemacht, was der Grund für ihr Verhalten war. Irgendwer erwähnte Vampire, Blutsauger und ähnliches. Dieses Thema war sonst tabu, es wurde totgeschwiegen, aber einmal muss jemand aus dem Dorf zu Besuch gewesen sein, oder vielleicht war es auch der Postbote. Auf jeden Fall war Céline extrem verstört und weinte den ganzen Abend lang. Ich war damals vielleicht sechs oder sieben Jahre alt. Weißt du, das war alles nicht so wie heute. Heute hast du Vampire in jedem Kinderprogramm; kein Kind hat heute mehr Angst davor, aber damals war das anders. Ich habe das erst später erfahren, aber im Dorf hatte sich so eine Art Vampiraberglaube verbreitet. Keiner wusste so wirklich warum. Zumindest sagte mir niemand etwas, aber ich war ja auch noch jung. Céline erzählte mir irgendwann nach diesem Ereignis, dass sie selbst vor Jahren durch die Dünen gelaufen war und dort einen Vampir gesehen habe. Ein Mädchen habe auf dem Boden gelegen und ein Vampir sei hinterhergekommen und habe das Mädchen getötet und ihr Blut aus dem Hals gesaugt."

„Und das stimmte wahrscheinlich auch.", warf Keesha ein.

„Ja, das ist wohl so. Und dann war da noch Joséphine."

„Wer ist Joséphine?"

„Joséphine Duclos, eine Dorfbewohnerin. Als ich ein Kind war, war sie eine junge Frau. Vielleicht so um die 20 Jahre alt. Sie hat im Lebensmittelladen ihrer Eltern gearbeitet. Sie verschwand eines Tages und kam wochenlang nicht wieder."

Keesha erinnerte sich an Jean-Yves Le Dantecs Erzählung. Das war doch wohl die Frau, deren

Namen er nicht preisgeben wollte. Ihre Mutter fuhr fort.

„Als sie irgendwann wieder auftauchte, war sie nicht mehr die Alte und muss völlig traumatisiert gewesen sein. So denke ich mir das heute. Damals konnte ich das alles nicht verstehen. Es verschwanden noch mehr Mädchen. Einige kamen nie wieder. Wahrscheinlich hat Céline Treguer den Mord an einer von ihnen beobachtet."

„Kennst du eigentlich Jean-Yves Le Dantec?"

„Jean-Yves? Ja, sicher. Er muss ungefähr in meinem Alter sein. Wir hatten nicht viel Kontakt, aber als Kinder haben wir ab und zu miteinander gespielt. Soweit ich mich erinnere, war das ein netter Junge, aber immer etwas sonderbar."

Das konnte Keesha in Gedanken nur bestätigen. Sie schwiegen eine Weile. Irgendwann schnitt Keesha dann ein Thema an, das sie bisher tabuisiert hatten.

„Warum musste meine Großmutter sterben?"

Céline Egmond sah ihre Tochter ernst an und sagte: „Vielleicht weil sie zur falschen Zeit am falschen Ort war. Vielleicht weil sie so attraktiv war, um die Wolllust eines Nazi-Verbrechers zu entfachen. Ich weiß es nicht. Ich habe mich das all die Jahre gefragt. Warum sollte Jäger meine Mutter umbringen? Ich weiß, dass es Jäger war, der dort wohnte und nicht Wischinsky, weil ich einmal meine Pflegeeltern belauscht habe. Es war abends und sie unterhielten sich über das Haus in den Dünen und seine Bewohner. Dabei wurde der Name Jäger erwähnt. Als ich dann später bei den Sachen meiner Mutter das Tagebuch gefunden habe, habe ich mir den Rest zusammengereimt."

„Vielleicht wollte er sich die Schande eines unehelichen Kindes ersparen."

„Vielleicht. Aber andererseits, es war Kriegszeit. Niemand hat sich um so was gekümmert. Die Bretagne war unter deutscher Besatzung. Die Leute hatten andere Probleme. Außerdem, soweit ich verstanden habe, lebte Jäger illegal dort. Warum ging er nicht nach Deutschland? Ich habe immer gedacht, dass er aus irgendeinem Grund nicht nach Deutschland zurückkann. Aber du hast mir ja erzählt, dass er da gesucht wurde. Das erklärt es. Trotzdem passt das nicht dazu, dass er meine Mutter getötet haben soll. Dahinter muss noch was anderes stecken."

Eine Weile herrschte wieder Schweigen. Keesha war erleichtert, dass ihre Mutter so offen über alles redete. Nach Jahrzehnten des Schweigens hätte sie nicht gedacht, dass ihre Mutter dazu in der Lage wäre.

„Was ist mit dieser rothaarigen Frau, von der immer wieder die Rede ist?", fragte Céline Egmond schließlich. „Könnte sie…?"

„Könnte sein. Vielleicht hat sie deine Mutter getötet. Und wenn sie es war, dann weiß ich auch, was sie mit meiner Großmutter gemacht hat."

Keesha machte ein so ernstes Gesicht, dass ihre Mutter aufmerksam wurde.

„Ja?"

„Sie hat ihr Blut getrunken."

33
1. Oktober 2013, Pont-Kervennec

„Na, haben Sie den Vampir schon gefunden, junge Frau?"

Keesha blieb ruckartig stehen, gerade als sie in den Flur einbiegen wollte, wo ihr Zimmer lag. Sie kam gerade aus Amsterdam zurück. Pieters Auto stand nicht vor dem Haus; er war wohl irgendwo unterwegs.

„Madame Kermarrec? … Was meinen Sie?"

Elena Kermarrec lachte und ihr rundes, gutmütiges Gesicht strahlte.

„Tut mir leid, Mademoiselle Egmond. Ich hab manchmal eine Tendenz zum Melodramatischen. Aber ich glaube, wir müssen uns mal unterhalten."

Keesha war überrascht. Bevor sie zu Wort kommen konnte, fuhr die Pensionswirtin fort.

„Wollen Sie mal mit in die Küche kommen?"

Die Küche war altmodisch rustikal eingerichtet, war aber mit den neuesten Küchengeräten ausgestattet. Am Fenster stand ein Tisch, bedeckt mit einer geblümten Tischdecke.

„Setzen Sie sich. Wollen Sie einen Kaffee?"

Als sie fünf Minuten später vor dem dampfenden Heißgetränk saßen, fragte Keesha: „Warum denken Sie, dass ich einen Vampir suche?"

„Tun Sie das nicht?", lautete die Gegenfrage.

Keesha zögerte einen Moment.

„Nein, eigentlich nicht. Ich versuche, etwas über meine Großmutter herauszufinden, die hier gewohnt hat. Aber wenn ich das versuche, stolpere ich wirklich immer nur über Vampirgeschichten."

„Ach, Noni de Jong, richtig? Tragische Geschichte. Ich habe sie selber nicht gekannt; ich war damals zu klein, als sie..." Madame Kermarrec zögerte.

„...als sie gestorben ist.", vollendete Keesha den Satz.

„Richtig. Aber wenn Sie sich mit Ihrer Großmutter beschäftigen, dann kommen Sie um die Vampire nicht herum. Genau gesagt, kann man sich als Fremder nicht in Pont-Kervennec aufhalten, ohne etwas davon mitzubekommen."

„Das habe ich gemerkt. Aber jetzt fangen Sie auch noch an. Tun Sie mir bitte einen Gefallen und reden Sie Klartext. Jeder, mit dem ich bisher gesprochen habe, redet drumherum und erzählt mir Märchen und Vampirlegenden, blutsaugende Monster in einsamen Häusern und so weiter."

„Keine Angst, ich will Ihnen was anderes erzählen. Ich weiß selbst nicht so richtig, warum ich das mache. Ich glaube, Sie tun mir einfach Leid. Sie haben mir zwar nichts erzählt, aber ich hab um ein paar Ecken mitbekommen, was Ihnen bisher hier so passiert ist. Ich muss ja zugeben, dass ich sonst alles mitkriege, was bei mir im Haus passiert, aber gerade in der Nacht, die Sie zwischen meinen Gurken und Tomaten im Garten verbracht haben, hatte ich eine Schlaftablette genommen. Aber ich habe dann am nächsten Tag erfahren, dass Ihnen von einem jungen Mann geholfen wurde."

„Ja, das war Pieter, mein Verlobter. Aber sagen Sie mir, was wissen Sie von meiner Großmutter und was hat sie mit Vampiren zu tun?"

„Also zunächst mal: Ich weiß nichts Genaues. Alles, was ich Ihnen sage, sind Vermutungen, einige Beobachtungen und Schlüsse, die ich gezogen habe. Ich sehe vielleicht etwas hausbacken aus und ich mag von gestern sein, aber dumm bin ich nicht. Von Haus aus bin ich eigentlich Krankenschwester und hab sogar mal angefangen, Medizin zu studieren. Dann hab ich meinen Alten kennengelernt und wie das früher nun mal so war, bin ich dann als Hausfrau zu Hause geblieben."

Keesha nahm einen Schluck Kaffee und sah Madame Kermarrec interessiert zu, wie sich ihr faltiger Mund zu einem melancholischen Lächeln verzog.

„Vor dreißig Jahren habe ich in einer Klinik für psychisch Kranke in Brest als Krankenschwester gearbeitet. Ich war in der geschlossenen Abteilung eingesetzt. Sie können sich vielleicht vorstellen, dass wir da auch einige Straftäter hatten. Wir als Mitarbeiter wussten natürlich so einiges von unseren Patienten, auch, warum sie bei uns waren. Sie hatten da so einen netten jungen Mann vor sich sitzen, den ich vom äußeren Erscheinungsbild her ohne Bedenken als Schwiegersohn akzeptiert hätte - wenn ich denn eine Tochter gehabt hätte. Wenn Sie aber in seine Akte schauten, dann erfuhren sie, dass er nachts einer Frau im Stadtpark aufgelauert, sie vergewaltigt und dann mit siebzehn Messerstichen getötet hatte. So eine Art Jack The Ripper. Seitdem ich dort gearbeitet habe, habe ich keine Illusionen über die menschliche Natur mehr. Nach und nach stumpft man ab. Ich dachte irgendwann gar nicht mehr darüber nach, mit welchen Menschen ich es zu tun hatte. Manchmal erschreckte mich das."

Madame Kermarrec schwieg einen Moment und sah nachdenklich über Keeshas Kopf an die Wand. Dann fuhr sie fort.

„Eines Tages wurde einer eingeliefert, der auch einen Sexualmord begangen hatte. Es war ein Sadist. Ich nenne ihn mal Pierre. Er hieß anders, aber das tut nichts zur Sache. Er liebte es, andere Menschen zu quälen und empfand sexuelle Befriedigung dabei. Sie können sich sicher vorstellen, dass unsere Psychologen und Ärzte sich intensiv um Pierre kümmerten. Er war ein vorbildlicher Patient. Er war zuverlässig und nahm an allen Gruppentherapien aktiv teil."

Madame Kermarrec schwieg wieder und sah nicht glücklich aus. Für Keesha wurde die Stille unangenehm.

„Aber das ist lange her? Ich meine, Sie sagten, das war vor dreißig Jahren?"

„Ja, das, was ich Ihnen erzähle, ist wirklich so lange her. Sie können nichts dafür, aber durch Ihre Anwesenheit hier sind unangenehme Erinnerungen in mir hochgekommen. Ich habe die letzten Tage viel nachgedacht und habe eine Ahnung, wie Ihre Großmutter umgekommen ist."

„Wie?"

„Eines Tages war ich dafür zuständig, Pierre seine Medikamente zu geben. Ich ging zu seinem Zimmer, klopfte kurz an und trat dann ein. Zuerst ist mir nichts aufgefallen. Dann sah ich, dass Pierre nicht alleine im Zimmer war. Er lag mit einem anderen

Mann auf dem Bett. Als ich näher hinsah, sah ich, dass das Bettlaken voller Blut war. Durch und durch mit Blut getränkt. Es sah beinahe schwarz aus. Pierre hob den Kopf und sah mich an."

Madame Kermarrec machte eine Bewegung als habe sie Schüttelfrost.

„Es war schrecklich. Ich werde es nie vergessen. Es war wie in einem Horrorfilm. Pierre hatte seine Zähne in die Halsschlagader des anderen Mannes geschlagen und das Blut triefte ihm dickflüssig aus dem Mund."

Keesha starrte die Pensionswirtin an. Sie war nicht überrascht. Das passte zu dem, was sie im Keller des einsamen Hauses gefunden hatten. Die Kermarrec fuhr fort.

„Es gibt Menschen, die beim Trinken von Blut sexuelle Befriedigung fühlen. Das ist eine seltene Paraphilie, eine sexuelle Neigung, Andersartigkeit. Mein alter Patient Pierre war einer von ihnen. Und…und ich denke, dass auch die rothaarige Frau, die hier früher in dem alten Haus gelebt hat, so veranlagt war. Das ist die einzige Erklärung. Die abergläubischen Dorfbewohner haben sie zu einem Vampir gemacht. Und im Prinzip war sie da ja auch. Ein menschlicher Vampir, der andere Menschen als Energiespender missbraucht."

„Also so etwas gibt es wirklich." Es war mehr eine Feststellung als eine Frage.

„Ja.", sagte Madame Kermarrec einfach. „Die Menschen, die zu dieser Paraphilie neigen, sind natürlich nicht alle böse. Sie halten ihre Neigung verständlicherweise geheim und gehören Zirkeln an. Sie nennen sich Vampyre, mit Ypsilon geschrieben. Es gibt Vampyre und es gibt Spender. Alles läuft normalerweise auf freiwilliger Basis. Das sind nette Leute, die Ihnen theoretisch im Bus gegenüber sitzen können. Aber gibt überall schwarze Schafe. Warum sollte diese rothaarige Deutsche von damals nicht zusätzlich zum Vampirismus psychopathische Charakterzüge gehabt haben? Die Fähigkeit, andere Menschen zu manipulieren. Fehlende Empathie. Fehlende Kontrolle über sich selbst, impulsives und unverantwortliches Handeln und so weiter.

„Sind das die Charakterzüge eines Psychopathen?"

„Ja, ein paar davon. Warum?"

Keesha lief ein Schauer den Rücken hinunter. Ihr wurde gerade einiges klar. Wenn das stimmte, konnte sie froh sein, noch zu leben.

Als Keesha nicht antwortete, fuhr Madame Kermarrec fort: „Ich bin überzeugt, dass diese Frau damals Vampirismus praktiziert hat. Ich habe lange darüber nachgedacht. Das ist die einzige Erklärung, wenn man mal davon ausgeht, dass es keine wirklichen Untoten gibt. Und ich bin auch überzeugt, dass genau das Ihrer Großmutter zum Verhängnis geworden ist. Vielleicht hat sie etwas gesehen, was sie nicht sehen durfte. Oder sie war einfach da, als die Frau Blut brauchte. Wenn man nur wüsste, was aus dem Paar geworden ist. Ich habe mit einigen alten Leuten hier im Dorf gesprochen. Alle sagen, dass beide so gegen 1943 verschwunden sind. Keiner weiß, wohin."

Keesha war unzufrieden. „Aber was ist mit meiner Großmutter passiert? Warum und von wem wurde sie umgebracht?"

Madame Kermarrec zuckte die Achseln. „Ich weiß es nicht. Ich weiß es wirklich nicht. Sie können mir glauben, dass ich mir darüber auch schon den Kopf zerbrochen habe. Sollte es der Deutsche gewesen sein? Oder die rothaarige Vampirfrau?" Ihre Stimme sank fast zu einem Flüstern hinab. „Manchmal glaube ich…" Sie zögerte.

„Was glauben Sie?"

„Naja, manchmal werd ich das Gefühl nicht los, die alte Treguer hat etwas damit zu tun."

„Céline Treguer? Aber die war damals ein Kind!"

„Na und? Auch Kinder sind dazu fähig. Ich sage Ihnen, die alte Treguer hat einen an der Klatsche. Entschuldigen Sie meine Offenheit, aber es ist so. Irgendetwas ist damals passiert, was sie extrem verstört haben muss. Sie muss Ihre Großmutter ja auch nicht persönlich umgebracht haben. Sie kann ja der Lockvogel gewesen sein."

„Lockvogel?"

„Ja. Verstehen Sie nicht? Stellen Sie sich vor, Sie laufen in den Dünen herum und plötzlich sehen Sie ein kleines, blondes Mädchen mit einem Teddy im Arm, das um Hilfe schreit. Sie laufen hin und erkennen Céline - Ihre Großmutter hat schließlich mit ihr zusammen in einem Haus gewohnt. Und dann raschelt es im Schilf, ein Schatten mit einem Fleischermesser in der Hand schnellt sich auf Sie zu und bevor Sie einen weiteren Atemzug tun können - tun Sie gar keinen mehr."

Keesha runzelte die Stirn und schüttelte den Kopf. „Nein, also das halte ich für etwas weit hergeholt. Ich glaube auch, dass Madame Treguer ... sagen wir ..."

„... einen an der Klatsche hat."

„... psychische Probleme hat, aber das traue ich ihr nicht zu."

„Wie auch immer. Ist auch nur so eine Idee. Wissen Sie, das war damals nicht ohne, was hier los war. Hatten Sie eigentlich schon Märchenstunde bei Le Dantec?"

„Ja, er hat mir da ein paar Vampirgeschichten erzählt."

Madame Kermarrec grinste. „Ja, ja, so ist er. Und als er fertig war, wussten Sie nicht, was Sie davon halten sollten?"

„Richtig."

„Ich will damit nicht sagen, dass er das alles erfunden hat. Im Gegenteil. Hier sind wirklich seltsame Dinge passiert. Aber wie gesagt, ich bin überzeugt, dass dies alles nur das Werk von dieser deutschen Vampirfrau ist."

„Dann hätte diese Frau die Mädchen verschleppt und ihr Blut getrunken?"

„Genau das glaube ich. Stellen Sie sich dieses alte Haus vor. Die Mädchen sind irgendwo an einen Balken gefesselt. Vielleicht nackt. Sie wehren und winden sich. Die rothaarige Dämonin geht langsam auf sie zu. Dann schlägt sie ihre spitzen Zähne...."

„Ist schon gut, Madame. Ich will mir das gar nicht so genau vorstellen."

Elena Kermarrecs Haltung änderte sich. Sie hatte bisher in einer Art und Weise gesprochen, die Keesha stark an den Stereotyp der alten, klatschsüchtigen

Frauen in ihrer Nachbarschaft erinnerte, die den ganzen Tag am Fenster saßen und immer wussten, was passierte. Sie sah plötzlich ernster aus.

„Mademoiselle, ich weiß genau, was Sie von mir denken. Und ich nehme es Ihnen auch nicht übel. Ich bin wie ich bin, aber eines bin ich nicht: Gefühllos. Auch wenn ich mich vielleicht so anhöre. Ich habe Ihre Großmutter nie gekannt, aber gemessen an dem, was ich gehört habe, muss sie eine sehr liebe Person gewesen sein und es tut mir sehr leid, dass Sie sie nie kennengelernt haben."

„Danke.", sagte Keesha nur.

„Ich hab einfach zu viel erlebt, um mich in diesen Dingen zu gewählt auszudrücken."

Fünf Minuten später saß Keesha in ihrem Zimmer auf dem Bett und starrte an die Wand. Es war spät und sie fühlte sich ausgelaugt. Sie wusste nicht mehr weiter. Vielleicht würde sie einfach nach Hause fahren.

34
2. Oktober 2013, Saint-Malo, Bretagne

„Vous avez choisi, monsieur?"

„Un café, s'il vous plaît."

Der Kellner entfernte sich und der alte Mann beobachtete die Touristen, die sich am Plage du Mole in Saint-Malo in der Sonne tummelten. Er war zufrieden und fühlte sich so gut wie schon lange nicht mehr. Jahre- und jahrzehntelange Unsicherheit hatten seine Gefühlswelt geprägt. Er hatte sich verstecken müssen, schließlich wurde er noch immer von der Polizei gesucht. Wegen Mordes oder Totschlags oder wer weiß welchem Kriegsverbrechen.

Er verfolgte immer interessiert die Meldungen in den deutschen Medien, wenn wieder einmal irgendein 95-jähriger ehemaliger SS-Mann wegen Beihilfe zum Mord in 170.000 Fällen verurteilt wurde, weil er irgendeine untergeordnete Aufgabe in einem KZ wahrgenommen hatte. Aus deutscher Sicht konnte er das nachvollziehen. Der deutsche Staat konnte sich im Ausland nicht nachsagen lassen, er habe auch nur das Geringste versäumt, um Kriegsverbrecher davonkommen zu lassen. Aber ihn würden sie nicht kriegen. In seinem Alter ging man nicht mehr ins Gefängnis.

Den Ausschlag hatte ein bestimmtes Ereignis gegeben. Der Zufall hatte wieder einmal sein Werk getan, wie schon so oft in seinem Leben. Wenn er richtig darüber nachdachte, hatte er nur einmal in seinem Leben etwas wirklich aus eigenem Antrieb getan. Jetzt würde er es zum zweiten Mal tun, aber nicht destruktiv, sondern um Gerechtigkeit zu üben.

„Voilà, un café, monsieur."

"Merci bien."

Der Alte nahm das Handy, das vor ihm auf dem Tisch lag und wählte eine Nummer aus dem elektronischen Adressbuch aus.

„Krüger.", meldete sich eine Männerstimme.

„Ich habe es mir überlegt. Ich mache das Geschäft."

„Eine gute Entscheidung. Wieviel wollen Sie?"

„Zweieinhalb Millionen. Nicht einen Cent weniger. Und das ist billig, das wissen Sie besser als ich. Versuchen Sie gar nicht erst zu handeln!"

Einen Moment lang war es still am anderen Ende der Leitung. Dann sagte Krüger: „In Ordnung. Wann und wo soll die Übergabe sein?"

„In München. Äußerste süd-östliche Ecke des Englischen Gartens, an der Prinzregentenstraße. Nächste Woche Dienstag, 18.00 Uhr. Bringen Sie das Geld in bar mit."

„In Ordnung."

Ein Druck auf die Taste mit dem roten Telefonhörer-Symbol und die Verbindung war unterbrochen. Erneut wählte der Alte eine gespeicherte Nummer. Diesmal dauerte es länger bis sich jemand meldete.

"Hello?"

"Hello? You don't know me but I know you." Bitte lassen Sie mich anonym bleiben. Ich muss Ihnen eine wichtige Mitteilung machen -"

"Go ahead!"

*

Zehn Minuten später lag das Handy wieder auf dem Tisch und der Alte lächelte vor sich hin. Er war sehr zufrieden mit dem, was er erreicht hatte. Eine Aufgabe hatte er jetzt noch. Eine Aufgabe, die ihm nicht leicht fallen würde. Er musste nach Pont-Kervennec, sich den Geistern der Vergangenheit stellen.

35
2. Oktober 2013, Pont-Kervennec

Keesha ging langsam den Klippenpfad hinauf. Sie brauchte jetzt etwas Abstand. Abstand, um nachzudenken. Sie war sich nicht mehr sicher, um was es hier eigentlich ging. Natürlich nicht um etwas Übernatürliches. Es gab keine Vampire. Und doch war hier immer wieder versucht worden, eine Atmosphäre von blutsaugenden Monstern heraufzubeschwören. Immerhin, Elena Kermarrecs Erzählung war aufschlussreich gewesen, wenn auch ein wenig unverblümt. Keesha sah jetzt klarer. Der Vampirmythos begann sich aufzulösen, aber trotzdem war ihr noch nicht klar, was mit ihrer Großmutter passiert war. Welche Rolle spielte Bart Regnier? Sie konnte ihn noch immer nicht richtig einordnen. Er hatte definitiv eine Ausstrahlung. Wenn sie ihn ansah, konnte sie sich in seinen Augen verlieren. Aber dann war Pieter wieder in ihr Leben getreten und sie musste Bart verdächtigen, sie vergiftet zu haben. Sie war so froh gewesen, sich von Pieter gelöst zu haben und jetzt war doch alles anders gekommen. Was war das nur mit Pieter? Sie hatte geglaubt, über ihn hinweg zu sein und er hatte es ihr durch sein irrationales Verhalten auch leicht gemacht. Und jetzt war er wieder so fürsorglich. Er war bestimmter als früher. Entschlossener. Als habe er ein Ziel vor Augen. Das machte sie nachdenklich.

Oben an den Klippen blieb Keesha stehen. Der Wind tat ihr gut. Genauso musste es hier vor siebzig Jahren gewesen sein. Dieselben Klippen, derselbe Wind, dieselben Möwen, die wie Katzen miauten. Keesha stand vor einem Geländer, das man hier zur Sicherheit angebracht hatte. Dahinter ging es senkrecht bergab. Mindestens dreißig Meter tief. Unten brachen sich die Wellen an der Felswand. Unten, zum Land hin, konnte sie das Haus sehen. Das Haus, mit dem alles begonnen hatte. Das Haus, in dem der Schlüssel zum Schicksal ihrer Großmutter verborgen war.

Als Keesha sich gerade wieder umdrehen wollte, sah sie jemanden den Klippenpfad hinaufsteigen. Pieter. Irgendetwas in Keesha wollte weglaufen, sich vor Pieter in Sicherheit bringen. Dieser Teil von ihr flüsterte ihr zu, dass sie ihm nicht vertrauen könne, dass dieser Mann psychisch krank sei.

Keesha stand noch immer an derselben Stelle, als Pieter oben ankam. Er sah abgekämpft, aber zufrieden aus. Gerötetes Gesicht und ein Lächeln auf den Lippen. Ein Lächeln, wie Keesha es noch nie bei ihm gesehen hatte. Pieter scheint zum ersten Mal in seinem Leben zufrieden zu sein. Keesha war sich nur nicht sicher, ob das ein gutes Zeichen war.

„Hey, Keesha! Was machst du denn hier? Hab gar nicht damit gerechnet, dich hier zu finden!"

„Ich brauche mal was Pause von Vampirgeschichten, Halluzinationen und hohlen Gräbern.", versuchte sie vergeblich einen Witz zu machen.

Pieter breitete die Hände aus. „Ist es nicht herrlich hier? Wind, Sonne und Meer!"

Keesha betrachtete Pieters Gesicht nachdenklich und sagte nach einer Pause: „Du siehst zufrieden aus."

„Wirklich? Ist das was so Besonderes?"

„Ich habe dich selten so gesehen. Um nicht zu sagen nie."

„Vielleicht bin ich nie wirklich zufrieden gewesen."

„Und warum jetzt?"

„Warum nicht jetzt?"

„Ich meine, es muss doch einen Anlass haben. Ich weiß, du hast mich gerettet. Ok, das klingt jetzt etwas over the top, sagen wir, du hast mir in einer schwierigen Lage geholfen."

„Gern geschehen."

„Das ist eine Floskel. Ich will aber keine Floskeln hören."

Pieter war ernst geworden. Das Lächeln war von seinen Lippen verschwunden.

„Was willst du denn hören? Ich...ich weiß, du wirst jetzt sagen, ich hab es dir nicht immer leicht gemacht. Aber du auch nicht. Weißt du das eigentlich?"

Keesha fühlte, dass der Augenblick gekommen war, den sie eigentlich schon längst erwartet hatte. Schon zu Hause in Amsterdam. Irgendetwas in ihr sträubte sich gewaltig, jetzt diese Diskussion anzufangen.

„Was hab ich gemacht? Oder nicht gemacht? Warum hast du nicht früher darüber gesprochen?"

„Ich hab es versucht. Wahrscheinlich hast du meine Versuche nicht als solche wahrgenommen. Aber jetzt…"

„Was jetzt?"

„Jetzt ist sowieso alles anders gekommen."

Pieters Gesicht war wieder hart und unnahbar geworden.

„Pieter, es geht nicht mehr. Es gibt kein Zurück mehr."

„Ich weiß. Das war mir von vornherein klar."

Keesha schaute ihm fragend ins Gesicht.

„Du hast dich sicher gewundert, oder?"

„Äh, ja, so ein bisschen schon…"

„Du hast dich gewundert, warum ich plötzlich so gut gelaunt bin. Du hast dich gewundert, warum ich plötzlich hier auftauche. Oder vielleicht hast du dich ja gar nicht gewundert, vielleicht hast du auch damit gerechnet. Du hast dir wahrscheinlich schon gedacht, dass ich das nicht auf sich beruhen lassen kann. Vielleicht ist dir auch der Gedanke gekommen, dass ich dich stalken könnte."

Keesha war sehr ernst geworden. Pieter schien in den letzten paar Sekunden ein anderer Mensch geworden zu sein. Seine Stimme hatte einen vorgetäuscht gutmütigen, plauderhaften Tonfall angenommen, der nicht zum Inhalt seiner Worte passen wollte.

„Ja, wieso eigentlich nicht? Ich könnte dich stalken, bis an dein Lebensende. Du weißt, ich hab 'ne Erbschaft gemacht. Ich bin finanziell unabhängig. Ich könnte bei dir nebenan einziehen und dich über den Balkon beobachten. Wird da nicht bald eine Wohnung frei? Oder - vielleicht nehme ich morgens immer denselben Bus wie du. Mir fällt bestimmt irgendwas ein. Ich bin noch jung, du auch. Das kann noch viel Spaß geben."

„Dann war die letzten Tage alles nur gespielt?" Keesha hatte so etwas befürchtet, aber nicht wahrhaben wollen. Sie war sonst nie um einen Spruch verlegen, aber hier fehlten ihr die Worte.

„Ich spiele nicht. Das solltest du wissen."

„Dann eben vorgetäuscht, gelogen, geschauspielert?"

„Das kommt der Sache schon näher. Weißt du eigentlich, was unsere Beziehung immer ausgemacht hat?"

Keesha schwieg.

„Aus deinem Schweigen entnehme ich, dass du es nicht weißt. Oder?"

„Worauf willst du hinaus?"

„Ich will zum Kern der Sache vordringen. Das ist doch immer gut. Oder findest du nicht? Naja, wie auch immer. Der Kern der Sache ist, dass du die extrovertierte, coole, attraktive, lebenslustige Frau bist. Und ich…ich war schon immer der introvertierte, gehemmte, melancholische Typ, der sich von dir hat dominieren lassen… Gleichzeitig weiß ich aber auch, dass du naiv bist. Du glaubst an das Gute im Menschen. Sogar an das Gute in mir. Es tut dir weh, dir vorzustellen, ich könnte dir absichtlich wehtun. Mein unschätzbarer Vorteil ist, dass ich das weiß und dass es mir nichts ausmacht."

„Pieter…"

„Lass mich ausreden… Ich hab das jetzt lang genug mitgemacht. Ich weiß, ich weiß, du wirst jetzt sagen, das stimmt doch gar nicht, oder das war nötig, weil ich wieder mal ausgerastet bin, weil ich wieder mal einen Eifersuchtsanfall hatte. Und so weiter. Und vielleicht hast du sogar Recht. Selbsterkenntnis ist der erste Schritt zur Besserung. So sagt man doch, oder? Naja, das alles ging bis zu einem bestimmten Punkt. Bis zu dem Punkt, an dem du Schluss gemacht hast."

Keesha begann eine Ahnung zu haben. Eine Ahnung, die ihr nicht gefiel. Sie hatten sich auf die Felsen gesetzt. Tief unten hinter ihr hörte sie, wie sich die Wellen an den Felsen brachen. Keesha machte eine Bewegung um aufzustehen.

„Bleib sitzen. Ich bin noch nicht fertig." Pieters Stimme war laut. „Jetzt kommen wir zum Kern der Sache. Jetzt wird's doch erst spannend. Also, das ging bis zu dem Punkt, an dem du Schluss gemacht hat. Du. Immer nur du. Du hast dich darüber beschwert, dass ich eifersüchtig bin. Hast es abgetan. Dich darüber lustig gemacht. Das wär doch alles Schwachsinn. Vielleicht war es das auch. Aber hast du dir mal eine Minute lang darüber Gedanken gemacht, dass ich das vielleicht anders sehe? Dass ich mich nicht ernst genommen vorkam? Ich bin nicht so ein Typ wie dein Stecher von der Arbeit, wie heißt er doch gleich? Ach ja, Luc. Ich hab nicht an jedem Finger zehn Frauen hängen, so wie du Männer. Man trennt sich nicht vor mir, Keesha! Das war der sprichwörtliche Tropfen, Keesha."

„Pieter, wir müssen reden."

„Das tun wir doch gerade. Wir reden doch. Oder nicht? Und was das Beste ist…." Er lächelte überlegen. „Das Beste ist, dass ich der Wortführer bin. Und ich kann dich beruhigen. Es wird ganz schnell gehen. Deswegen wird sich das Stalken auch erledigen." Er machte eine Kopfbewegung in Richtung Abgrund und gab seiner Stimme einen theatralisch-tiefen Klang. „Tote stalkt man nicht. Hey, das hört sich gut an. Wie der Titel eines Kriminalromans. So ein billiger, den man für 2 Euro am Bahnhof kaufen kann. Wenn ich jemals mal einen Roman schreibe, dann hab ich schon 'nen Titel." Er lachte laut auf.

Keesha wurde schwindelig und sie fühlte einen dicken Klumpen im Magen.

„Ach übrigens, jetzt kommt's ja nicht mehr drauf an… Das mit dem Grab war 'ne gute Idee, oder?"

„Das warst du??"

„Natürlich, wer denn sonst? Hast du dir das nicht gedacht? Ich kann mir richtig vorstellen, wie du da unten abgezappelt hast. In Berlin hab ich ja leider nicht gut genug gezielt."

„Das warst also auch du?"

„Klar. Wie gesagt, war vielleicht nicht so ehrenvoll, weil ich danebengeschossen hab. War ja auch nur eine Luftpistole. Konnte leider nichts Besseres bekommen."

Pieter sah entschlossen aus. Keesha wunderte sich über gar nichts mehr. Ihr Gehirn arbeitete auf Hochtouren. Welchen Ausweg gab es hier? Gab es überhaupt einen? War es Pieter wirklich zuzutrauen, dass er sie hier in den Abgrund stieß? Sie dachte nicht lange über diese Frage nach, aber gefühlsmäßig war die Antwort Ja. Pieter war aufgestanden und hatte sich dominierend über ihr aufgebaut. Er sagte nichts mehr.

Keesha hatte Angst bekommen. In den vergangenen Tagen hatten sich sämtliche Ängste und Sorgen, die sie je gehabt hatte, intensiviert. Sie war im täglichen Leben keine ängstliche Person, außer wenn sie im Keller eine Spinne sah. Sie hatte auch eine gewisse Körperkraft. Aber sie musste zugeben, dass sie hier an ihre Grenze kam. Es war zuviel. Das ewige Schweigen über die Herkunft ihrer Mutter hatte sie latent immer belastet, wenn sie daran dachte. Keeshas Ur-Angst vor dunklen Räumen, wo man nicht sehen konnte, wo man hintrat, wo einem Spinnweben im Gesicht hängenblieben, hatte fruchtbaren Nährboden in ihrem zwangsweisen Aufenthalt im Keller des alten Hauses bekommen. Angst vor Pieter hatte sie nie gehabt, Angst im engeren Sinne. Aber Pieter war ihr immer als eine Person erschienen, die Tiefe hatte. Pieter war kein oberflächlicher Mensch. Stichwort Eisberg. Der größte Teil war verborgen gewesen. Bis heute. Bis zu dem Zeitpunkt, an dem sie einige Zentimeter vom Rand einer Klippe entfernt mit ihm kämpfen musste.

Und jetzt? Gerade jetzt lösten sich einige der Rätsel auf. Sollte jetzt wirklich alles zu Ende gehen? Würde er sie in die Tiefe stoßen? Was würde dann passieren? Würde sie mit dem Kopf auf einem Felsen aufschlagen, ohnmächtig werden und dann ertrinken? Wie tief war das Wasser da unten überhaupt? Oder bluffte Pieter nur? Wollte er sich rächen, ihr Angst machen? Keesha war nicht sicher, ob sie sich darauf verlassen konnte.

Sie saß auf einem Felsen, mit dem Rücken zum Abgrund. Hinter ihr war das Geländer, das aus einer Reihe von Holzlatten in Hüfthöhe bestand, die in gewissen Abständen an Holzpflöcke genagelt waren. Da sie saß, hätte sie Pieter durch den Zwischenraum stoßen können, wenn er gewollt hätte. Das Geländer war jetzt etwa in Kopfhöhe. Pieter stand frontal vor ihr. Keesha fasste einen Entschluss. Hier bewegungslos sitzen zu bleiben hatte keinen Sinn. Sie musste handeln. Keesha sprang auf und versuchte, rechts an Pieter vorbeizukommen. Sie hatte die Rechnung ohne Pieter - und ihr linkes Fußgelenk gemacht. Das plötzliche Aufspringen war zuviel für den Knochen. Ein stechender Schmerz schoss ihr durch den Körper. Sie knickte um und konnte sich vor Schmerzen nicht auf den Beinen halten. Sie fiel hin und schlug auf dem felsigen Boden auf. Pieter warf sich auf sie, drehte sie auf den Rücken und stützte sich mit seinem ganzen Gewicht auf ihre Hände. Spitze Steine bohrten sich in ihren Handrücken. Pieter lag auf ihr, sein Mund nur wenige Zentimeter von ihrem entfernt. Sie spürte seinen Atem. Es hatte Zeiten gegeben, als sie es genossen hatte, so von ihm gehalten zu werden.

Langsam gab Pieter sie wieder frei. Mühsam stand sie auf und fasste sich an den Hinterkopf. Sie fühlte Feuchtigkeit. Blut. Pieters Gesicht hatte den Ausdruck eines Jägers, der ein seltenes Wild vor der Büchse hat. Seine Augen blitzten. Keesha musste nur einen Blick in dieses Gesicht werfen, um zu wissen, dass er nicht bluffte. Sie wusste jetzt die Antwort. Ja, er war dazu fähig. Pieters Körperkraft schien sich verzehnfacht zu haben. Er hatte einen Gesichtsausdruck, den sie noch nie an ihm gesehen hatte. Er nahm Keesha brutal am Handgelenk und stieß sie auf den Felsen gegen das Geländer, an die Stelle, an der sie vorher gesessen hatte. Das morsche Holz hielt dem Aufprall nicht Stand und die Latte zerbrach.

Keesha spürte, wie sie ins Bodenlose stürzte.

36
2. Oktober 2013, Pont-Kervennec

Jean-Yves Le Dantec saß in seinem Arbeitszimmer und starrte auf den Computermonitor, ohne in der Lage zu sein, irgendwelche Informationen aufzunehmen. Er hatte die Angewohnheit, Was-wäre-wenn-Szenarien zu entwickeln und sein Verstand war geübt darin, sich die abwegigsten Möglichkeiten vorzustellen. Worst-case scenarios nannte man das wohl.

Es klingelte an der Tür. Die unscharfen Umrisse zweier Personen waren durch das blinde Glas zu sehen.

Le Dantec öffnete die Haustür. Zwei Männer, Mittdreißiger.

„*Bonjour.* Monsieur Le Dantec?"

Gendarmerie nationale. Ob sie einmal kurz reinkommen dürften. Sie waren gekommen, um Le Dantec einige Fragen über eine gewisse Louise Decaux zu stellen.

„Louise?"

„Sie kennen sie?"

„Ich....also, wir haben uns vor einigen Monaten kennengelernt."

Der Polizist, der sich als Capitaine Hervé vorgestellt hatte, blätterte in einem Notizbuch.

„Louise Decaux war eine junge Frau, die gestern nachmittag in Paris in einer Schlange vor dem Eiffelturm tot zusammengebrochen ist. Sie war 20 Jahre alt."

Le Dantec war wie vor den Kopf geschlagen. „Sie ist tot? Tot? Und sie war 20? Woher wissen Sie überhaupt, dass wir uns kannten?"

Capitaine Hervé runzelte etwas die Stirn. Er holte Luft.

„Ihr Name und Ihre Telefonnummer waren in ihrem Handy gespeichert. Monsieur Le Dantec…wie genau war Ihr Verhältnis zu Mademoiselle Decaux?"

Le Dantec entschied sich schnell. Sie mussten es ja ohnehin herausfinden.

„*D'accord*. Ich erzähle es Ihnen. Es ist mir peinlich, aber ich nehme an, Sie haben sowieso Ihre Mittel und Wege…ich habe Louise auf einer Party kennengelernt. Sie war ein sehr nettes Mädchen und wir haben uns gut verstanden."

„Besonders auf der körperlichen Ebene?"

„Ja, auch das.", fügte Le Dantec nach kurzem Zögern hinzu. Er war froh, dass Louise anscheinend über ihr Alter gelogen hatte, aber ihm war die Angelegenheit peinlich.

„Wussten Sie, dass Louise Decaux eine Prostituierte war?"

„Eine Prostituierte? Nein, das wusste ich nicht."

„Und Sie wunderten sich nicht, dass ein junges Mädchen mit einem eher … reifen Mann spontan Sex hat, der ihr Vater oder sogar Großvater sein könnte?"

Le Dantec war zu sehr erleichtert, als dass ihn dies hätte beleidigen können. Er war in der Lage, die Gendarmen davon zu überzeugen, dass er mit Louises Tod nichts zu tun hatte. Man glaubte also, dass ihr Tod keine natürliche Ursache habe?

Vergiftet? Es tue ihm so leid, dass Louise tot war. Sie war ein so nettes Mädchen gewesen.

Ja, er hatte ihr auch schon einmal etwas Geld zugesteckt, aber deshalb gleich annehmen, dass sie eine Prostituierte….?

Als die Gendarmen schließlich wieder in ihr Auto stiegen, stand Le Dantec am Fenster. Er fühlte sich erleichtert. Also dieses Problem war gelöst. Wie gut, dass er sich hatte beherrschen können. Er war nicht zum Mörder geworden. Auch er war kurz davor gewesen, Louise umzubringen, aber er hatte nicht den Mut gehabt. Ein anderer hatte das Problem Louise aus der Welt geschafft. Vermutlich war er nicht der einzige, den sie erpresst hatte.

Jetzt gab es noch ein Problem. Seine eigentliche Mission. Er hatte über den Dorfklatsch mitbekommen, dass ER hier war. Umso besser. Er würde die Sache jetzt auf den Punkt bringen.

37
2. Oktober 2013, Pont-Kervennec

Bart Regnier war unzufrieden. Er hatte seinen Zweck hier in Pont-Kervennec noch nicht erreicht. Sicher, er hatte nicht gedacht, dass die Sache einfach sein würde, aber er hatte insgeheim damit gerechnet, dass es etwas schneller gehen würde. Vielleicht war er nicht entschlossen genug gewesen. Bart saß in seinem Pensionszimmer auf dem Bett und grübelte. Er musste oft an Keesha denken. Diese Frau faszinierte ihn. Sie hatte Stil, Power und sah auch noch verdammt gut aus. Was er sich nicht erklären konnte, waren die Vorkommnisse der vorletzten Nacht. Das war der Abend gewesen, als sie bei ihm im Zimmer gewesen war. Am nächsten Morgen hatte er sie im Garten liegen sehen. Gerade als er aufspringen und runtergehen wollte, hatte er den fremden Mann gesehen. Also war er wieder mal zu spät.

Keesha war nicht da. Bart hatte sie vor einer Viertelstunde aus dem Haus gehen sehen. Er war ins Treppenhaus gelaufen, um ihr nachzusehen. Sie war in Richtung Dünen gelaufen. Er beschloss, Nägel mit Köpfen zu machen und rauszugehen. Er würde ihr sagen, dass er sich in sie verliebt hatte. Oder vielleicht einfach nur, dass er sie extrem nett fand. Er würde schon sehen, was die Situation ergeben würde. Daneben könnte er sich wieder seinem Problem widmen.

Er fuhr in seine Jeans, Sweatshirt und Jacke und trat in den dunklen Flur hinaus. Er hatte ein gewisses Hochgefühl. Das verschwand blitzartig, als er die Straße betrat. Die kalte Luft schlug ihm bedrohlich entgegen. Er fühlte ein leichtes Schwindelgefühl und den Zwang, wegzulaufen. Er beherrschte sich und ging an den Häusern entlang in Richtung Dünen. Ohne weiter darüber nachzudenken, lenkte er seine Schritte in Richtung des alten Hauses. Da hatte er Keesha von einigen Tagen gefunden und sie dachte vermutlich immer noch, dass er es gewesen war, der sie niedergeschlagen hatte. Er blieb vor dem Haus stehen und betrachtete es. Bis hierhin hatte er es schon einmal geschafft. Die Anfälle kamen auch nicht immer. Momentan war es in Ordnung. Er fühlte sich gut. Von Keesha keine Spur. Das Einzige, was er hörte, waren Wellen, Wind und Möwen. Er dachte einen Schritt weiter. Warum nicht den Klippenpfad hochgehen? Wenn er es bis hierhin schaffte, dann auch auf die Klippen.

Der Pfad war steil und steinig. Rechts ein Urwald von Felsen, Sand und Büschen. Links der Hang, der bis zum Meer hinunterreichte. Erst waren es nur ein paar Meter. Aber der Weg war steil; es wurden schnell mehr. Bart wich vom Weg nach rechts ab; er fühlte sich geschützter. Hier waren Büsche und er war nicht so nah am Abgrund. Seine Beine schoben sich schrittweise vorwärts, getrieben von seinem Verstand. Etwas in seinem Inneren befahl ihm, umzukehren. Bart stellte sich das immer als kleines, brutales Männchen mit einem gemeinen Gesichtsausdruck vor. Es war zu gefährlich, weiterzugehen. Das Männchen lachte hämisch, nahm einen Schraubstock und spannte Barts Kopf hinein. Immer noch lachend fing es an, die Schraube anzuziehen und immer mehr Druck aufzubauen.

Bart kämpfte dagegen an. Er spürte wieder, wie die Panik in ihm aufstieg, dieses Gefühl, das ihm die Angst einflößte, irgendeine Ader in seinem Kopf müsse jeden Moment platzen. Er fühlte den Drang, wegzulaufen, so schnell er konnte, und wusste doch nicht wohin. Er wusste auch, dass das Gefühl durch das Weglaufen nicht weggehen würde. Es würde bleiben, bis er wieder alleine in der gewohnten Umgebung in einem geschlossenen Raum war.

Er sah die Personen erst, als er kurz davor war, umzukehren. Zuerst dachte er sich nicht viel dabei. Zwei Spaziergänger, die den Ausblick von den Klippen genossen. Dann sah er genauer hin. Keesha. Und der fremde Mann. Da stimmte aber etwas nicht. Keesha saß in einer merkwürdigen Position auf dem Felsen und der Mann stand dominierend vor ihr. Jetzt sprang Keesha auf und versuchte, an dem Mann vorbeizukommen. Bart war klar, dass die beiden kein Nachlaufen spielten. Keesha brauchte seine Hilfe. Da war es wieder; dieses einmalige Hochgefühl. Diese wundervolle Frau brauchte seine Hilfe, zum zweiten Mal. Vielleicht wäre sie das erste Mal auch alleine zurecht gekommen. Aber jetzt sah das nicht so aus. Der Mann hatte sie eingeholt und lag jetzt auf ihr. Bart wusste, dass Keesha seine Hilfe brauchte und brachte es trotzdem nicht fertig, einen Schritt vorwärts zu gehen. Das Kino vor ihm ging weiter; Bart kam alles unwirklich vor. Es fing wieder an. Trotz des kühlen Windes merkte Bart, wie er zu schwitzen begann. Das Herz klopfte rasend. Bart drehte sich um und lief einige Schritte den Berg hinab. Er hörte Keesha rufen und blieb wieder stehen. Drehte sich um. Jetzt oder nie, schoss es ihm durch den Kopf. Diesmal gehorchten seine Beine dem Verstand.

Der Mann hatte Keesha gerade wieder zurück auf den Felsen geschleudert. Das morsche Holz machte ein ungesundes Geräusch und gab nach. Bart sah hilflos zu, wie Keesha nach hinten wegkippte. Apathisch starrte er auf die Stelle, wo jetzt eine Lücke in dem alten Holzgeländer klaffte. Es war vorbei. Der Mann stand still, wenige Meter vom Abgrund entfernt und starrte auf die Lücke.

Sie fingen gleichzeitig an zu rennen, als ob sie von einer unsichtbaren Energiequelle denselben Impuls erhalten hätten. Bart schnellte den Berg hinauf und sah nur noch, dass der fremde Mann zur anderen Seite hin verschwand. Bart kam oben an und rannte bis an die Felsenlücke. Ein starkes Schwindelgefühl überkam ihn. Er legte sich flach auf den Bauch und robbte bis hart an die Kante heran. Die Felsenwand war hier beinahe senkrecht. Die Felsen bildeten einen Einschnitt, der nach unten hin weiter wurde und in einer kleinen Bucht endete. Die Wellen brachen sich mit roher Gewalt am schwarzen Gestein. Ein schäumendes Inferno. Immer wenn Bart so etwas sah, fühlte er eine Art Ehrfurcht vor den Naturgewalten. Das Schwindelgefühl wurde stärker, trotzdem er auf dem Bauch lag. Keesha war nicht zu sehen.

Bart erinnerte sich später nicht, was er in diesem Moment gedacht hatte. Es war, als ob er sich selbst wie einer dritten Person zuschaute. Er sah, wie er aufstand, die Jacke auszog, über die Reste des Holzgeländers stieg und mit den Füßen zuerst in den Abgrund sprang. Sobald er keinen festen Boden mehr unter den Füßen hatte, bereute er seine Entscheidung. Er hatte Angst vor dem Aufprall. Er hatte Angst davor, Keesha auf den Kopf zu springen. Vielleicht tauchte sie in diesem Moment wieder auf. Wer wusste, ob das Wasser hier tief genug war? Der Sprung schien gar nicht aufzuhören. Er war zuletzt als Jugendlicher im Schwimmbad vom Zehn-Meter-Brett gesprungen. Schon da war ihm der Sprung endlos vorgekommen.

Er fuhr metertief in das Felsenbecken. Es war tief genug, aber er spürte, wie er den Boden berührte. Er schmeckte Salz. Das Wasser brannte in den Augen. Er sah weiße Wasserblasen um sich herum. Seine Hände berührten glitschige Algen, spitze Felsen und Geröll. Langsam ließ er sich wieder an die Wasseroberfläche treiben. Keine Spur von Keesha. Wo war sie? Sie war hier hinuntergefallen; also musste sie auch hier irgendwo sein. Wie würde er aus dieser Wasserhölle wieder herauskommen? Die Ratschläge seines Psychotherapeuten fielen ihm ein. Entspannungsübungen. Tief durchatmen. Akupressurpunkte auf dem Kopf und der Stirn mit den Händen massieren. Ratschläge, die hier leider nutzlos waren. Nicht weit von ihm ragte ein Felsen aus dem Wasser, den Bart mit Hilfe kräftiger Schwimmstöße zu erreichen versuchte. Der Felsen war glitschig. Bart ließ seinen Blick hektisch in die Runde schweifen. Immer noch keine Spur von Keesha. War sie etwa aus der Bucht herausgetrieben worden? Bart glaubte nicht daran. Seiner Meinung nach war seit ihrem Sturz und seinem Sprung nicht genug Zeit vergangen. Eine Höhle. Vielleicht gab es hier unter einem der Felsenwände eine Höhle, in die Keesha geraten war.

Die mächtigen Wassermassen drückten Bart wieder unter die Oberfläche. Übelschmeckendes Salzwasser drang ihm in Nase und Mund. Er spürte einen brennenden Schmerz in der Nase. Als Bart im falschen Moment Luft holte, spülte ihm eine Welle einen Mund voll Wasser in die Gurgel. Der Schluckreflex bewirkte, dass er eine große Menge der scharfen Flüssigkeit in sich aufnahm. Panik überkam ihn.

Schlagartig hatten sich seine Prioritäten verschoben. Kurz nach dem Sprung ins Wasser war er noch entschlossen, Keesha zu retten. Jetzt kämpfte er selbst um sein Leben. Alle Panikattacken, unter denen er bisher gelitten hatte, waren leichte Brisen gegen den Hurricane, der jetzt in ihm wütete. Er hatte zu wissen geglaubt, was Todesangst war. Jetzt wusste er es wirklich.

Die nächste Welle ließ nicht auf sich warten. Bart war noch dabei, seine Mundhöhle so gut es ging von Salzwasser zu befreien, als das mächtige Ungetüm ihn überrollte und gegen die Felswand warf. Bart stieß mit dem Kopf mit voller Wucht gegen einen spitzen Felsvorsprung. Beißender Schmerz durchzuckte ihn und ihm wurde schwarz vor Augen.

Das Ende seiner Kräfte nahte mit Riesenschritten. So sollte es enden? Bart leistete der Naturgewalt keinen Widerstand mehr. Es hatte ja doch keinen Sinn.

*

Keesha schlug mit dem Rücken zuerst auf. Zum Glück bewirkte dies, dass sie nicht so tief ins Wasser fuhr. Sie versuchte, sich zu orientieren. Dort links ging es zum Strand. Wenn sie es schaffte, um die Klippe herumzuschwimmen, würde sie es geschafft haben. Eine Riesenwelle warf sie zurück. Seltsamerweise fiel ihr das Telefongespräch mit Luc ein. Sie richtete ihren Blick in Richtung Meer und sah eine weitere Welle anrollen. Indem sie den Schwung der zurückgeworfenen Welle nutzte, nahm sie alle Kraft zusammen, sich gegen die nächste Woge zu werfen. Es klappte. Sie war einige Meter weitergekommen.

Keesha wiederholte die Strategie noch einmal und war jetzt fast am Rand der Felsenbucht angekommen. Sie versuchte, jetzt parallel zur Küstenlinie in Richtung Strand zu schwimmen und warf unwillkürlich noch einen Blick zurück in das kochende Inferno, dem sie entkommen war.

Was war das? Da war ein Mensch im Wasser. Hatte Pieter Gewissensbisse bekommen und war ihr hinterhergesprungen? Nachdem sie unter eine weiteren Welle hindurchgetaucht war, sah sie es. Es war Bart, der da panisch mit den Händen in der Luft herumfuchtelte, als wolle er Fliegen fangen.

Na super, dachte sie. Was sie bisher durchgemacht hatte, reichte offensichtlich noch nicht. Sie ließ sich von der nächsten Welle wieder in die Bucht treiben und verlor dabei Bart nicht aus den Augen, der dort um sein Leben kämpfte.

Keesha konnte zwar schwimmen, aber von Wasserrettung hatte sie keine Ahnung. Bart schien ohnmächtig geworden zu sein, oder er hatte keine Kraft, etwas zu sagen. Sie nahm ihn unter den Armen und versucht, ihn möglichst hoch zu halten. Trotzdem wurden beide noch diverse Male überspült.

Sie wusste später nicht mehr wie, aber sie schaffte es. Nach einigen Anläufen gelang es Keesha, um den Rand der Bucht zu paddeln. Bart hing ihr wie ein Sack Blei am Hals. Sie spürte, wie er sich festhielt.

Keesha war zu Tode erschöpft, als sie endlich am Strand ankamen. Sie lagen nebeneinander im Sand, als machten sie Urlaub. Bart sah sie von der Seite and und lächelte müde.

38
2. Oktober 2013, Pont-Kervennec

Keesha sah den alten Mann sofort, als sie zusammen mit Bart in ihr Zimmer humpelte. Karl Wischinsky! Studienkollege und Komplize von Adalbert Jäger, ihrem Großvater.

Das Wasserabenteuer hatte ihrem verletzten Fußgelenk nicht gutgetan. Bart hatte viel Wasser geschluckt, aber es war nur wenig in die Luftröhre gekommen. Das war die Hauptsache. Seltsamerweise war sie gar nicht so sehr überrascht über seine Anwesenheit. Es war ihr nicht bewusst gewesen, aber jetzt, als er müde und verbraucht in Madame Kermarrecs abgewetztem Sessel saß, wunderte sie sich, dass er nicht schon viel früher hier aufgetaucht war. Trotzdem hatte sie gerade nicht die geringste Motivation, sich mit ihm abzugeben.

„Guten Tag, Frau Egmond."

„Was machen Sie hier?"

„Sagen wir, ich bin hier, um einen Geist zu jagen. Oder um einen Vampir zu pfählen, wie Sie wollen."

„Emma Lange."

Karl Wischinsky zog die Augenbrauen in die Höhe und nickte anerkennend. Er schien ein anderer Mensch zu sein. Er sah müde aus, aber nicht so verwirrt wie in Zürich.

„Sie sind eine intelligente junge Frau, muss ich sagen. Ich möchte fast stolz auf Sie sein."

„Wieso?"

„Vielleicht sind Sie ja meine Enkelin."

„Adalbert Jäger ist mein Großvater."

„Vielleicht auch nicht."

Keesha sagte nichts. Tausend widersprüchliche Gedanken gingen ihr durch den Kopf. Wischinsky sprach weiter.

„Soll ich Ihnen mal eine Geschichte erzählen? Was haben Sie eigentlich mit Ihrem Fuß angestellt? Ich glaube, Sie sollten es sich gemütlich machen. Wollen Sie mir eigentlich Ihren kleinen Freund nicht vorstellen? Nein? Auch gut. Also vor vielen, vielen Jahren, als sich Ihre Großmutter noch im Urwald von Ast zu Ast schwang…"

„Lassen Sie meine Großmutter aus dem Spiel….", sagte Keesha unfreundlich.

„Aber um sie geht es doch hier. Unter anderem, zumindest. Wissen Sie, ich wünsche Ihnen nicht, dass Sie mal so alt werden wie ich. Ist eher eine Last, glauben Sie mir. Aber der Vorteil ist, man muss nicht mehr politisch korrekt sein. Aber wo war ich stehengeblieben? Es waren einmal ein junger Mann und eine junge Frau, die sich liebten…"

„Adalbert Jäger und Emma Lange."

„Wieder richtig. Sie scheinen die Geschichte schon zu kennen. Erzählen Sie doch mal, was Sie wissen."

„Ich kenne die Geschichte nur teilweise. Ich weiß nur, dass Adalbert Jäger und Emma Lange und Sie eines Tages spurlos aus Berlin verschwanden. Jäger und Lange sind dann irgendwann hier in Pont-Kervennec aufgetaucht und dann entstand hier der Vampiraberglaube. Zwischendurch sind hier noch junge Frauen verschwunden, die entweder umgebracht oder in irgend einer Form misshandelt wurden. Ich weiß nicht, was aus Jäger und Lange geworden ist."

„Emma ist tot. Sie ist so gestorben, wie sie es ihr Leben lang herausgefordert hat. Jäger lebt noch." Er machte eine Pause. „Nebenbei gefragt, wie stehen Sie eigentlich zu Ihrem Großvater?"

„Also ist doch Jäger mein Großvater? Er hat meine Großmutter unglücklich gemacht und ich bin auch überzeugt, dass er schuld an ihrem Tod ist."

Wischinsky nickte nachdenklich mit dem Kopf. „Verständlich. Aber Sie kennen nicht die ganze Wahrheit. Vielleicht ändern Sie Ihre Meinung noch."

„Er hat Noni de Jong vergewaltigt."

Das Gesicht des alten Mannes wurde etwas weicher. „Ja, das hat er. Und darauf ist er heute nicht stolz, das kann ich Ihnen versichern. Jäger musste aus Berlin weg, weil er wegen des gewaltsamen Todes seines Vaters von der Polizei gesucht wurde und Emma war der Boden ohnehin schon zu heiß unter den Füßen geworden."

„Wieso denn eigentlich?"

„Nun ja, wie soll ich sagen? Sie hatte seltsame Gewohnheiten und Vorlieben. Oder um es anders auszudrücken, der Geschlechtsverkehr, wie ihn wir Normalsterbliche praktizieren, befriedigte sie nicht so sehr. Um nicht zu sagen überhaupt nicht. Wenn sie also nach ihrer Manier Verkehr hatte, dann ist es schon einmal vorgekommen, dass es der Partner nicht überlebte. Das ist so ähnlich wie…" Er überlegt einen Moment. „…so ähnlich wie bei den Spinnen. Sie wissen doch, die Spinnenweibchen fressen die Männchen nach dem Sexualakt auf? Schon gut, schon gut. Ich erzähle weiter. Wissen Sie, was eine Paraphilie ist?"

„Eine psychische Störung der Sexualität eines Menschen. Sowas wie Pädophilie oder bestimmte abartige Vorlieben beim Sex oder so."

„Ja, so könnte man sagen. Es gibt die verschiedensten Paraphilien. Manche sind harmlos, andere gefährlich und auch verboten. Emma Lange liebte es --- Blut zu trinken."

„Ich dachte es mir.", nickte Keesha und sah Madame Kermarrecs Vermutungen bestätigt. „Daher also diese ganzen Vampirgeschichten."

„Natürlich. Man nennt diese Paraphilie auch Vampirismus. Sie kam nur zum Höhepunkt, wenn sie ihrem Sexualpartner vorher Blut abgezapft hatte und dieses trinken konnte. Und Sie können mir glauben, sie brauchte es oft. Wenn sie besonders in Fahrt war, trank sie auch direkt von der Vene. In Berlin lebte sie in einer Halbwelt. Die Menschen führten ein Doppelleben, dessen blutrünstigen Teil sie nur in der Unterwelt ausleben konnten. Was glauben Sie, was passiert wäre, wenn die Gestapo davon Wind bekommen hätte? Die Leute wären im KZ gelandet. Es gab in Berlin Häuser, in denen sie sich trafen. So eine Art Bordell oder vielleicht auch Swingerclub, wie man heute sagen würde. Es kam noch nicht einmal immer zu richtigem Geschlechtsverkehr. Das war zweitrangig. Es ging ums Blut. Und Blut ist Leben. So ein Vampir war davon überzeugt, dass mit dem Trinken des Blutes ein Teil der Lebensenergie des Spenders auf ihn überginge. Und ich glaube, das war auch so. Ich war nämlich auch Spender. Wir sind dann recht überstürzt aus Berlin weg, wegen der Sache mit meinem Vater...."

„Mit Ihrem Vater, Herr Jäger?", fragte sie.

Er lächelte müde zurück. „Ach, bin ich aus der Rolle gefallen? Aber Sie wussten bestimmt schon längst Bescheid, nicht wahr? Das dachte ich mir. Aber hören Sie weiter zu und entscheiden Sie dann, ob Sie mich hassen, oder nicht."

Bart Regnier stand die ganze Zeit wie eine Statue an der Tür. Jetzt machte er Anstalten, den Raum zu verlassen. Keesha rief ihn mit einer Kopfbewegung zurück. Er ging zu einem Stuhl und setzte sich.

„Da hast du dir aber einen gehorsamen jungen Mann angelacht, Lieblingsenkelin."

„Mit anderen Worten: Ich bin die einzige."

„Richtig." Er legte in einer fingierten Nachdenkensgeste den Kopf etwas schräg und fügte dann hinzu: „Soviel ich weiß. Zumindest hat es nach Emma keine Frau mehr gegeben, die sich freiwillig mit mir eingelassen hätte. Aber ich schweife ab."

Adalbert Jäger strich sich mit den verbrauchten Händen durch sein weißes, schütteres Haar und schwieg plötzlich. Als er wieder anfing zu sprechen, war er ernst geworden. Bisher war seine Haltung von Zynismus und Sarkasmus geprägt gewesen. Keesha war überzeugt, dass diese zwei Konzepte sich durch sein ganzes Leben gezogen hatten. Sie hatten ihm das Überleben ermöglicht. Wahrscheinlich hatte er nur so das verarbeiten können, was er erlebt und selbst verübt hatte. Vor ihrem geistigen Auge sah Keesha ihn in seiner Züricher Wohnung vor sich. Dann fing er wieder an zu sprechen.

39
Adalbert Jägers Geschichte

Es war am 1. Oktober 1938, als Emma und ich aus Berlin flohen. Ich werde diesen Tag nie vergessen. Mein Vater war tot und ich fühlte mich schuldig. Andererseits war ich auch froh, dieser Diktatur entgangen zu sein. Mein Vater verkörperte in unserer Familie, was Adolf Hitler für Deutschland war. Er war streng bis zur Unmenschlichkeit, linientreu, aber er war auch ein Heuchler. Er ging ins Bordell, obwohl es offiziell verpönt war, aber es gab auch Bordelle für die Frontsoldaten, damit sie bei Laune gehalten wurden. Natürlich widersprach das dem Frauenideal, genauso wie Emma dem Frauenideal widersprach. Vielleicht war es das, was mich an ihr so faszinierte. Und dann war da noch das Bild. Edvard Munchs Der Vampir, das ich im Schloss Schönhausen entdeckt hatte. Es hatte vorher dem jüdischen Bankier Erwin Holzmann gehört, dem man es enteignet hatte.

Dieses Bild hatte mich gefangen genommen. Zuerst erinnerte es mich an Emma, später verkörperte es Emma. Der Mensch Emma schien direkt aus dem Bild gestiegen zu sein. Umso mehr ich die Frau auf dem Bild mit Emma identifizierte, verkörperte ich den Mann, den man auf dem Gemälde sah. Der Mann, dem der Vampir das Blut aus dem Hals saugte. Ich wusste von Emmas Vorlieben. Ich hatte es immer gewusst. Wir haben uns schon als junge Leute gekannt und geliebt, das heißt, ich habe sie geliebt. Ich glaube nicht, dass dies auf Gegenseitigkeit beruhte. Ich dachte es zuerst, aber es war nicht so. Im Nachhinein bin ich überzeugt, dass sie unfähig war, einen anderen Menschen als sich selbst zu lieben. Ich habe sie dann eines Tages ertappt, wie sie das Blut des

Sohnes eines Nachbars trank. Ich werde diesen Anblick nie vergessen. Zuerst dachte ich, sie würden sich küssen. Aber das war kein Kuss, zumindest kein gewöhnlicher. Ich war damals absolut unschuldig und hatte keine Ahnung, dass es so etwas gab. Ich hatte nur das Gefühl, dass hier etwas nicht stimmte. Ich sah das Blut, ich sah ihren Gesichtsausdruck, wie ich ihn noch nie an ihr gesehen hatte. Sie war in Ekstase. Ich rannte weg und wir haben dann nicht mehr miteinander gesprochen, bis ich sie in Berlin wiedersah.

Dann ergaben die Umstände, dass ich mich mit meinem Vater stritt und er bei diesem Streit ums Leben kam. Einzelheiten tun hier nichts zur Sache. Es war ein Unfall. Meine Mutter und meine Geschwister waren nicht da. Ich habe sie nie wiedergesehen. Als das passierte, war ich von Sinnen. Ich musste weg aus Berlin, war überzeugt, dass mich die Polizei für den Tod meines Vaters verantwortlich machen würde. Aber ich wollte nicht alleine weg. Emma musste mit und da ich wie besessen von diesem Bild war, musste ich dieses auch haben. Es war kein Problem, das Bild zu stehlen. Schloss Schönhausen war nicht gerade gut gesichert. Ich hatte meine alte Wehrmachtspistole noch und der Schwächling von Wächter war schnell überwunden. Mir war gleich, ob man mich erkannte, oder nicht. Zu diesem Zeitpunkt war mir alles gleich. Ich musste sowieso fliehen. Das Haus hier in den Dünen hat meinem Vater gehört. Er hat es von irgendeinem entfernten Verwandten geerbt. Ich kannte es, da wir hier mit der gesamten Familie schon einmal einige Wochen verbracht hatten. Hierhin floh ich mit meinem Bild und Emma im Schlepptau. Emma musste auch weg. Einer ihrer Liebhaber oder besser gesagt Spender war ums Leben gekommen, weil sich die Wunde infiziert hatte. Sie hatte panische Angst vor der Gestapo. Deshalb gab sie sich mit mir ab. Sie hatte mich förmlich angefleht, sie mitzunehmen. Da dachte ich noch, es sei ihr Ernst. Dass sie mich lieben würde. Die ersten Wochen waren wie Urlaub; wir vermieden es, von unserem alten Leben zu sprechen. Eines Tages kam Emma zu mir und sah mich mit ihren grünen, eindringlichen Augen an.

„Ich brauche Energie."

Ich wusste genau, was sie meinte. Energie war für sie Blut. Es war ein Hunger, den sie hatte. Und ich war hier der einzige Mensch, der ihren Hunger stillen konnte. Emma führte mich in den Keller, in dem es einen Raum gab, den wir als Schlafzimmer eingerichtet hatten. Emma hatte diesen Raum in eine regelrechte Blutopferstätte umgewandelt. Ihre medizinischen Gerätschaften, die sie zum Blutabzapfen brauchte, waren neben dem Bett aufgebaut. Gegenüber dem Bett an der Wand und an der Decke waren Spiegel angebracht. Das Bett war neu weiß bezogen. Geradezu jungfräulich. Nur das Wort jungfräulich kam einem nicht in den Sinn, wenn man Emma ansah. Sie hatte einen enganliegenden schwarzen Lederanzug angezogen. Ihre glatten, feuerroten, glänzenden Haare bedeckten halb ihr blasses Gesicht, aus dem mich ein frivoler, herausfordernder Blick traf.

„Leg dich hin und zieh dich aus.", befahl sie, als wir im Keller angekommen waren.

Ich gehorchte und sah ihr zu, wie sie eine Kanüle auf eine Spritze aufsetzte und mir diese ohne

Vorwarnung gewaltsam in den Oberarm stieß. Ein brennender Schmerz durchzuckte meinen Körper und ich schloss die Augen. Ich fühlte, wie die Kanüle entfernt wurde und entspannte etwas. Die Augen öffnete ich nicht. Da stieß sie erneut zu. Diesmal war der Schmerz sogar stärker. Ich spürte, wie das Blut aus mir floss, wie es das weiße Leinen durchtränken musste. Dann spürte ich eine sanfte Berührung, Emmas blutrote, volle Lippen hatten sich auf die beiden Wunden gelegt, aus denen noch immer das Blut floss. Sie saugte es auf, wie ein Säugling, der an der Mutterbrust seine Lebensenergie aufnimmt. Ich konnte spüren, wie die Energie von mir auf Emma überging, wie sie sie aufsaugte.

Als ich die Augen wieder öffnete, schienen ihre Haare noch roter zu sein als vorher. Ihre Lippen waren es in jedem Fall. Der Mund war blutverschmiert; mein Oberarm auch. Emma sah befriedigt aus. Wir waren eine Weile unbeweglich und sahen uns an. Ich fühlte mich schwach und im wahrsten Sinne ausgesaugt. Emma begann, meine Wunden zu desinfizieren und zu verbinden. Dann säuberte sie ihr Gesicht, zog die Augenbrauen in die Höhe und sagte:

„Willst du auch ein Bier?"

*

Wir hatten bald ein Ritual entwickelt, das sich so oder ähnlich immer wieder abspielte. Mit der Zeit war ich regelrecht süchtig, von Emma ausgesaugt zu werden. Jetzt bin ich mir sicher, dass ich ihr hörig war. Damals sah ich das nicht so; ich merkte nur, dass Emma für mich die maßgebliche Instanz war. Sie war beinahe unwirklich, eine Art Göttin, gebannt in

Munchs Bild, aus dem sie sich manchmal löste und zu mir herabstieg. Wir hatten begonnen, unsere Blutsaugeorgien zu ritualisieren. Emma bezog das Bett neu mit weißer Bettwäsche und ich legte mich hinein. Sie legte sämtliche Kleidung ab und stand dann regelmäßig in all ihrer Herrlichkeit vor mir. Die roten Haare stachen brutal von ihrer schneeweißen Haut ab. Sie bereitete ihre medizinischen Gerätschaften vor, desinfizierte mir eine Stelle am Oberarm und öffnete mir die Vene. Das Blut quoll aus der Wunde. An diesem Punkt waren Emmas Augen glasig geworden; sie war wie im Trance und eine Extase schien Besitz von ihr zu ergreifen. Das Blut tropfte auf die blütenweiße Bettwäsche und wurde sofort aufgesaugt. Ich begann, mich schwach zu fühlen und sah Emma wie durch einen Schleier zu, wie sie sich auf mich legte. Ich fühlte ihre warmen, weichen, großen Brüste, die sich gegen meinen Oberkörper pressten. Dann saugte sie. Von Mal zu Mal länger. Manchmal ergriff mich eine unbestimmte Angst zu sterben.

Eines Tages hatte Emma eine neue Idee. Sie wollte fotografiert werden, während sie es machte. Ich weiß nicht, wie sie darauf kam. Vielleicht steigerte das noch die Frivolität der ganzen Sache. Ich besorgte eine Fotoausrüstung mit allem, was dazugehörte. Es gab sogar eine mechanische Vorrichtung, die die Belichtung des Filmes verzögern konnte. Wir hatten niemanden, der den Apparat hätte bedienen können. Ich weiß nicht, was aus den Bildern geworden ist. Als ich von hier weg musste, habe ich sie im Haus gelassen.

Wir hatten auch Geschlechtsverkehr, aber für Emma war das nicht so wichtig. Sie gierte nach Blut.

Zunächst nach meinem Blut. Aber nur zunächst, das änderte sich später. Wir lebten eine Weile in Frieden. Mit den Dorfbewohnern hatten wir nichts zu tun. Unseren Lebensunterhalt bestritten wir zuerst mit dem Geld, das ich aus Berlin mitgenommen hatte und später durch Diebstähle in der Umgebung. Zuerst hatte ich Skrupel, aber das legte sich bald. Mit einer Frau wie Emma an seiner Seite wird die unmoralischste Handlung, die man sich denken kann, zu Normalität. Emmas Blutdurst wurde immer schlimmer. Irgendwann genügte ich ihr nicht mehr. Vielleicht wurde ihr unser Ritual auch zu langweilig. Sie begann Charakterzüge herauszukehren, die mir nicht gefielen. Sie schien unfähig, Mitgefühl zu haben. So kannte ich sie nicht. War vorher alles aufgesetzt gewesen?

Ich erinnere mich gut an einen Tag Anfang Mai 1941. Emma war weggegangen, ich wusste nicht wohin. Als sie nach einiger Zeit nicht wiederkehrte, machte ich mich auf die Suche nach ihr.

Zunächst ging ich ziellos in den Dünen umher. Dann hörte ich die Schreie. Wenn jemals ein Mensch um sein Leben geschrien hat, dann war es jetzt. Es hörte sich nach einer Frau an. Ich fing an zu rennen, in die Richtung, aus der ich die Schreie gehört hatte. Dann sah ich es; eine junge, rothaarige Frau lag auf dem Boden und Emma auf ihr. Die junge Frau stieß noch immer schrille Schreie aus, die mir durch Mark und Bein gingen. Emma holte mit der rechten Hand aus und schlug der jungen Frau die Faust an den Kopf. Dann drehte sich sich zu mir um.

„Komm, fass mit an."

Zuerst reagierte ich nicht. Dann, automatisch und ohne darüber nachzudenken, half ich ihr. Wir trugen das ohnmächtige Mädchen zu uns ins Haus und fesselten sie unten im Keller an das Bett. Ich kann mich gar nicht mehr an Einzelheiten erinnern, aber ich weiß, dass das Mädchen gelitten hat. Ich sehe nur ihr tränenverschmiertes Gesicht mit den Blutergüssen vor mir. Wahrscheinlich habe ich den Rest verdrängt, weil es so grausam war. Emma hatte sich in einen Blutrausch hineingesteigert. Sie brauchte es mittlerweile täglich. Auch ich war ihr noch hörig und diente als Spender. Mit mir war sie zärtlicher. Vielleicht waren das irgendwelche verstreuten Überreste von Dank, die sie in einer Ecke ihres kranken Gehirn fand.

Sie schien das Mädchen nur als Energiequelle zu betrachten, als eine Art Batterie. Nach etwa einer Woche war das Mädchen weg; es hatte geschafft zu entkommen. Eines Morgens, als ich in den Keller ging, fand ich, dass sie sich befreit hatte. Ich war erleichtert und gleichzeitig bekam ich Angst. Was würde jetzt geschehen? Würde sie uns verraten? Würden jetzt wütende Dorfbewohner mit Fackeln anrücken und unser Haus anzünden?

Nichts geschah. Keine wütenden Dorfbewohner. Keine brennenden Kreuze vor der Tür. Aber das war der Anfang von den Vampirgeschichten, die durch das Dorf gingen. Es war der Anfang vom Ende.

*

„Ich bin schwanger."

Eines Tages sagte sie das einfach so, in einem Ton, als ob sie sagen wollte „Ich hab dir ein Bier kaltgestellt." Ich traute meinen Ohren nicht.

„Was?"

„Ich bin schwanger."

„Aber - wie konnte das passieren?"

„Lieber Adalbert, soll ich dir das mal erklären? Also da gibt es die Bienchen und die Blümchen..."

„Verdammt, sei ernsthaft, Emma! Was sollen wir mit einem Kind? Wie soll das gehen? Wir sind nicht gerade der Inbegriff des Spießbürgertums hier."

„Adalbert, ich will dieses Kind."

Was Emma wollte, bekam sie auch. Diese Erfahrung hatte ich in der Zeit, in der ich mit ihr zusammen war, immer wieder machen müssen. Emma wurde gewalttätiger und rücksichtsloser. Bisher hatte sie immer noch berücksichtigt, auch mir sexuelle Befriedigung zu verschaffen. Beim Geschlechtsverkehr hatte ich immer den Eindruck, als mache sie das nur mir zu Gefallen und fixierte in Wirklichkeit nur meinen Hals, um ihre Vampirzähne hineinzuschlagen. Irgendwann jedoch ging es nur noch um Blut. Vielleicht war die Hormonumstellung in der Schwangerschaft die Ursache. Emma war nie nett und freundlich gewesen, aber sie hatte doch immerhin ab und zu ihren Mund zu dem verzogen, was man gemeinhin Lächeln nennt. Das hörte irgendwann auf. Sie zog sich zum Bluttrinken nicht mehr aus. Ich fühlte, wie wir uns von einander entfernten. Wir waren aufgrund unseres Lebenswandels gezwungen, auf engstem Raum zusammenzuleben. Wir hatten keinerlei soziale Kontakte im Dorf; im Gegenteil, wir waren als Monster verschrien. Ich verbrachte viel Zeit draußen in den Dünen. Dahin kam kaum ein Dorfbewohner, alle hatten Angst vor uns. Ich lag tagelang im Schilf und tagträumte. Irgendwann war ich einmal bis zu einem Haus vorgedrungen, das ebenfalls einsam am Strand lag. Es war ein großes, eindrucksvolles Anwesen. Aus reiner Langeweile nahm ich mein Fernglas und richtete es auf das Haus. Eine Familie wohnte dort. Mann, Frau, ein kleines Mädchen und eine junge, schwarze Frau. Ich nahm an, dass diese eine Hausangestellte war oder so etwas. Immer, wenn sie nicht arbeiten musste, saß sie auf der Terrasse und sonnte sich. Ich war irgendwann fixiert auf sie. Emma verlor noch mehr an Bedeutung. Sie mochte sich schon fragen, was ich den ganzen Tag machte, aber sie verlor nie ein Wort darüber. Mein Sinnen und Trachten war bald auf das junge, schwarze Mädchen gerichtet. Deine Großmutter, Keesha.

Sie sah so unschuldig aus. Genau das Gegenteil von Emma. Noni. Dass sie so hieß, wusste ich, weil sie so gerufen wurde. Aufgrund meine ganzen Erziehung und Prägung hätte ich sie als Untermensch betrachten müssen. Sie gehörte nicht zu arischen Rasse. Sie kam aus Afrika oder sonstwo her. Das hatte man uns damals eingebläut, im Elternhaus, in der Schule, in der Universität, im ganzen Leben. In meinem Medizinstudium habe ich Wochen und Monate mit der Rassentheorie verbracht, wie sie genannt wurde. Man wollte wissenschaftlich beweisen, dass die nordischen Menschen wertvoller waren als andere. Aber als ich Noni über Tage beobachtet hatte, war all das vergessen. Ich sah nur ihre sanften Gesichtszüge aus der Ferne, ihre in der Sonne glänzende dunkle Haut. Ich hatte mit diesem System gebrochen.

Dann kam der 27. Juli 1942. Das war der Tag, an dem ich mich vergaß. Ich hatte wieder meinen gewohnten Posten eingenommen, um das Strandhaus zu beobachten. Die Familie fuhr irgendwann weg; ich sah sie ins Auto steigen. Der Herr des Hauses fuhr selbst. Einen Chauffeur schienen sie nicht zu haben. Noni legte sich wieder auf einen Liegestuhl auf die Terrasse. Die Sonne brannte heiß auf die ausgetrockneten Dünen. Noni zog sich aus. Vollständig. Ich war vollständig unter dem Eindruck dieser sanften Rundungen ihres schlanken, jungen Körpers. Ihr Gesicht strahlte eine echte, unverbrauchte Unschuld aus; eine Unschuld, die noch nie in Versuchung geführt wurde. Ich presste das Fernglas an die Augen und konnte mich nicht satt sehen. Sie hatte kleine Brüste, kaum eine Handvoll. Sie legte sich wieder auf den Liegestuhl und nahm ein Buch vor, in dem sie zu lesen begann. Irgendwann spreizte sie die Beine ein wenig und begann, sich im Schambereich zu berühren, vorsichtig. Sie hielt ab und zu inne und machte ein Gesicht, aus dem Betroffenheit sprach. Aber es schien Betroffenheit zu sein, die mit Neugierde gepaart war, denn sie las weiter. Bald änderte sich das und ich sah Erregung. Ich fühlte, wie etwas mit mir passierte. Plötzlich hatte ich nur einen Wunsch: Dieses Mädchen zu besitzen, sie ganz und gar zu spüren. Sie musste machen, was ich wollte. Ich würde derjenige sein, der das Sagen hatte.

Der Gedanke ergriff Besitz von mir und ließ mich nicht mehr los. Man hätte mir in diesem Moment zehn nackte Emmas vor die Nase setzen können, ich hätte meine Augen doch nicht von diesem Schauspiel abwenden können, das sich mir dort bot. Ich sah ihre gespreizten Beine, ich sah ihr nasses Geschlecht aufblitzen und ich stand auf und ging zu ihr hin.

*

Ich hatte Noni ihre Jungfräulichkeit genommen; zu diesem Zeitpunkt hatte ich noch keine Ahnung, dass ich damit ihr Todesurteil unterschrieben hatte. Als ich nach Hause kam, war Emma nicht da. Ihr Gesicht war unbewegt, als sie eine halbe Stunde später ankam, und sie verschwand in ihrem Zimmer, ohne ein Wort zu sagen. Die nächste Zeit sah ich nicht viel von ihr. Ich machte mir Sorgen. Ich wusste, dass sie Blut brauchte. Sie war süchtig danach. Ich selbst hatte schon einige Zeit nicht mehr gespendet. Damals wusste ich noch nicht, wozu sie fähig war; ich erfuhr es aber bald.

Monate verstrichen. Es war mittlerweile April 1943 und ich hatte mit Beunruhigung festgestellt, dass die deutsche Besetzung von Frankreich auch in diesem gottverlassenen Winkel zu spüren war. Immer mehr Soldaten und Militärfahrzeuge sah man auf der Küstenstraße. Emma führte ihr eigenes Leben. Zuweilen besorgte sie sich einen Blutspender aus dem Dorf. Immer waren es junge Frauen. Als unser Kind geboren wurde, machte sie drei Tage Pause. Sowohl ich als auch die derzeitige Spenderin durften ebenfalls zwangspausieren. Dafür hatte ich sie zu bedienen. Es war ein Junge. Wir nannten ihn Johann.

Als sie wieder auf den Beinen war - es war an einem Tag im April 1943 - ging Emma aus dem Haus und kam eine halbe Stunde mit blutverschmiertem Mund zurück. Ich sah sie ungläubig an.

„Was ist?", fragte sie aggressiv.

„Was ist passiert?", fragte ich zurück.

„Das kannst du morgen in der Zeitung lesen."

Es war nichts weiter aus ihr herauszuholen. Die Blutreste in ihrem Gesicht sprachen Bände. Irgendwo lief jemand herum, den Emma zu ihrem Spender auserkoren hatte. Wenn die Person noch laufen konnte und nicht irgendwo leblos im Sand lag. Ich hielt es im Haus nicht aus und ging in die Dünen. Ich hatte mir gar keine Gedanken darüber gemacht, wohin ich wollte, aber es zog mich automatisch zum Strandhaus. Ich bezweifelte, dass Noni auf der Terrasse sitzen würde, nach dem, was ich ihr angetan hatte. Mittlerweile bereute ich meine Tat. Ich würde Noni wahrscheinlich nie wiedersehen. Ich griff in die Tasche, um das Fernglas herauszuholen.

„Stehenbleiben und keine Bewegung!"

Der barsche Befehl hinter mir war eindeutig, in deutscher Sprache und konnte, gemessen am Tonfall, nur aus dem Mund eines Wehrmachtsoldaten kommen. Sofort kamen mir unangenehme Erinnerungen an meine eigene Wehrmachtszeit und den Befehlston in der Stimme meines Vaters hoch. Ich drehte mich langsam um. Ein junger Mann mit dem Rangabzeichen eines Feldobergendarms stand mit einer Maschinenpistole vor mir, die auf mich gerichtet war. Ich durchdachte meine Optionen. Zu fliehen war sinnlos. Es war Krieg und der Soldat würde nicht zögern, mich zu erschießen. Vielleicht war die Feldgendarmerie auch nicht wegen mir hier. Immerhin waren die Ereignisse von Berlin schon einige Jahre her. War es denkbar, dass man mich jetzt noch hier aufgespürt hatte? Unwahrscheinlich. Jetzt im Krieg hatte die Gestapo Wichtigeres zu tun, als einen flüchtigen Studenten zu jagen. Ich stand wortlos da und beschloss, mich dumm zu stellen.

„Können Sie sich ausweisen? Ach, Sie sind Deutscher? Was machen Sie hier?"

Ich sagte, dass ich in dem Haus dort drüben wohnte und gab ihm meine Kennkarte. Der Gendarm untersuchte sie eine halbe Minute lang, die sich für mich zu einer Stunde hinzog.

„Mein Vater ist Oberst und in Brest stationiert. Ich bin auf Urlaub hier und werde Ende August nach Berlin zurückkehren. Ich bin Arzt und habe eine Praxis.", log ich unverschämt.

Laute Rufe ertönten aus der Richtung des Strandhauses. Der Militärpolizist sah an mir vorbei und zog die Stirn etwas zusammen. Alles in mir hoffte, dass er die Sache auf sich beruhen lassen würde. Aber er sagte: „Es ist meine Pflicht, Sie mit zur Feldgendarmerie nach Saint-Brieuc zu nehmen, damit Sie erkennungsdienstlich untersucht werden."

Ich fühlte Enttäuschung und Angst. Wenn er das machte, würde ich auffliegen. Man würde herausfinden, dass Adalbert Jäger kein Arzt war, sondern das Medizinstudium geschmissen hatte, dass er keinen Vater hatte, der Oberst in Brest war. Sondern dass sein Vater tot in seinem Haus aufgefunden worden war. Man würde Emma finden. Alles würde herauskommen. Man würde mein Bild finden. Katastrophenszenarien spielten sich in meinem Kopf ab.

„He, Jacobs, was machen Sie da?", hörte ich eine Stimme von weitem rufen.

„Habe hier einen Verdächtigen, Herr Leutnant!"

„Gut, herbringen!"

„Jawohl, Herr Leutnant."

Das war es dann wohl. Mit leerem Kopf stolperte ich durch die Dünen und spürte die Präsenz der Maschinenpistole in der Hand des Soldaten hinter meinem Rücken. Wir überquerten die Terrasse. Große Blutflecken waren hier überall zu sehen. Überall wimmelte es von deutschen Soldaten. Man befahl mir, das Haus zu betreten. In der Wohnstube sah ich in einer Ecke etwas, das wie drei zugedeckte menschliche Körper aussah. Ich begann, einen schrecklichen Verdacht zu haben.

„Setzen Sie sich da hin!"

Nach zehn Minuten kam der Leutnant zu mir, eine Bulldogge von einem Mann. Er sah mich an, als ob er bereits überlegte, welche seiner Soldaten er zu meiner standrechtlichen Erschießung abkommandieren würde.

„Wer sind Sie?"

Ich musste bei meiner Geschichte bleiben.

„Mein Name ist Dr. Adalbert Jäger und ich bin Arzt in Berlin. Mein Vater ist Oberst in der Wehrmacht und jetzt in Brest stationiert."

„Wie heißt Ihr Vater?"

„Johannes Jäger."

„Wir werden das überprüfen. Was machen Sie hier?"

„Urlaub."

„Urlaub? Wir führen hier einen Krieg und Sie machen Urlaub?"

„Mit Verlaub, Herr Leutnant. Ich habe vor meinem Studium in der Wehrmacht gedient und widme mich jetzt mit vollem Einsatz der Aufrechterhaltung der deutschen Volksgesundheit."

Das Gesicht des Leutnant entspannte sich etwas. So musste man also mit ihm reden. Das machte mir Mut und ich fügte hinzu: „Daneben tue ich mein Bestes, die minderwertigen Subjekte und Parasiten auszumerzen, die das deutsche Vaterland befallen haben und unsere Kultur unterwandern wollen."

„Das ist lobenswert von Ihnen. Wir werden Ihre Angaben überprüfen und wenn alles in Ordnung ist, können Sie gehen. - Ja, was ist, Dr. Wischinsky? - Warten Sie bitte einen Augenblick, Herr Dr. Jäger."

Dass er mich jetzt mit dem Titel ansprach, den ich mir angemaßt hatte, schien ein gutes Zeichen zu sein. Er trat ins Nebenzimmer und sprach mit einem unscheinbaren Mann mit dicker Brille und einem arroganten Gesichtsausdruck, in dem ich sofort meinen alten Kommilitonen Karl Wischinsky wiedererkannte.

„Die Opfer haben viel Blut verloren. Sie sind seit mehreren Tagen tot.", hörte ich Wischinsky durch die Tür sagen.

„Gut, sonst noch was?"

„Ja. Sie scheinen gefesselt worden zu sein. Man kann an verschiedenen Stellen Blutergüsse erkennen. Dann hat ihnen der Mörder die Halsschlagader geöffnet. Todesursache war wahrscheinlich zu starker Blutverlust und damit einhergehend Organversagen."

„Gut, das genügt fürs Erste. Ich lasse die Leichen jetzt wegschaffen."

Wischinsky hatte mich gesehen und trat zu mir heran. Er schien unangenehm überrascht zu sein.

„Jäger, was machst du hier?"

„Später. Tu mir einen Gefallen. Ich bin der Arzt Dr. Jäger und mein Vater ist Oberst in Brest. Die dürfen das auf keinen Fall überprüfen."

Wischinksy machte ein undefinierbares Gesicht. Der Leutnant kam wieder ins Zimmer.

„Herr Leutnant, ich kenne den Mann. Wir haben zusammen in Berlin studiert."

„Wirklich? Das trifft sich gut. Können Sie mir etwas über ihn sagen?" Die beiden wendeten sich ab und verließen das Zimmer. Eine Viertelstunde verstrich. Endlich kam der Leutnant wieder. Wischinsky war nicht mehr da.

„Es ist gut. Sie können gehen. Herr Dr. Wischinsky hat alle Ihre Angaben bestätigt."

Mir fiel ein Stein vom Herzen. Eine Sache musste ich jetzt noch wissen.

„Danke, Herr Leutnant. Aber sagen Sie, was ist hier eigentlich passiert?"

„Ein Mord. Ein einheimisches Ehepaar und eine junge Negerin, wahrscheinlich die Hausangestellte. Muss ein Psychopath oder sowas gewesen sein. Es gibt zwei Überlebende. Ein kleines Mädchen und ein schwarzer Säugling, auch ein Mädchen. Die tote Negerin scheint die Mutter gewesen zu sein. Hat wahrscheinlich im Dorf herumgehurt und sich schwängern lassen. Das größere Mädchen steht unter Schock und spricht nicht, aber wir glauben, dass sie sich versteckt hat, als die Tat geschah."

Sie ließen mich gehen. Ich war froh, dass ich auf diese Art davonkam. Wischinsky habe ich nie wiedergesehen. Ich habe später gehört, dass er im

Krieg gefallen ist und und seine Identität angenommen.

Als ich wieder bei unserem Haus ankam, hatte ich einen Entschluss gefasst. Es konnte so nicht weitergehen.

40
2. Oktober 2013, Pont-Kervennec

Adalbert Jäger lag wach im Bett. Seine lange Erzählung hatte ihn ermüdet. Seine Enkelin Keesha hatte seine Geschichte mit unbewegtem Gesicht zur Kenntnis genommen und dann deutlich gemacht, dass sie ihn jetzt nicht länger sehen wollte. Er hatte sich in sein Zimmer im Erdgeschoss der Pension zurückgezogen und aus dem Fenster gestarrt. Jäger fragte sich jetzt, ob es das alles wohl wert gewesen war. All die Jahre, die er sich versteckt hatte. Er hatte längst alles Böse, was er je gemacht hatte, bereut. Alles Böse. War es böse gewesen? Emma hatte den Tod verdient. Den Tod eines Vampirs. Gepfählt. Danach war der Bann gebrochen. Jäger hatte sich befreit gefühlt, befreit von einer unheilbringenden Macht. Aber irgendwann war die Reue gekommen. Die letzten siebzig Jahre hatte er damit leben müssen. Emma hatte sterben müssen, weil sie Noni getötet hatte. Jetzt war er wieder hier, in Pont-Kervennec. Der Ort, der ihm damals Zuflucht und Frieden bringen sollte, würde ihm jetzt Frieden bringen. Das wusste er. Dann war da noch das Bild. Jäger kannte eine Person, die hinter dem Bild her war und er fragte sich, wie diese Person wohl die Wahrheit aufnehmen würde.

Adalbert Jäger öffnete die Augen und starrte in die Dunkelheit. Er blieb unbeweglich liegen und hörte den Geräuschen zu, von denen er genau wusste, was sie bedeuteten. Er hörte, wie eine Trittleiter im Garten aufgestellt wurde. Er hörte, wie jemand durch das offene Fenster in sein Zimmer stieg. Er hörte den Atem einer fremden Präsenz. Der grelle Lichtstrahl einer Taschenlampe durchdrang seine geschlossenen Augenlider und verursachte Schmerzen.

„Ich wusste, dass du kommen würdest."

Keine Antwort.

„Ich weiß auch, warum du gekommen bist, Johann."

Keine Antwort.

„Du hast irgendeine Waffe in der Hand, ein Messer oder eine Pistole, und wirst mich gleich damit bedrohen. Sprichst du nicht mehr mit mir? Ist ja immerhin eine Weile her, dass wir zuletzt gesprochen haben."

„Sie haben meine Mutter umgebracht."

„Ja, das habe ich, verdammt noch mal und es gab einmal eine Zeit, zu der ich darauf stolz war. Jetzt bin ich es nicht mehr. Sogar so ein Monster wie deine Mutter hat es nicht verdient, auf diese Art zu sterben. Wir haben damals Menschen ins KZ gesteckt, die weniger verbrochen hatten als deine Mutter. Deine Mutter war ein Monster. Sie hatte sich nicht unter Kontrolle. Ihre Gier nach Blut war ihr Untergang. Und nicht nur ihre Gier nach Blut. Sie hat aus Eifersucht einen dreifachen Mord begangen. Darunter ein junges, unschuldiges Mädchen. Die Mutter meiner Tochter. Du bist ein Feigling, Johann. Ein feiges Schwein. Das hast du von mir geerbt, ich geb es ja zu. Ich war auch immer ein Feigling, ein Außenseiter, der einer Frau hörig war und ein totes Bild vergöttert hat."

„Wo ist das Bild?"

„Das würdest du gerne wissen, Johann, wie? Aber ich vergaß, wie nennst du dich noch gleich?

Jean-Yves? Ja, ich kann mir vorstellen, dass damals deutsche Namen in der Bretagne nicht so in Mode waren. Erschieß mich doch, oder erstech mich oder töte mich sonstwie. Aber nein, dazu bist du zu feige. Du hast bestimmt kein Messer in der Hand. Du hast eine Pistole oder vielleicht einfach nur einen Holzknüppel. Das ist sauberer. Um jemanden zu erstechen, muss man nah ran. Und das gibt Blut, viel Blut. Blut, nach dem deine Mutter sich früher die Lippen geleckt hätte. Aber du kippst bestimmt schon um, wenn du dir in den Finger schneidest."

„Sagen Sie mir, wo das Bild ist und ich lasse Sie für immer in Ruhe."

„Und wenn ich es dir nicht sage? Das Bild ist in Sicherheit. Töte mich, ich bitte dich darum. Ich bin fast hundert Jahre alt. Ich habe nicht mehr lange zu leben. Meinst du, ich habe Angst vor dem Tod? - Du sagst nichts mehr? Ah, dieses Geräusch kenne ich. Lass mich raten, du hast die Pistole im Haus in den Dünen gefunden? Die gute alte Mauser 1934, die ich schon zu meiner Zeit in der Wehrmacht benutzt habe. Ist eine gute Waffe. Wenn du sie gut gepflegt hast, funktioniert sie bestimmt noch. Also los, bring es hinter dich."

Le Dantec sagte nichts mehr. Adalbert Jäger hörte noch, wie der Schuss sich löste.

41
2. Oktober 2013, Pont-Kervennec

Als Adalbert Jäger früher am Abend Keeshas Zimmer verlassen hatte, war es ein Gefühl von Unzufriedenheit, das von Keesha Besitz ergriffen hatte. „Das ist also mein Großvater.", sagte sie überflüssigerweise. Was hatte sie erwartet? Einen verknöcherten Alt-Nazi, der heimlich noch ein Hakenkreuz unter dem Revers seines schwarzen Ledermantels hatte? Oder einen reuigen Sünder, der sich vor ihr auf die Knie warf und um Verzeihung bat?

„Das erklärt vieles, allerdings immer noch nicht, wer dich vergiftet und das Grab gebuddelt hat. Oder war das Pieter?", fragte Bart.

„Ja, das Grab war seine Idee, was das Gift betrifft, hab ich keine Ahnung."

„Wo wird denn Pieter jetzt wohl stecken?"

„So wie ich ihn kenne, ist er Hals über Kopf nach Amsterdam zurück und versteckt sich. Aber ich kann mich auch irren. Vielleicht ist er auch völlig ausgetickt und hat sich mit dem Auto gegen irgendeinen Baum gesetzt."

„Spüre ich da Gefühllosigkeit?"

Keesha lächelte bitter. „Ja. Nein. Ich bin nicht gefühllos. Ich bin realistisch. Es gibt nur drei Möglichkeiten, was mit Pieter sein kann."

Bart sah sie fragend an.

„Erstens: Pieter ist tot. Ich hoffe das nicht, aber die Möglichkeit besteht. Zweitens: Er ist nach Amsterdam zurück und lässt mich in Zukunft in

Ruhe, wenn er merkt, dass ich überlebt habe. Das wäre mir das Liebste."

„Drittens?"

„Drittens: Er stalkt mich weiter. Wenn das passiert, zeige ich ihn an und du bist mein Zeuge."

Keesha hatte sich aufgesetzt und sah Bart offen an. Er hielt Keeshas grüne, ausdrucksstarke Augen einige Sekunden aus und senkte dann den Blick.

„Ich vertraue dir übrigens, Bart. Trotzdem du mir nicht die Wahrheit gesagt hast."

Über Barts Gesicht zuckte es wie eine Mischung aus Überraschung und Zufriedenheit. Er sagte nichts. Keesha fuhr fort. „Du hast eine Angststörung, richtig?"

„Ja.", sagte Bart einfach.

Keesha setzte ihr akademisches Gesicht auf. Das war der Gesichtsausdruck, den sie immer hatte, wenn sie im Fakultäts-Meeting saß. „Ich denke, dass das bei dir so in Richtung Agoraphobie geht. Du bist offensichtlich allein hier, bist manchmal nicht ansprechbar. In diesen Momenten, zumindest in den paar, die ich mitbekommen habe, siehst du aus, als hättest du Panik. Ich hab dich letztens im Dorf gesehen. Du sahst aus, als hättest du grad 'nen Zombie gesehen."

„Ja, es stimmt alles. Ich hab dich auch gesehen. Es tut mir auch leid, dass ich…"

„Ach so, dann war ich der Zombie? Nee, lass mal. Schon ok. Du wolltest mich ja immerhin da unten aus dem Bach holen."

„Ja, richtig, der gute Wille war da, aber stattdessen hab ich versagt und du hast mich rausgeholt!"

„Ich könnte ja jetzt großkotzig sagen: Kein Thema, jederzeit wieder, aber das lasse ich mal. Du würdest mir doch nicht glauben. Das war schon nicht ohne. Aber eines muss ich noch an dir bemängeln."

„Und das wäre?"

„Du hättest ruhig was weniger frühstücken können!"

„Willst du damit subtil andeuten, dass ich zu schwer bin?"

„Nein, wie käme ich dazu?"

„Ich muss dich aber enttäuschen. Die Auftriebskraft im Wasser gleicht das Gewicht wieder aus. Hast du kein Physik in der Schule gehabt, oder was?"

„Streber! Mit Worten kann man dir nicht beikommen, wie?"

„Selten.", lächelte Bart.

„Ich könnte ja jetzt so tun, als hätte ich die ganze Zeit von deiner Angststörung gewusst, aber ich muss zugeben, ich hab ein bisschen gegoogelt. Naja, Symptome und so. Und dann kam da immer wieder was über Agoraphobie als Suchergebnis. Aber was war eigentlich letztens hier im Flur?"

Bart wurde etwas verlegen. „Ja also, das war seltsam. Grundsätzlich fühle ich mich immer in geschlossenen Räumen, und vor allem in der Dunkelheit am wohlsten…"

„Hm, ist bei mir gerade umgekehrt…"

„Ja, das ist bei vielen Menschen so. In der Dunkelheit sieht man nichts und wenn man nichts sieht, hat man Angst davor, was da sein könnte. Aber bei mir ist das anders. An dem Abend hatte ich mich gerade dazu durchgerungen rauszugehen, als ich mitbekommen habe, dass du auch dein Zimmer verlassen hast. Ich kann es nicht anders sagen, in dem Moment war ich unfähig, dir zu begegnen. Ich weiß nicht, wovor ich Angst hatte. Es war einfach ein diffuses Gefühl von Kontrollverlust. Ich konnte dir so nicht begegnen. Was würdest du von mir halten? Würdest du denken, ich bin ein Spinner oder ein Verbrecher oder wer weiß was? Ich konnte aber auch nicht in mein Zimmer zurück, sonst hättest du sofort gewusst, dass ich das war. Ich weiß, so eine Denkweise kann man als normaler Mensch nicht nachvollziehen, aber so war es. Also hab ich gewartet. Ich hab gedacht, irgendwann gehst du wieder rein, oder an mir vorbei, ohne mich zu bemerken."

Keesha sah ihn an und lächelte. Sie hatte ihr akademisches Gesicht wieder abgesetzt. Bart sprach weiter. Er klang plötzlich selbstbewusster.

„Diese Reise nach Pont-Kervennec ist so eine Art selbst auferlegte Therapie. Mein Psychotherapeut hat mir geraten, mich zu desensibilisieren. Die Situationen bewusst aufsuchen, in denen ich Angst habe. Das funktioniert wohl nur, wenn man es freiwillig macht. Ich hab lange gezögert, aber irgendwann hab ich es gemacht."

„Aber das heißt dann... da oben auf den Klippen...das war dann eher nicht dein Ding?"

„Hör bloß auf. Ich hab gar nicht nachgedacht. Ich hab dich nach hinten stürzen sehen und bin hinterhergesprungen."

Keesha bemühte sich vergeblich, ihre Augen offen zu halten. Sie fühlte sich absolut erschöpft. Irgendwann gab sie auf und schloss die Augen. Bart war so rücksichtsvoll, nichts mehr zu sagen. Keesha war fast eingenickt, als sie etwas auf ihren Lippen spürte. Etwas Weiches, Warmes. Ohne die Augen zu öffnen, wusste sie, was das bedeutete. Sie erwiderte Barts Kuss und spürte ein Kribbeln in der Bauchgegend. Nach fünf Minuten war sie eingeschlafen.

*

Keesha schreckte hoch und sah Barts Gesicht über sich. Was war los? War sie eingeschlafen?

„Da ist irgendwas los. Da war ein Knall, ein Schuss oder sowas. Ich geh mal gucken."

Bart war durch die Tür verschwunden. Keesha humpelte hinterher und verfluchte ihren Fuß, der immer noch höllisch weh tat. Sie kamen bei Jägers Zimmer an.

„Das Bild ist nicht mehr hier."

Alle sahen auf das Bett, woher die Stimme gekommen war. Adalbert Jäger lag da mit offenen Augen. In der Wand über dem Bett sah man ein Einschussloch. Jean-Yves Le Dantec hatte die Pistole noch auf Jäger gerichtet. „Ich habe veranlasst, dass das Bild den Erben von Erwin Holzmann, den rechtmäßigen Eigentümern, zurückgegeben wird. Es liegt in einem Bankschließfach in Zürich. Den Schlüssel habe ich bei einem Notar hinterlegt.

Holzmann war nach London ins Exil gegangen, als er aus Deutschland fliehen musste."

Le Dantec machte ein Gesicht, das seine ganze Verachtung zum Ausdruck brachte.

„Und jetzt fühlen Sie sich wohl? Alle müssen bezahlen, alle müssen leiden, alle werden bestraft, nur Sie nicht?"

„Ich bin kein Engel, Johann. Das war ich noch nie. Aber du kannst mir glauben, dass ich in den letzten siebzig Jahren mehr gelitten habe als manch ein anderer. Natürlich war deine Mutter ein Monster, aber es ist und bleibt ein Mord, Johann! Hast du schon einmal einen Mord begangen?"

„Beinahe."

„Dann weißt du nicht, was das bedeutet. Zumindest für jemanden, der nicht ganz und gar gefühllos ist. Es verfolgt dich. Es verfolgt dich bis in dein Innerstes. In deine Träume. In deine schlaflosen Nächte. Du siehst ihr Gesicht vor dir. Die weit aufgerissenen Augen, als sie merkte, dass ich Ernst machte, als ich mit dem Holzpflock und dem Vorschlaghammer auf ihr kniete. Da hinten in den Dünen. Du wirst das Bild nicht bekommen, Johann. Als der Bann gebrochen war, hat es mir nichts mehr bedeutet. Ich habe es trotzdem noch jahrzehntelang aufbewahrt, aber nie mehr angesehen. Ich hatte das Gefühl, ich verbrenne mir die Hände, wenn ich es anfasse. Das maßgebliche Ereignis war dein Besuch, Keesha. Ich wusste, ich musste endlich eine Entscheidung treffen. Es war nur eine Frage der Zeit, dass du alles rausfindest. Ich war nie auf den materiellen Wert des Bildes aus. Das warst nur du, Johann. Spiel dich nicht als Moralapostel auf, der mir nicht verzeihen kann, dass ich seine Mutter umgebracht habe. Es glaubt dir keiner."

„Dann waren Sie es, Monsieur Le Dantec, der mich vergiftet hat?", warf Keesha ein.

„Hat er das? Das glaube ich dir aufs Wort. Sieht ihm ähnlich. Warum denn eigentlich, Johann? Aber ich nehme an, sie hat dir ein bisschen viel herumgeschnüffelt, wie? Und du warst natürlich zu feige, das anders zu erledigen."

Jean-Yves Le Dantec hatte die ganze Zeit unbeweglich dagestanden, als ginge ihn das alles gar nichts an. Er schien verwirrt zu sein. Keesha sah ihn an und konnte in seinen Augen seine Gedanken lesen. Er schien um zehn Jahre gealtert zu sein, seit dem Abend, als Keesha ihn besucht hatte. Die Pistole zitterte in seiner Hand.

Jäger sprach weiter. Er schien nicht die geringste Sorge zu spüren.

„Du fragst dich, warum keiner Angst vor dir und deiner Pistole hat? Ich meine, du bist doch jetzt schließlich Herr über Leben und Tod. Du kannst uns alle erschießen. Mich zuerst. Das willst du doch, oder? Du hasst mich. Das weiß ich. Du hasst mich, wie sonst noch keinen Menschen. Aber weißt du eigentlich, warum? Weil ich deine Mutter umgebracht habe? Das glaube ich nicht. Du bist nicht in der Lage, Liebe zu spüren. Ebensowenig wie ich. Ich dachte mal, dass ich lieben könnte. Deine Mutter. Aber das war vorbei, als sie zum Monster wurde. Vermutlich war sie immer ein Monster und ich habe es nur nicht gemerkt. Spielt auch keine Rolle mehr. Du glaubst nicht an die Liebe, du glaubst an die Macht des Geldes. Richtig? Und du hast tatsächlich diese junge Frau hier, die, nebenbei bemerkt, deine Nichte ist, verdächtigt? Dass sie das Bild findet und auf Seite schafft? Nein, Johann. Es war alles umsonst. Du warst übrigens nicht der einzige, der hinter dem Bild her war. Da gab es einen Galeriebesitzer in Berlin, Krüger hieß er. Mit Hilfe von einigen korrupten SS-Leuten hat er Kunstwerke im Wert von Millionen beiseitegeschafft. Natürlich nicht nur von Holzmann. Es gab viele Juden, die reich waren. Das nannte man wohl zwei Fliegen mit einer Klappe schlagen. Man konnte die Ideologie bedienen. Das deutsche Volk von Ungeziefer und Parasiten reinigen, wie man sich damals ausdrückte und gleichzeitig das Geld einstreichen. Ein perverses Spiel. Mit dem Unterschied, dass es kein Spiel war. Mit Krügers Enkel stehe ich noch heute in Verbindung. Er hat die Hoffnung nie aufgegeben, dass ich verrate, wo das Bild ist. Damit er noch ein Geschäft mehr machen kann. Als hätte er noch nicht genug Raubkunst unter der Hand verscherbelt. Er kann den Hals nicht vollkriegen. Er ist ein armer Wurm, der da in Potsdam in seiner Galerie vor sich hin vegetiert, zusammen mit seinem Drachen von Ehefrau. Ich habe ihm übrigens die Polizei auf den Hals gehetzt. Der steht nächste Woche mit einem Geldkoffer in München und wartet auf mich. Seit der kürzlichen Nazi-Raubkunst-Affäre ist die Polizei sehr hellhörig geworden.

Als ich mich entschlossen hatte, das Bild an Holzmanns Erben zurückgegeben habe, fühlte ich mich schlagartig besser. Besser als je zuvor in meinem Leben. Früher war mein Vater mein böser Geist, der mich quälte und zu Dingen gezwungen hat, die ich nicht wollte. Danach war es Emma und das Bild. Oder vielmehr ich selbst, weil ich es habe geschehen lassen. Keesha – vielleicht wunderst du dich, dass noch so klar im Kopf bin? In Zürich habe ich wahrscheinlich einen anderen Eindruck gemacht?"

Keesha nickte.

„Ich muss zugeben, ich habe da etwas geschauspielert. Krüger hat mich angerufen und gewarnt, dass du kommen würdest."

Jäger machte eine Sprechpause. Le Dantec war der erste, der wieder das Wort ergriff. Er sah älter aus. Das sonst so zufrieden und jovial wirkende Gesicht war eingefallen und leer.

„Ihre Kriegsspiele sind mir gleichgültig, *mon père*. Mein Großvater war Gestapo-Mann? Interessant, aber ist mir egal. Ich bin Franzose und ich heiße Le Dantec. Was geht es mich an, was Sie und Ihre Nazi-Freunde damals verbrochen haben? Eines ist mir nicht egal und war mir auch nie egal. Sie haben in einem Punkt Unrecht, *mon père*.", sagte er mit leiser Stimme. „Ich hasse Sie nicht. Sie sind mir gleichgültig. Man liebt seine Eltern, oder man lebt im Streit mit ihnen. Dann hasst man sie vielleicht. Aber sie sind einem nicht gleichgültig. Meine Mutter habe ich nie gekannt; wenn Sie sagen, dass sie den Tod verdient hat, dann hat sie das vermutlich. Aber Sie, Sie hätten mich mitnehmen können damals. Aber das wollten Sie nicht, nicht wahr? Ich war doch bestimmt kein Wunschkind, oder? Ich war doch nur das Produkt eurer perversen Sexspiele."

„Da hast du nicht ganz Unrecht.", bestätigte Jäger.

Le Dantec nickte gedankenverloren vor sich hin. Die entsicherte Pistole hatte er noch immer in der Hand.

„Stattdessen haben Sie mich hiergelassen. Ausgerechnet bei den Le Dantecs. Mein Stiefvater war ein Säufer und meine Mutter war eine gefühllose, verbitterte Frau. Ich habe es trotzdem geschafft, zu studieren und etwas aus mir zu machen. Aber das war weder Ihr Verdienst noch das der Le Dantecs. Und jetzt...? Ich gebe es zu. Ich war hinter dem Bild her. Es ist Millionen wert."

„Und warum haben Sie mir das Gift gegeben?" Keeshas Stimme klang ungläubig.

„Die Idee war nicht von mir.", gab Le Dantec zurück. „Als ich kürzlich wieder einmal das Haus in den Dünen durchsuchte, um doch vielleicht noch das Bild zu finden, traf ich einen jungen Mann, einen Holländer..."

„Pieter!"

„Genau, so stellte er sich vor. Wie kamen ins Gespräch und er bot mir Geld. Ich habe akzeptiert."

Keesha nickte vor sich hin. „Und dann haben Sie mir all die Märchen erzählt und mir heimlich was in den Kaffee getan?"

„Es sind keine Märchen. Durch die Ereignisse damals mit meiner ... Mutter war hier ein Vampiraberglaube entstanden. Ich habe gemerkt, dass Sie sich dafür interessiert haben und das Ganze noch mit ein bisschen Mythologie gewürzt. Ist aber alles wissenschaftlich recherchiert."

Le Dantec wandte sich wieder seinem Vater zu.

„Sie haben Recht, *mon père*. Ich bin ein Feigling und ich muss damit leben. Und – Mademoiselle Egmond, wir haben uns ja schon einmal unterhalten. Ich gebe zu, ich habe Ihnen etwas in den Kaffee getan.

Es tut mir leid. Sie müssen gelitten haben, aber ansonsten war ich offen zu Ihnen. Ich bin ein verschrobener, unmoralischer, alter Mann. Man kann mir nicht mit einem schwachsinnigen und hirnrissigen Ehrgefühl kommen. Ich gebe zu, dass ich feige bin. Na und? Das ist die halbe Weltbevölkerung. Damals, ja, *mon père*, als Sie Ihren Vater noch jeden Morgen mit einem Heil Hitler begrüßen mussten, da war alles noch anders. Da haben Sie vermutlich eins mit dem Rohrstock auf den Hintern bekommen, wenn Sie nicht mutig waren. Aber ich...ich kann mir das leisten. Ich musste mich nicht mein Leben lang verstecken. Mein Pflegevater war ein Säufer, der entweder nach Schnaps oder nach Fisch gestunken hat. So bin ich aufgewachsen."

Er hob die Pistole, die er immer noch in der Hand trug, und fixierte sie mit einem müden Blick. „Es ist alles vorbei. Das Bild war über Jahrzehnte mein Lebenszweck. Genau wie Ihrer, *mon père*, ich war allerdings nur auf den materiellen Gewinn aus. Ich hätte das Bild nicht im Keller angebetet, sondern ich hätte es verscherbelt, versteigert an den Höchstbietenden. Ich hätte ganz Pont-Kervennec kaufen können. Dann hätte ich mir eine Villa am Strand gebaut, vielleicht in den Dünen, und hätte mit einem Cocktail am Pool gelegen. Und dann..."

„Ich stelle fest, dass du doch mehr nach mir als nach deiner Mutter geraten bist, Johann."

Le Dantec runzelte die Stirn und sagte nichts. Jäger fuhr fort: „Deine Mutter war eine Psychopathin, eiskalt, berechnend, aber sehr kreativ. Ich dagegen bin genauso einfallslos wie du. Geradeheraus. Ohne Schnörkel. Feige. Ich habe mich auch mein Leben lang versteckt und meine wirkliche Identität nicht preisgegeben. Habe Angst gehabt, dass mich in Zürich irgendjemand erkennt. Aber einen Unterschied gibt es zwischen uns: Ich habe Überzeugungen, ich habe Ideale. Die haben mir zwar nichts genutzt, aber immerhin habe ich sie. Sogar jetzt noch. Aber du - Villa am Strand, Cocktail am Pool - ich bitte dich! Wie einfallslos! Hat dir keiner was Besseres beigebracht? Hat dich keiner über den Sinn des Lebens aufgeklärt?"

„Das wäre Ihre Aufgabe als Vater gewesen!"

Jäger atmete tief durch. „Ja, stimmt schon. Ich sage ja auch nicht, dass ich ein guter Vater bin. Außerdem bist du Jurist und die müssen immer das letzte Wort haben, ob sie Recht haben oder nicht."

Le Dantec sagte nichts mehr und ging langsam zur Tür hinaus.

„Johann?", rief Jäger ihm hinterher. „Wenn du dich erschießen willst, warte doch bitte, bis ich wieder abgereist bin. Ich konnte noch nie Blut sehen. Aber ich wette, du machst es nicht."

Er wendete sich Keesha und Bart zu. „So, der stört uns nicht mehr. Keesha, ich bin ein alter Mann und habe nicht mehr viel Zeit. Eine Sache ist da noch, die ich mit dir besprechen will und die mir sehr wichtig ist."

Keesha blickte ihn fragend an.

„Ich würde gerne einmal deine Mutter kennenlernen."

Nachwort

Die Idee zu dieser Geschichte kam mir, als ich mit meiner Familie in den Niederlanden, in Zeeland, in Urlaub war. Dort wanderten wir durch ein ausgedehntes Dünengebiet, in dem mittendrin ein einsames Haus stand, geheimnisvoll hinter hohen Hecken und Bäumen versteckt.

Alle handelnden Personen und auch das Dorf Pont-Kervennec sind frei erfunden. Das Werk „Der Vampir" von Edvard Munch existiert in mehreren Versionen. Das Bild, um das es in diesem Roman geht, basiert auf Munchs Werk. Ich habe jedoch eine weitere Version des Bildes zusammen mit einem fiktiven Werdegang erfunden. Ich habe mich ansonsten bemüht, historisch und geographisch so akkurat wie möglich zu sein. Etwaige Ungenauigkeiten sind dabei großzügiges Opfer der künstlerischen Freiheit.

Mein Dank geht an Beverly Bahr und Mary Ghira dafür, dass sie das Manuskript korrekturgelesen haben und mir Fehler und Unstimmigkeiten aufgezeigt haben. Die künstlerische Gestaltung des Covers erfolgte durch Beverly Bahr.

Der Autor, im Mai 2016